Gerade erst hat die 19-jährige Sara Wilby als Zimmermädchen im Global Hotel angefangen, einem schon heruntergekommenen Luxushotel in einer schottischen Kleinstadt. Wegen einer dummen Wette, die mit dem alten Speiseaufzug des Hotels zusammenhängt, verliert sie ihr Leben. Wütend wehrt sich jedoch Saras Geist gegen das Nichtsein, gegen das Vergessen, gegen den Verlust der Sprache, des Wissens und der Welt, besucht Saras Begräbnis, belauert ihre Familie, aber vor allem die anderen Personen im Hotel: Saras jüngere Schwester Clare, die überall im Hotel herumschnüffelt und nach Hinweisen auf die Ursachen des Unglücks sucht, die deprimierte, von einem anderen Leben träumende Rezeptionistin Lise, die Obdachlose Else, die täglich vor dem Hotel bettelt und nun von Lise ein Zimmer für eine Nacht angeboten bekommt, und die bornierte Journalistin Penny, die als Gast im Hotel residiert. Alle fünf Frauen treffen in dieser einen Nacht aufeinander, Beziehungen zwischen ihnen entstehen und verändern sich …

Ali Smith, geboren 1962 in Inverness in Schottland, lebt heute in Cambridge. Sie hat mehrere Romane und Erzählbände veröffentlicht und zahlreiche Preise erhalten. Ali Smith ist Mitglied der Royal Society of Literature und wurde 2015 zum Commander of the Order of the British Empire ernannt.

Ali Smith bei btb

Die Zufällige. Roman (73869)

Die erste Person. Erzählungen (74421)

Ali Smith

Im Hotel

Roman

Aus dem Englischen
von Silvia Morawetz

btb

Daphne Wood
für ihre Großzügigkeit

Andrew & Sheena Smith
für ihre Liebenswürdigkeit

Sarah Wood
für die ganze Welt

Denk dran: Du mußt sterben.
Muriel Spark

Energie ist Ewiges Entzücken.
William Blake

Unwirtlich wirtliche Welt,
Ich steck mir deine Sterne ein als Reisegeld
Und sag dir, sag dir hiermit Lebewohl.
Daß ich dich lassen kann, darf gehen,
Ganz gehen, keine Zweifel dran bestehen,
Das, sagt mein Vater, ist das Wunder.
Edwin Muir

Herkömmliche Religionen betonen das Beständige, die Modernisten mit ihren mechanistischen Denkweisen betonen das Vorhersehbare, dabei ist der Kosmos ungleich dynamischer als eine am Reißbrett entworfene Welt einerseits oder eine tote Maschine andererseits ... jeder Sprung ist ein großes Mysterium.
Charles Jencks

Der Fall ereignet sich immer bei Anbruch des Tages.
Albert Camus

Vergangenheit

Aaaa–

ahhh was für ein Fall was für ein Flug was für ein Schwung was für eine Schwere was für ein Sturz ins Dunkel ins Licht was für ein Hinab was für ein Gleiten Poltern Krachen was für ein Segeln was für ein Schreck was für ein irres Gekreisch was für ein Knall-auf-Fall was für ein Hall was für ein Herz in meinem Mund was für ein Ende.

Was für ein Leben.

Was für eine Zeit.

Was ich fühlte. Da. Hin.

Dies ist die Geschichte, sie fängt am Ende an. Es war Hochsommer, als ich fiel; die Blätter waren an den Bäumen. Jetzt ist tiefer Winter (die Blätter sind schon lange ab), und das ist sie, meine letzte Nacht, und heute nacht wünsche ich mir nichts sehnlicher, als einen Stein im Schuh zu haben. Über das Pflaster hier vor dem Hotel zu gehen und beim Gehen einen Stein in meinem Schuh kullern zu spüren, einen kleinen spitzen Stein. Der drückt sich an verschiedenen Stellen in die Fußsohle, und es tut gerade so weh, daß es noch eine Lust ist, wie das Kratzen einer jukkenden Stelle. Stellen Sie sich vor: Irgendwo juckt es. Stellen Sie sich vor: ein Fuß, darunter Straßenpflaster und ein Stein, und den drücke ich mit meinem ganzen Gewicht fest in die Haut meiner Fußsohle oder gegen die Knochen der größeren Zehen oder der kleineren Zehen oder die innere

Wölbung des Fußes oder die Ferse oder den kleinen, ballrunden Muskel, der den Körper aufrecht und im Gleichgewicht und in Bewegung hält über der atemberaubend reglos-festen Oberfläche der Welt.

Denn jetzt, wo es mir den Atem genommen hat, könnte man sagen, fehlt mir so ein Jucken stets und ständig. Sehne ich mich nach nichts anderem. Ich mache mir endlos Gedanken über Kleinigkeiten, um die ich mich nie geschert hätte, nicht für einen Moment, als ich noch am Leben war. Zum Beispiel, damit die Seele Ruh hat, über meinen Sturz. Wie lange hat der gedauert, wie lange ganz genau? Das wüßte ich zu gern, und ich würde das sofort wieder machen, vorausgesetzt, ich hätte Gelegenheit dazu, bekäme sie, die Gelegenheit, das Geschenk von einer Minute Leben, sechzig vollen Sekunden, so vielen. Ich würde es wieder tun, bekäme ich nur einen Teil davon geschenkt, und wieder mit meinem vollen Gewicht dahinter, wenn ich könnte (und diesmal würde ich mich absichtlich runterstürzen aaaa–

ahhh, und diesmal würde ich beim Fliegen zählen, einundzwanzig, zweiundzwanzig, dreiundzwa-ahhh), wenn ich ihn noch einmal spüren könnte, den Aufschlag, unten, von vier Stock weiter oben. Vom Kopf bis zu den Zehen: tot. Totes Bein. Toter Arm. Tote Hand. Totes Auge. Tot ich, vier Etagen zwischen mir und der Welt, mehr war nicht nötig, um mich fortzunehmen, das ist das Maß, die Strecke bis zum Tod, das kurze Wiederse–.

Ziemlich hohe Räume, großzügig, ziemlich vornehm. Niemand könnte behaupten, ich hätte keinen feinen Abgang gehabt; die Zimmer waren neu und geschmackvoll ausgestattet mit guten harten, teuren Betten, mit Stuck an den Wänden im ersten und im zweiten und mit einem breiten imposanten Treppenhaus, an dessen Rückseite ich hinabfiel. Einundzwanzig Treppenstufen zwischen den Stockwerken und sechzehn bis ins Kellergeschoß: ich fiel sie alle. Ein ganz schönes Stück von einem dicken Teppich eine Etage weiter oben zum anderen dicken Teppich eine Etage weiter unten, obwohl der Boden im Keller ja Stein ist (die blanke Härte, wie ich weiß) und der Fall kurz war, weniger als eine ganze glorreiche Sekunde pro Etage, meiner Schätzung nach, jetzt, so lange nach dem Schluß-Aus. Das war was! Der Fall. Das Gefühl. Das Auf-und-Los; der Flug bis zum bitteren Ende, ganz bis runter in den Staub.

Staub schmecken, das wär was. Man fände ja jederzeit welchen, nicht wahr, zu jeder beliebigen Zeit, wenn man das wollte, in Zimmerecken, unter den Betten, oben auf den Türkanten: zusammengerollte Haare und getrocknete Fitzel, Flöckchen von was, das mal Haut war, die vielen glorreichen Rückstände atmender Wesen, auf ihren Kern reduziert und zusammengeklebt mit den verbrauchten Resten der Netze und Schüppchen von Motten, den durchsichtigen Schichten des abgebrochenen Flügels einer Schmeißfliege. Sie könnten sich leicht (Sie können das ja, wann immer Sie lustig sind) die Hand mit Staub beschmieren, das kostbare bißchen Staub zwischen Zeigefinger und Daumen zerreiben und zuschauen, wie es den Fingerabdruck färbt, Ihren, der einzigartig ist, der von keinem andern. Und dann könnten Sie den Finger ablecken; ich könnte ihn mit der Zunge ablecken, wenn ich wieder eine Zunge hätte, wenn meine Zunge feucht wäre, und könnte schmecken, was es ist. Wunderschöner Dreck, grau und alt, der Schmier, der vom Leben bleibt, am knochigen Dach eines Mundes klebenbleibt und nach fast nichts schmeckt, was immer noch besser ist als nichts.

Schmecken können, ich würde alles dafür geben. Wenigstens Staub schmecken können.

Denn jetzt, wo ich fast hin bin, bin ich mehr da, als ich es je war. Jetzt, wo ich nichts als Luft bin, möchte ich sie bloß atmen. Jetzt, wo ich für immer verstummt bin, haha, bin ich bloß auf Wörter Wörter Wörter aus. Jetzt, wo ich nicht einfach die Hand ausstrecken und anfassen kann, will ich nichts anderes.

So ging es zu Ende: Ich stieg in den, den. Den Lift für das Essen, sehr kleiner Raum, der an Seilen hängt und wartet über einem Schacht aus nichts, ich hab das Wort vergessen, er hat einen eigenen Namen. Die Seitenwände, Boden und Decke waren alle aus silberfarbenem Metall. Wir waren im obersten Stock, dem dritten; dort, wo vor zweihundert Jahren die Räume der Dienstboten waren, als es die im Haus noch gab; danach war das Haus ein Bordell, und da oben hat man die billigen Mädchen, die kränklicheren oder älteren, hingesteckt zum Verkauf ihrer Waren, und jetzt ist es ein Hotel, und jedes Zimmer kostet jede Nacht Geld, die kleineren Zimmer immer noch ein bißchen weniger, weil die Decken vom Boden aus leichter zu erreichen sind im obersten Stock des Hauses. Ich trug das Geschirr raus und stellte es auf den Teppich. Paßte auf, daß nichts überschwappt. Es war erst mein zweiter Tag. Ich war gut. Ich stieg rein, um zu beweisen, daß ich es konnte; rollte mich zusammen wie eine Schnecke in ihrem Gehäuse, meinen Nacken und meinen Rücken hineingezwängt, fest oben an das Metalldach gepreßt, das Gesicht zwischen den Armen, die Brust zwischen den Schenkeln. Ich bildete einen vollkommenen Kreis, und der Raum schwankte, das Seil riß, der Raum fiel aaaa–

ahhh und zerbrach am Boden und ich mit. Die Decke kam runter, der Boden kam rauf, mir entgegen. Mein Rükken machte knack, mein Hals machte knack, mein Gesicht machte knack, mein Kopf machte knack. Der Käfig um mein Herz herum machte knack, und mein Herz kam heraus. Ich glaube, daß es mein Herz war. Es sprang aus meiner Brust heraus und quetschte sich in meinen Mund. So fing es an. Und zum erstenmal (zu spät) erfuhr ich, wie mein Herz schmeckt.

Ein Herz zu haben, das fehlt mir. Das Geräusch, das es früher gemacht hat, fehlt mir, die Wärme, die es aussenden konnte, das Wachsein, das es mir ermöglicht hat. Ich geh hier von Zimmer zu Zimmer und sehe Betten, ruiniert nach der Liebe und nach dem Schlaf, dann Betten, die gesäubert und hergerichtet sind, wieder darauf warten, daß Körper in sie gleiten; frische Bettücher sind zurückgeschlagen, Betten, die den Mund offen haben und sagen *Willkommen, beeil dich, steig rein, der Schlaf kommt.* Die Betten sind so einladend. Überall im Hotel machen sie jeden Abend den Mund auf für die Körper, die in sie gleiten, gemeinsam oder allein; alle diese Leute mit ihren schlagenden Herzen gleiten an einen Platz, der für sie freigemacht wurde von anderen Leuten, die jetzt weg sind, Gott weiß, wohin, die denselben Platz noch Stunden vorher wärmten.

Ich wollte mich erinnern, wie das war: schlafen mit dem Wissen, daß du wieder aufwachst. Hab sie genau beobachtet, die Körper, und gesehen, was ihre Herzen sie tun lassen. Hab sie hinterher schlafen sehen; ich hab am Fußende befriedigter Betten gesessen, unbefriedigter Betten, schnarchender, achtloser Betten, schlafloser Betten, den Betten von Menschen, die dort aber niemanden gespürt haben, niemanden im Zimmer außer sich selbst.

Beeilung. Der Schlaf kommt. Die Farben vergehen. Der Verkehr, sah ich, war heute farblos, die ganze Winterstraße war verblaßt, zu lange dem Wind und der Sonne ausgesetzt. Heute war sogar die Sonne farblos, der Himmel auch. Ich weiß, was das bedeutet. Ich hab die Plätze gesehen, an denen früher Grün war. Ich sah fast kein Rot mehr, und Blau gar keines. Das Rot wird mir fehlen. Das Blau wird mir fehlen, das Grün. Die Gestalten von Frauen und Männern werden mir fehlen. Der Geruch meiner Füße im Sommer wird mir fehlen. Geruch überhaupt wird mir fehlen. Meine Füße. Der Sommer. Gebäude und wie die Fenster haben. Die leuchtenden Verpackungen um Lebensmittel. Kleine Münzen, die nicht viel wert sind, ihr Gewicht in der Tasche oder in der Hand. Einen Song hören wird mir fehlen, und eine Stimme, die aus dem Radio kommt. Feuer sehen. Gras sehen. Vögel sehen. Ihre Flügel. Ihre glänzenden   . Die Dinger, mit denen sie sehen. Die Dinger, mit denen wir sehen, wir haben zwei davon, sie sitzen im Gesicht über der Nase. Das Wort ist mir entfallen. Eben hatte ich es noch. Bei Vögeln sind sie schwarz und wie Perlen. Bei Menschen sind es kleine Löcher, von Farbe umgeben: blau, grün oder braun. Manchmal können sie grau sein, grau ist auch eine Farbe. Das Sehen wird mir fehlen. Mein Fall wird mir fehlen, der mich erledigt, der mich aaaa–

ahhhh zu dem gemacht hat, was ich heute bin. So ein Mist, für immer, für immer und ewig Welt ohne Ende und dann schließlich doch Ende, Amen. Ich würde es immer wieder tun. Ich steige jede Nacht seit meinem Fall vorigen

Sommer (meinem letzten) in den obersten Stock, und obwohl der Aufzug jetzt weg ist, Gott weiß, wohin, fortgenommen aus Pietät oder dergleichen (unrühmlich, eine Tragödie, besser, man rührt nicht daran, eine Schattengeschichte; eines Tages kam mein Tod in die Zeitung, war aber am nächsten schon verweht, ein Hotel muß sich rentieren), ist der Schacht noch da, hinter der Treppe mit ihrem gewichtigen Versprechen des von ganz oben bis ganz unten, und ich werfe mich drüber, mehr kann ich nicht tun, schwebe durch die Höhlung, lasse mich auf den Boden nieder wie fader Schnee. Oder, wenn ich mich ins Zeug lege, mich extra bemühe, schnell runterzukommen und auf dem Stein zu landen, ich fliege direkt durch, als ob der Stein Wasser wäre oder ich eine heiße Klinge und der Stein Butter. Ich hinterlasse in nichts einen Abdruck. An mir ist nichts mehr, was noch knack machen kann.

Stellen Sie sich vor, Sie tauchen in Wasser ein, und das Wasser teilt sich rings um Ihre Schultern und macht Platz für Sie. Stellen Sie sich heiß oder kalt vor. Butter, die in erhitztes Brot einzieht, golden auf der Oberfläche, zerfließend. Es gibt ein Wort für erhitztes Brot. Ich kenne es. Ich kannte es. Jetzt ist es weg.

Das war so. Bei dem Aufschlag im Keller ging, wer ich war, kaputt, flog an meinem oberen Ende aus mir heraus, wie aus einem Feuer oben Glutpünktchen herausfliegen. Ich ging zum Begräbnis, um zu erfahren, wer ich gewesen bin. Es war schon ein bißchen trübsinnig. Ein kalter Junitag; die Leute hatten Mäntel an. Eigentlich ein sehr nettes Fleckchen, wo sie sie beerdigt haben. Vögel singen in den Bäumen und das Geräusch von Straßenverkehr in der Ferne; dort hörte ich das ganze Spektrum von Tönen. Jetzt sind die Vögel weit weg, und Verkehrsgeräusche gibt es fast keine. Ich schaue ziemlich oft vorbei. Jetzt ist es Winter. Sie haben einen Stein mit ihrem Namen und ihren Daten und einer ovalen Fotografie darauf aufgestellt. Die ist noch nicht verblichen. Sie wird aber verbleichen mit der Zeit; sie kriegt die Spätnachmittagssonne. Auf anderen Steinen ist auch so etwas, dieselbe Art Fotografien, in die dringt der Regen ein, und während die Jahreszeiten um die Steine herumwandern, sie aufheizen und sie abkühlen, entsteht Kondensation und legt sich unter dem Glas auf die Fotos. Der kleine Junge mit der Schulmütze auf dem Kopf, ein Stück weiter drüben auf der hügeligen Wiese; die ältere Dame, die geliebte Ehefrau; der junge Mann in seinem besten, seit fünfundzwanzig Jahren aus der Mode gekommenen Anzug: Alle atmen sie noch hinter ihrem Glas. Ich hoffe, unseres kriegt das mit dem Atmen auch hin. Ihres.

Unter dem Boden, in der Kälte, in den kleinen Gerüchen nach fetter Erde und nach Holz und feucht werdendem Firnis, erlebt sie jetzt so viele aufregende Dinge. Die ernsten, kitzligen Münder von Würmern vielleicht; alles mögliche. Wir waren ein Mädchen, wir sind jung gestorben, das Gegenteil von alt, wir sind es gestorben. Wir hatten einen Namen und neunzehn Sommer; so jedenfalls steht es auf dem Stein. Ihrem/meinem. Sie/ich. Poch-poch? Weee–

heer da? Ich. Du wer? Du-hu höchstpersönlich. Jemand hat die Fotografie von ihr so ausgeschnitten, daß sie hineinpaßt. Ich sehe das Zittern einer sorgsamen Schere am Rand ihres Kopfes. Eines Mädchenkopfes. Dunkle, schulterlange Haare. Der Mund geschlossen, lächelnd. Strahlend und schüchtern, die Dinger, mit denen sie sah. Einst waren sie grünlichblau. Der Kopf in dem Glasoval ist derselbe wie in den Rahmen in den verschiedenen Zimmern des Hauses, einer im vorderen Zimmer, einer im Elternzimmer, einer in der Diele. Ich suchte mir bei der Beerdigung die traurigsten Leute aus und folgte ihnen, um zu sehen, wo sie wohnten. Irgendwie kamen sie mir bekannt vor. Sie saßen in der Kirche ganz vorn. Ganz sicher war ich nicht. Ich mußte raten. Das sind unsere, diese Leute, dachte ich, und ich hatte recht. Nach dem Begräbnis sind wir nach Hause gegangen. Das Haus ist klein, es hat kein oberes Stockwerk, keinen Platz für einen guten Fall. Ein Stuhl kann in dem Haus fast eine ganze Wand einnehmen. Eine Couch und zwei Sessel, und ein Raum ist so voll, daß die darauf Sitzenden kaum wissen, wo sie die Beine lassen sollen.

Zwei Häuser weiter hat mich ein Hund angebellt. Eine Katze hat sich, wo ihre Fußgelenke waren, durch mich durchgeschoben, an der Luft entlangstreichend. Es kamen noch mehr Trauergäste, das Haus wurde noch kleiner. Ich hab zugesehen, wie sie Tee getrunken haben in der fehlenden Geräumigkeit, in der sie gewohnt hat. Ich bin in ihr Zimmer gegangen. Von den zwei Betten war es bereits voll. Ich schwebte eine Weile über einem Bett. Ging wieder rüber ins andere Zimmer. Schwebte über den Traurigen. Schwebte über dem Fernseher. Schwebte über dem Staubsauger.

Sie aßen den Lachs, den Salat und die kleinen Sandwiches, und als sie gingen, schüttelten sie dem Mann an der Tür die Hand, dem Vater. Sie waren erleichtert zu gehen. Die Schwärze über den Köpfen löste sich bei den meisten auf, als sie am Gartentor angelangt waren und das Schloß hinter sich zuschnappen ließen. Ich ging wieder rein und sah mir die Hinterbliebenen an. Es waren drei. Die Frau war die traurigste. Sie saß in einem Sessel, und die ungesprochenen Worte, die ihr um den Kopf hingen, sagten: Das ist zwar mein Zuhause, wo ich seit zweiundzwanzig Jahren lebe und wo ich von der Familie und von vertrauten Dingen umgeben bin, aber ich weiß trotzdem nicht mehr richtig, wo in der Welt ich eigentlich bin. Der Mann machte Tee und räumte das Geschirr ab. Den ganzen Nachmittag räumte er, während Tee getrunken wurde oder sich Haut bildete, Tassen auf ein Tablett und trug es rüber in die Küche, füllte einen Kessel und machte neuen Tee, kam mit vollen Tassen wieder rüber. In der Küche stand er, machte eine Schranktür auf, nahm nichts aus dem Schrank heraus und machte die Tür wieder zu. Das noch lebende Kind war ein Mädchen, noch eines. Sie hatte einen Anfall von Zorn, der von ihrem blonden Haaransatz ausging, quer über ihre Stirn zog und mitten über ihr Gesicht abwärts verlief, ihr Kinn halbierte, ihren Hals, ihre Brust, bis ganz hinunter in ihren Unterleib, wo er sich zu einem schwarzen Knoten verknäulte. Dieser Knoten hielt ihre beiden Hälften nur knapp zusammen. Sie saß mit hochgezogenen Beinen unter der gerahmten Fotografie des gestorbenen Mädchens. Wir hatten darauf eine Krawatte um, schüchtern, und hielten eine Trophäe in Gestalt eines Schwimmers in den Händen.

Es war noch Lachs auf dem Teller. Wie der wohl schmekken mochte? Der Mann kam rüber, trug ihn weg, kratzte ihn hinter dem Haus in eine Plastiktüte. Es war Abfall. Er hätte ihn aufheben können. Sie hätten ihn später essen können oder morgen, und er hätte genauso gut geschmeckt, besser; ich wollte ihn das wissen lassen. Schaute ihn traurig an, dann schüchtern, dann sah er mich. Ließ die Plastiktüte fallen. Sie fiel raschelnd auf die kaputten Steinfliesen. Sein Mund ging auf. Es kam kein Ton heraus (ich hörte damals noch perfekt). Ich winkte ihm mit der Schwimmtrophäe zu. Er erbleichte. Lächelte. Schüttelte den Kopf und sah durch mich hindurch, und dann war ich wieder weg, und er warf den Lachs fort. Eine ganze Fischhälfte, und die Gräten hätten sich leicht herauslösen lassen, er war perfekt zubereitet. Von einem wunderschönen Rosa. Das war im vorigen Sommer, in meinem (plötzlich) letzten. Ich sah damals noch das ganze Spektrum der Rottöne.

Deshalb übte ich mit dem Schulfoto, das auf dem Fernseher stand. Das Gesicht Unschuld und Müdigkeit, das Alter dreizehn, ein leichtes Schielen in den, den. Den Dingern, mit denen sie sah. Das Rote darin brachte ich auf einem anderen Bild perfekt heraus, einem mit anderen Mädchen, und bei allen, die vorher nur verschwommen zu sehen waren, holte ich rote Lichter und eine spöttische Verwegenheit aus den Gesichtern und Getränken heraus, die sie in den Händen hatten. Ich vergewisserte mich, daß ich das richtige Mädchen darstellte. Hinten, versteckt, da war sie. Mühselig war die Arbeit an der Wärme ihres Blicks bei dem Bild, das auf dem Kaminsims stand, dem, wo sie den Arm um die Schultern der Frau legt, die jetzt so verloren in dem Sessel sitzt. Ihrer Mutter.

Dasselbe machte ich bei dem Oval auf dem Grabstein, ohne es zu wollen; es war leicht: ein feines Lächeln, bloß eben ernst; ein Paßfoto für den Eintritt in andere Welten. Am liebsten retuschierte ich aber bei dem, wo die hinterbliebene Schwester mit drauf ist, einem Foto, das die Schwester in ihrem Portemonnaie aufbewahrte und erst ansah, nachdem ihre Eltern im Bett lagen oder sie selbst in einem abschließbaren Zimmer war. Sie zwei saßen auf einer Couch, aber das tote Mädchen war gerade dabei, etwas zu sagen, und schaute von der Kamera weg. Das war mein Meisterstück, die Richtung der Bewegung, der lachende Blick, das, was gleich noch gesagt wurde. Es kostete mich schon Mühe, so mühelos zu schauen.

Vom Sommer bis zum Herbst tat ich, was ich kann. Ich erschien dem Vater. Ich erschien der Mutter. Der Vater tat so, als könne er nichts sehen. Je mehr er sah, desto mehr sah er weg. Eine Wand wuchs zentimeterweise von seinen Schultern rings um seinen Kopf; jedesmal, wenn ich kam, setzte er eine neue Reihe Ziegel obendrauf. Im Herbst überragte die Wand seinen Kopf bereits weit, schwankte, war schlecht gemauert und bedenklich schief, reichte im Wohnzimmer fast bis zur Decke, schlug gegen den Lampenschirm und brachte, wenn er durchs Zimmer ging, jedesmal Licht und Schatten zum Schaukeln.

Zu der Mutter kam ich nur zweimal. Es brachte sie zum Weinen, machte sie elend, schreckhaft und ängstlich. Es war unangenehm. Beide Male endeten in Tränen und wochenlanger Schlaflosigkeit. Es war netter, es bleibenzulassen, und so ließ ich sie in Ruhe.

Die Schwester aber laugte mich richtig aus. Ein schrecklicher Durst war das, ihr konnte ich gar nicht oft genug erscheinen. Mit der Trophäe, mit den roten Lichtern, die aus meinem Gesicht kamen, mit dem Paßfotolächeln, mit dem noch zu sagen Gewesenen, den lachenden Dingern. Was für ein Gesicht ich auch zog, es wurde geleert und versickerte in dem Bruch, der ihren Körper längs teilte. Der Sommer verging, der Herbst kam, und sie war immer noch dunkel vor Durst; falls überhaupt, hatte sie noch mehr Durst, sie wollte mehr, und die Farben verblaßten. Als es Winter wurde, hörte ich auf. (Seitdem finde ich es leichter, Menschen zu erscheinen, die nicht erkennen, was sie sehen. Ich schaute in das zerrissene Gesicht des traurigen Mädchens und wußte Bescheid. Angesichts von soviel Bedeutung ist es leichter, kein Gesicht zu haben.)

Über mir singen die Vögel, immer weiter weg. Jeden Tag ein bißchen weiter, gedämpfter, wie Watte in den Ohren. (Stellen Sie sich Watte vor. Rauhfädig reibend.) Ich ließ mich knapp über dem Gras auf der kuschlig weichen Luft nieder. Es war ein Samstagnachmittag; es langweilte mich, die Familie aus der Fassung zu bringen, es langweilte mich, zufälligen Personen zu erscheinen, die nicht wußten, wer wir waren. Das Laub an den Bäumen verblaßte. Das Gras, hübsch und neu, ergraute für den Winter, und sie lag unter dem durchgeweichten Teppich, einen reichlichen Meter Erde über ihr aufgehäuft und gut durchmischt. Ich sah mir das Paßfoto in dem Oval an, das Gesicht der Gestalt, die wir zusammen angenommen hatten. Tief unter der Schicht Erde schlief sie. Sie konnte nicht raufkommen. Aber ich konnte runter. Runter durch Lehm, und die gelegten Eier vielbeiniger Tiere und die Termiten, die grabenden, dicken Maden, sie alle warteten schon darauf, daß sie aufbrachen in der Jahreszeit nach dem Winter, mir ist das Wort dafür entfallen, der Jahreszeit, wenn die Blumen wieder ihre Köpfe aus der Erde schieben, ohne sich um was zu scheren.

Ich ging runter, viel tiefer als verdutzte Blumenzwiebeln, bis ich durch den Deckel des hölzernen Raumes kam, glatt und teuer außen, spanplattenbillig innen. Ein letztes Mal schlüpfte ich in unsere alte Gestalt, hievte mir ihre Schultern über, schob mich in ihre Beine und Arme und durch ihre schartigen Rippen, aber der Sitz war schlecht, sie war zerbrochen und faulte, und so lag ich halb in und halb außer ihr unter den Rüschenvolants im Innern des Raumes, kalt, glaub ich, und sinnlos rosa im Dunkeln.

Die Dinger, mit denen sie sah, waren schwarz geworden. Ihr Mund war zugeklebt. Hallo, sagte sie durch den Kleber. Du wieder. Was hast du vor?

Wie geht's? sagte ich. Gut geschlafen?

(Sie hörte mich!) Bis jetzt prima, sagte sie. Und? Was ist? Besser, es ist was Gescheites.

Ich möchte bloß was, flüsterte ich, an die Oberfläche mitnehmen. Bloß das eine Ding. Heute ist Samstag. Wußtest du das? Deine Schwester hat vorige Woche über deinem Kopf Krokusse gepflanzt, wußtest du das?

Wer? sagte sie. Was? Hau ab. Laß mich in Ruhe. Ich bin tot, Herrgott noch mal.

Ich muß etwas wissen, sagte ich. Erinnerst du dich an den Sturz? Weißt du noch, wie lange der gedauert hat? Erinnerst du dich, was davor passiert ist? Bitte.

Schweigen. (Ich wußte aber, daß sie mich hörte.)

Ich geh erst wieder, sagte ich, wenn du es mir gesagt hast. Ich geh nicht, ehe ich es nicht habe.

Schweigen. Also wartete ich. Tagelang lag ich mit ihr zusammen in der Kiste. Natürlich hab ich sie geärgert. Hab an ihren Stichen herumgespielt. Bin in sie rein- und wieder rausgeschlüpft, zum einen Ohr rein und zum anderen wieder raus. Ich sang Songs aus West-End-Musicals (oh, was für ein wunderschöner Morgen; nur ein Zimmerchen irgendwo / mit 'nem Sofa drin, sowieso; was in aller Welt hat sie veranlaßt fortzugehn; ich bin gewöhnt an ihr Gesicht), sang sie ihr so lange an den Hinterkopf, bis Beschwerden aus den Nachbargräbern kamen und ich aufhören mußte.

Statt dessen steckte ich ihr dann Finger in die zugestöpselte Nase, zwickte sie in die Ohrläppchen.

Ich verpaßte drei volle Sonnenauf- und -untergänge (Tage, die mir durchaus kostbar waren, wenn schon nicht ihr, die jetzt dalag, die Taschen voll mit Erde und eine Staubschicht Erde über sich, so gemütlich und sicher in ihrem Schacht von Tagen und Nächten und immer so weiter und weiter ohne Schluß-Aus unten, in einem Keller), bevor sie schließlich, ohne mit der Wimper zu zucken, sagte: Schon gut, schon gut. Ich sag's dir. Wenn du versprichst, daß du dann gehst und mich in Ruhe läßt.

Okay, tu ich, abgemacht, sagte ich.

Schwörst du's? sagte sie.

Beim Leben deiner Mutter.

O Gott. Meine Mutter. Regel Nummer eins: Erinner mich nicht an die, sagte sie. Und Nummer zwei: nur der Sturz, nicht mehr, sonst nichts.

Okay, sagte ich. Mehr will ich gar nicht.

Wieviel weißt du schon? sagte sie durch fest aufeinandergepreßte Zähne. Wie weit muß ich zurückgehen?

Also, ich weiß von dem Geschirr, das du aus dem kleinen Zimmer geholt hast. Ich weiß, daß du aufgepaßt hast. Ich weiß von dem Zusammenrollen in dem Raum, daß du die Beine eingezogen hast wie ein noch Ungeborenes, aber ich weiß nicht mehr, warum. Und ich erinnere mich an den Fall, aaaa–

ahhhh, da kannst du Gift drauf nehmen.

Ich strampelte mit unseren Beinen gegen die Holzwände. Spürte, daß ihr das nicht paßte. Mit dem Seufzer einer Toten sagte sie: Ein Raum war das keiner. Dafür war es zu klein. Es war ein Speiseaufzug, weißt du noch? –

(Das ist der Name, der Name dafür; *das* ist es; Speiseaufzug, Speiseaufzug, Speiseaufzug.)

– und das ist die Geschichte, wenn du unbedingt eine hören mußt. Daß du glücklich bist, merkst du erst den Bruchteil einer Sekunde, bevor es zu spät ist.

Zu spät? Zu spät, wofür? sagte ich.

Unterbrich mich nicht, sagte sie. Es ist meine Geschichte, hier kommt sie: Hörst du zu? Ich hab mich verliebt. Ziemlich heftig verliebt. Es hat mich erwischt. Es hat mich glücklich gemacht, und dann hat es mich unglücklich gemacht. Was tun? Mein ganzes Leben lang hatte ich erwartet, daß ich mich mal in einen Jungen verliebe oder in den einen oder anderen Mann, und ich hab gewartet und nach ihm Ausschau gehalten. Und dann ist eines Tages meine Uhr stehengeblieben. Ich dachte, ich hätte vielleicht Wasser reingekriegt, und bin damit in den Uhrenladen gegenüber dem Markt. Du weißt, welchen?

Nein, aber den find ich schon, sagte ich.

Gut, sagte sie. Die Zeiger meiner Uhr standen auf zehn vor zwei, aber das war nicht die richtige Zeit. Ich hab sie vom Arm abgebunden und sie auf die Ladentheke gelegt, und die Frau hinter der Ladentheke hat sie genommen, um sie sich genauer anzusehen. Sie hat sie in den Händen gehalten. Ihre Hände waren ernst, ich schaute hoch, wollte ihr am Gesicht ablesen, was mich das kosten würde, und als ich das tat, sah ich, wie sie die Stirn runzelte, während sie auf meine Uhr pochte, sie drehte und schüttelte, sah die Konzentration über ihr Gesicht wandern, während sie meine Uhr mit dem Zifferblatt nach oben in den Händen hielt, und da überkam es mich. Ich verliebte mich. Sie verkauft Uhren, alle möglichen Sorten, und Uhrenarmbänder und Uhrenbatterien. Sie schickt die Uhren der Leute weg zum Reinigen, damit sie anschließend wieder gehen. Sie steht da, von Uhren umgeben, Uhren in Schränken, Uhren in Vitrinen, Uhren die Wände rauf und runter, ich hatte keine Ahnung, daß es so viele unterschiedliche Arten von Uhren gibt, aus denen man auswählen kann, und allesamt angehalten, die Zeiger zeigten auf verschiedene mögliche Tageszeiten. Die einzige funktionierende Uhr in dem Geschäft an dem Vormittag war die eine, die an ihrem Arm in die warme Unterseite des Handgelenks der Verkäuferin tickte. Sie machte meine tote Uhr hinten auf und prüfte die Batterie. Sekonda.

Heißt sie so? fragte ich.

Ich warne dich, sagte sie zu mir durch ihren sich nicht öffnenden Mund. Ich erzähle dir das bloß einmal, denk dran. Wir haben eine Abmachung. Sekonda war das Wort, das auf der Uhr stand, die Bezeichnung für die Uhrenmarke. Das war das erste Wort, das sie zu mir sagte. Sekonda? Genau so, mit einem Fragezeichen dahinter. Meine ist auch eine Sekonda, sagte sie. Sie drehte die Handfläche ihrer Hand nach oben und zeigte mir das Zifferblatt ihrer Uhr. Die hatte römische Zahlen. Dann sagte sie: Die muß ich einschicken. Das wird drei Wochen dauern, vielleicht noch länger. Und um die fünfunddreißig Pfund kosten. Das ist ein Durchschnittswert, am Ende könnte es noch teurer werden, das kann ich unmöglich vorher wissen. Sie könnten sich für weniger eine neue Uhr kaufen. Also, soll ich mich darum kümmern? Ja, sagte ich; mir fiel kein anderes Wort ein, das ich zu ihr hätte sagen können. Die muß von Spezialisten repariert werden, sagte sie. Die Sekonda-Uhren werden alle eingeschickt. Die können wir hier nicht reparieren. Ja, sagte ich, ja, und nahm den Auftragsschein, den sie mir hinhielt, verließ das Geschäft, die Glocke über der Tür läutete mir noch hinterher.

Draußen vor dem Geschäft lehnte ich mich an die Mauer, die läutende Türglocke in den Ohren. Ich hielt mir die Seiten. Wußte nicht, was mit mir los war. Ich überlegte, wie ich es anstellen konnte, wieder in das Geschäft hineinzugehen und zu sagen: Ihre Uhr ist viel hübscher als meine, ich hätte gern eine mit diesen römischen Zahlen, verkaufen Sie mir genau so eine, wie Sie haben. Ich rührte mich aber nicht von der Stelle. Konnte mich nicht von der Stelle rühren. Stand draußen vor dem Geschäft und horchte auf mein tickendes Herz. Ich kam mir komisch vor, anders.

Dann begriff ich es. Ich hatte mich verliebt, und zwar in die Verkäuferin in dem Uhrengeschäft. Ich war glücklich. Und ich hatte einen Auftragsschein.

(Ich streckte mich lang auf ihr aus in dem Kasten unter der Erde. Viel Platz war nicht; ein Glück, daß ich so unkörperlich bin. Über der Geschichte hatte ich ganz vergessen, daß wir ja tot waren. Doch ich schaute und sah, daß ihre Mundwinkel verbissen herunterhingen.)

Ich knäulte also den Auftragsschein in der Hand zusammen, sagte sie. Behielt die Hand in der Tasche und den warmen Schein in der Hand. Drei volle Stunden lief ich an dem Tag durch die Straßen, als gehörten sie mir, als gehörte mir die ganze Welt.

Dann ging ich schwimmen.

Es war ein warmer Tag im Mai; ich ging in ein Freibad. Du weißt schon, welches, dort, wo sie diese altmodischen Kabinen haben, mit den Holztüren, die auf- und zuschwingen wie die Saloontüren in einem Western.

Western hatten wir früher sehr gern, weißt du noch? sagte ich.

Keine Nostalgie, sagte sie. Grundregel. Wo war ich gleich? Ja. Geh dir auch das Schwimmbad ansehen. An dem Tag bin ich geschwommen, als ob ich dafür geboren wäre. Ich war glücklich, und das Wasser schob mich vorwärts. Ich ging zurück in meine Kabine, schlang mir mein Handtuch um den Nacken. Ich rubbelte mir die Haare trocken, da hörte ich, daß irgend etwas war, irgendein Tumult am Schwimmbecken. Ich sah hinaus. Zwei kleine Jungen zeigten auf mich. Ein paar Leute beugten sich über die Seite und gestikulierten auch von den Sitzplätzen oben in meine Richtung. Ein Mädchen, hoch oben am Himmel auf dem Sprungbrett, schaute, die Leute guckten von unten und von oben, um das ganze Becken herum, sogar die im Bekken lehnten sich über den Rand und atmeten Wasser durch die Nase aus; manche lachten. Mir lief es kalt den Rücken runter.

Doch das Kalte war bloß Wasser aus meinen Haaren; die Leute guckten und zeigten nicht auf mich. Natürlich nicht. Sie guckten auf etwas nicht weit von mir, neben mir. Ich steckte meinen Kopf weiter heraus, um nachzusehen, und sah das:

Eine Frau in mittleren Jahren drei Kabinen weiter wollte die Kabinentür hinter sich zumachen. Bloß wollten die Türen nicht zugehen. So füllig war die Frau gar nicht, aber die Kabinen auf der Damenseite des Beckens sind klein, und ihr Bauch stand vor, hielt die Tür auf. Sie trat heraus und wollte andersherum reingehen, aber die Türen gingen immer noch nicht zu. Sie blieben an ihrem Hintern hängen. Die Frau kam noch einmal heraus und probierte, seitlich reinzugehen, aber das war noch schlimmer. Dieses Rein und Raus ging offenbar schon eine ganze Weile.

Ich ging noch einmal ins Wasser und schwamm rüber auf die andere Seite. Die Leute machten mir Platz, rutschten ein Stück zur Seite, damit ich mich zu ihnen auf den Beckenrand setzen, die Beine im Wasser, und wie sie gukken konnte.

Ich sah jetzt wie sie. Die Frau hatte es inzwischen aufgegeben, die Kabine zumachen zu wollen, und angefangen, sich bei offenen Türen auszuziehen, aber es war zu eng in der Kabine, als daß sie die Arme hätte heben oder sich hätte bücken können, und so stand sie draußen. Sie zog ihre Schuhe aus. Sie bückte sich und schälte ihre Strumpfhose ab, und wir sahen das obere Stück ihrer Beine. Jemand pfiff bewundernd. Alle lachten. Die Frau hob die Arme über den Kopf, um ihr Oberteil abzustreifen. Ihr Gesicht kam wieder unter den Sachen hervor, es war rot und erhitzt. Sie stand jetzt in der Unterwäsche da. Wir feuerten den Bademeister an, der um das Becken herumrannte und sie davon abhalten wollte, alles auszuziehen. Ein anderer Bademeister hob ihre Sachen von den Bodenfliesen auf. Zu beiden Seiten einen Bademeister wie bei einer Polizeistreife, die einen Ladendieb in die Mitte nimmt, oder wie jemand, der in ein Gericht gebracht wird, wurde die Frau unter Johlen und Klatschen weggeführt. Sie war barfuß, hatte ihren Rock und oben bloß noch die Unterwäsche an. Wir sahen, wie sich die Haut unter ihren Armen wölbte. Ein Mann rief ihr zu, sie solle sich was überziehen. Ich hörte zustimmendes Frauengemurmel. Wenn die ins Becken steigt, paßt das Wasser nicht mehr rein, geschweige denn wir andern, sagte der Mann neben mir; er betrachtete jetzt meinen nassen

Hals, und ich nickte und lächelte, denn er flirtete mit mir, und rutschte wieder ins Wasser.

Hinterher waren alle um das Schwimmbecken herum high. Ich hörte sie, während ich mich wieder anzog, obwohl meine Haut noch so naß war, daß meine Sachen klebten und daran festhingen. Auf dem Weg hinaus sagten mehrere Leute mir auf Wiedersehen, so als wären wir alte Freunde, als kennten wir uns alle gut, als hätten wir zusammen etwas durchgestanden.

An dem Abend lag ich auf meinem Bett, und meine kleine Schwester zog sich gerade aus, um in ihr Bett zu gehen. Sie starrte mich an. Was guckst du? sagte sie. Ich hatte nicht geguckt. Ich hatte, ohne es zu merken, die Gestalt ihres Körpers betrachtet, ihren Bauch und die Stelle, wo ihre Unterhose sie bedeckte, und überlegt, wie der Körper der Verkäuferin aus dem Uhrengeschäft wohl aussah, wenn sie keine Sachen anhatte. Es war das allererste Mal, daß ich so etwas über jemanden gedacht hatte, und in meinem Unterleib regte sich Scham und verteilte sich auf- und abwärts durch meinen ganzen Körper. Nichts, sagte ich. Dann laß es, blöde Irre, sagte meine Schwester und kehrte mir den Rücken zu, bevor sie die Schlafanzugjacke überstreifte und erst danach ihren BH aufhakte. Als sie sich wieder umdrehte, sah sie an mir vorbei, aber ihr Gesicht war rot, so als schämte sie sich ebenfalls. Sie stieg in ihr Bett, knipste das Licht aus, und wir waren im Dunkeln.

Im Dunkeln beschloß ich, noch ein bißchen länger an die Uhrenverkäuferin zu denken. Im Dunkeln war es außerdem viel leichter. Es war nicht annähernd so riskant, wie es gewesen war, als ich mich bei angeschaltetem Licht beim Denken an sie ertappt hatte. Ich dachte an sie, bis ich hörte, daß meine Schwester eingeschlafen war und so atmete, als fiele ihr das Atmen schwer.

Ich wußte, was meine Schwester denken würde. Ich überlegte, was meine Eltern denken würden; ich hörte sie hinter der Wand atmen. Was unsere Nachbarn denken würden; die atmeten hinter der anderen Wand. Was Siobhan und Mary und Angela und die ganzen Jungs, was meine Freunde vom In-den-Pub-Gehen denken würden. Was die Leute, die mich kannten, denken würden. Was die Leute, die mich kaum oder gar nicht kannten, denken würden. Was die Leute aus dem Freibad zum Beispiel denken würden, wenn ich mich dort vor aller Augen bis auf die Haut und das hämmernde Herz auszog.

Mein Herz hämmerte.

Ich würde am nächsten Tag mit meinem Auftragsschein wieder in das Geschäft gehen, einfach nach meiner Uhr fragen, und die Verkäuferin würde meinen Zettel nehmen, meine kaputte Uhr heraussuchen und sie mir wiedergeben, und während sie sie mir über die Ladentheke reichte, würde sie einfach hochsehen, einfach hoch zu mir und mich sehen.

Am nächsten Tag ging ich zu dem Uhrengeschäft. Blieb draußen stehen.

Am übernächsten Tag ging ich zu dem Uhrengeschäft, blieb draußen stehen.

Das tat ich drei Wochen lang jeden Werktag, einschließlich der Samstage. Ihr freier Tag wechselte. Ihre Mittagspause wechselte. Die konnte irgendwann zwischen halb zwölf und vier Uhr nachmittags sein. In der dritten Woche hatte sie ihre Mittagspause jeden Tag um halb eins, und in der Woche machte sie jeden Tag – bimm, bimm – die Ladentür auf und winkte jemandem zu, der noch im Laden war, ließ die Tür hinter sich zugehen, überquerte den Bürgersteig, ging über die Straße, auf mich zu, direkt auf mich zu und direkt, nur Zentimeter von mir entfernt, an mir vorbei. Sie war sehr hübsch, und sie sah beim Vorbeigehen durch mich durch, so als wäre ich gar nicht da.

Daß ich mich in sie verliebt hatte, hatte mich unsichtbar gemacht.

An meinem achtzehnten Wartetag gestattete ich mir, ein letztes Mal auf den braunen Rücken ihres Jacketts zu schauen, als sie vorbeiging. Ich ging heim. Schloß mich in unserem Schlafzimmer ein. Ich faltete den Auftragsschein so oft zusammen, wie es ging, bis er sich in meiner Hand von selbst aufbog, und steckte ihn in die Spieldose auf meinem Frisiertisch. Die war von meiner Mutter, stammte aus den Sechzigern, als sie Kind war. Wenn man sie aufmacht, entfaltet sich eine Ballerina aus Plastik, schnellt hoch und dreht sich auf einem Podest; ein Fuß ist daran angeklebt. Sie hat nur ein Bein, aber das sollen zwei sein, aneinandergedrückt. Ihre Arme sind so eingesetzt, daß sie einen Kreis bilden. Ihre beiden Hände sind über dem Kopf zusammengefügt, die Finger einer mit dem anderen verschmolzen. Eine Melodie spielt, während sie sich dreht. Laras Thema, aus Dr. Schiwago. Es klingt billig. Ich zwängte den zusammengelegten Auftragsschein da, wo ihr Bein endet, in die Aussparung unter dem Podest. Die Musik hört auf, wenn der Deckel zuklappt und die Ballerina sich zusammenfaltet. Ich stellte die Spieldose zurück und machte mich zum Rausgehen fertig. Ich hatte es eilig. Es war mein erster Abend an einer neuen Arbeitsstelle.

An meinem ersten Abend sagte ein Junge, der im Room-service arbeitete, er würde mir zeigen, wie man sich hier abseilen kann, wenn man will. Es war viel los: Wochenende. An meinem zweiten Abend waren wir in der obersten Etage. Es war ein Montag. Dort oben waren kaum Gäste. An seinen Namen erinnere ich mich nicht mehr. Er erzählte mir die Geschichte des Hotels. Er hatte die Taschen voll mit neuen Flaschen zum Auffüllen der Minibars. Wir murksten herum, setzten uns in leeren Zimmern auf die Betten, sahen fern mit leise gedrehtem Ton und eingeblendeten Untertiteln, damit niemand merkte, daß wir da drin waren. Es war noch ziemlich früh, halb zehn. Er stellte Geschirr in den Speiseaufzug. Unter der Metallhaube hatte jemand ein Steak und einen Großteil der Pommes frites auf dem Teller gelassen. Ich aß ein paar von den Pommes. Er: Laß das, ich würde das an deiner Stelle nicht machen, du arbeitest noch nicht lange genug hier, um zu wissen, wo das war. Und ich: Ich wette mit dir um einen Fünfer, daß ich mich da reinsetzen kann. Ich zog das Tablett heraus. Hätte beinahe Sauce auf den Teppich geschwappt, aber es ging gerade noch mal gut, ich stellte das Tablett auf den Boden und kletterte rein, rückte mich ein paarmal zurecht und beugte gerade den Oberkörper nach vorn und wollte sagen, wieviel er mir schuldete, da.

Den Rest kennst du, sagte sie. Warst ja dabei.

Unser in Stücke gegangener Körper am Fuß des Schachts. Ich war dabei. Aaaa–

ahhhh, ja, was ich da fühlte. Das rief es mir in Erinnerung. Wie viele Sekunden? sagte ich.

Die Zeit ist um. Du hast deine Geschichte. Geh weg.

Aber wie lange genau? fragte ich noch einmal. Erinnerst du dich nicht, wie lange genau wir gebraucht haben?

Nein, sagte sie.

Und die Seile, die er dir gezeigt hat, wie waren die? sagte ich. Eher lang oder kurz? Haben die das Falltempo beeinflußt?

Herrgott noch mal, sagte sie. Ich hab dir alles erzählt, was ich weiß.

Sie entglitt mir. Ich probierte es anders. Du kennst das Schwimmbad? sagte ich. Bist du in diesem Bad schon mal vom obersten Sprungbrett gesprungen? War das sehr hoch? Oder vom obersten Brett in anderen Schwimmbädern? Denn das ist bestimmt dasselbe Aaaa–

ahhh, nur noch mehr.

Klar bin ich, sagte sie. Weißt du doch. Ich war gut. Ich konnte einen doppelten Salto in der Luft. Schau. Es wird langsam schmerzlich. Geh weg. Du hast es versprochen. Ich hab's dir auch schon einmal gesagt. Hast du kein Zuhause? Müßtest du nicht in den Himmel oder in die Hölle oder sonstwohin?

Früh genug, sagte ich (Gott weiß, wohin).

Je früher, desto besser, sagte sie. Ich bin müde. Geh weg. Komm nicht wieder. Wir haben nichts mehr miteinander zu schaffen, und sie ging zu wie ein Deckel. Also bin ich wieder rauf. Hab sie gelassen, in ihrem Schlaf, wo sie jeden einzelnen Buchstaben unseres gemeinsamen Namens auftrennt und die kleinen bunten Fäden wegschmeißt, die ihn zu dem Namen machten, der unserer allein auf der ganzen Welt war.

Ich will sie fragen, wie noch mal die Dinger heißen, mit denen wir sehen. Will sie fragen, wie das erhitzte Brot heißt.

Ich hab schon wieder vergessen, wie dieser Fahrstuhl für

das Geschirr heißt. Es hat mich erschöpft, Ihnen ihre Geschichte zu erzählen, Ihnen Pflastertretenden-Sehenden-Hörenden, die Sie so kühl vor der Eingangstür ins Hotel hierhin und dahin vorbeigehen. Die Wörter entfallen mir; wie von den vielen Granitsplittern, die aus einem Stein herausgemeißelt werden, um die Gestalt eines Namens zu formen, ist der Boden übersät davon. Ich kam durch die Erde wieder raus. Ein Mundvoll Erde, das wär etwas: Dunkel und fleischig, torfartig und steinig würde sie auf der Zunge kleben, unter ihr und zwischen den Zähnen knirschen wie Senf. Oder eine Handvoll Erde; grasiger Torf und die Schicht Erde, die zerkrümelt wie guter Kuchenteig, wenn man ihn zwischen Fingern und Daumen zerreibt, und dick wird wie Farbe, wenn man ein bißchen Spucke zugibt und ihn weiterknetet.

Wenn ich Spucke hätte oder Finger oder einen Daumen, eine Hand, einen Mund.

Sie könnten sich Erde in den Mund stecken, nicht wahr? Sie, ja, Sie. Sie haben eine Hand. Sie könnten Erde darin halten. Ich bin durch die Erde nach oben gekommen und konnte nichts davon behalten. Ich bin über Straßenüberführungen geflogen, stöhnend unter der Last ihres Verkehrs. Ich sah zugemülltes Gras an den Rändern von Haltestellen, einen entsorgten Kühlschrank, ein ausgebranntes Auto, ein altes Möbel, vom Regen verrottet. Ich sah das Schwimmbecken offen unter mir. Das Wasser war über die kalte Jahreszeit abgelassen, es war leer. Die Dunkelheit kam. Altes Laub wurde am tiefen Ende herumgewirbelt.

Auf beiden Seiten klapperten die Türreihen, die für den Winter abgeschlossen waren. Ein Sperling wartete, bis das Laub sich gesetzt hatte, und hüpfte am Boden des

Schwimmbeckens herum, den Kopf eingezogen. Niemand da. Nichts zu fressen.

Ich habe eine Botschaft für dich, sagte ich zu dem Sperling und zu dem leeren Schwimmbecken. Denkt dran, ihr müßt leben.

Das oberste Sprungbrett schwankte kaum spürbar unter mir, von dünner Luft beschwert.

Wo konnte ich hin? Wieder ins Hotel. Auf dem Weg dahin sah ich eine Wand aus Gesichtern kippen und herabstürzen wie Wasser. Hier sind sie: Ich sah eine junge Frau, die sich mühsam eine Straße entlangschleppte; sie trug sperriges Zeug. Ich sah einen Mann auf dem geöffneten Dach eines Hauses, weißen Staub überall in den Haaren und auf der gebleichten Nase; er hatte einen Bleistift hinter dem Ohr klemmen. Ich sah eine Menschenschlange; ein Mann hatte seine Hände vorn unten auf dem Rock einer Frau, die mit ihm in der Reihe stand. Er hob sie, unter den Schenkeln zufassend, hoch; beide lachten, sie hatten die Gesichter fröhlicher Betrunkener. Die anderen Leute in der Schlange schwankten zwischen Höflichkeit und Zorn. Ich schaute einem Mann in den Kopf; er dachte an Messer und an Blut.

Ich sah einen alten Mann, der die Hände erhoben hatte zu einem wesentlich jüngeren Mann, der in einem mit Sachen vollgeladenen Auto davonfuhr. Der alte Mann hielt eine Hand noch eine Weile, nachdem das Auto schon fort war, in der Luft, dann stand er an seiner Gartenmauer im Vogelgezwitscher und im Nichts. Ich hatte einen schwachen Kuchengeruch in der Nase. In der Cafeteria saß eine Frau an einem Tisch und las in der Zeitung einen Artikel über eine Familie, die einen Bootsausflug gemacht hatte und bis auf einen von Haien gefressen worden war. Sie las es, durchtrennte Beine und zerbissene Köpfe, der Frau hinter dem Tresen laut vor, und die lachte vor Entsetzen. Zigarettenrauch kringelte sich und geriet ihr beim Lachen in die Kehle, brannte. Ich sah ein Auto auf einem abgelegenen Parkplatz im Regen des frühen Abends. Es hatte vorn ein L drauf und hinten auch eines, und darin ließen sich ein Junge und eine Frau gegen die Sitze plumpsen. Ah, Liebe. Das volle Gewicht eines anderen. Die Frau hatte ein Klemmbrett unter dem Arm stecken und den anderen Arm um den Jungen gelegt, der kochte. Dampf stieg von den beiden auf und verteilte sich über die Fenster des Autos.

Ich erzählte es ihnen allen.

Ich erzählte es allen Leuten in der Schlange vor dem Kino. Sie warteten darauf, sich etwas anzusehen. Ich erzählte es allen Leuten in der Apotheke. Sie warteten darauf, ihre Rezepte einzulösen. (Stellen Sie sich eine Nase vor mit einer herrlichen Erkältung darin. Eine zwickende, zirpende Drossel in der Leiste. Stellen Sie sich vor, Sie sind eine Farbe, fühlen sich aber wie eine Fehlfarbe.) Ich ging zum Supermarkt; die Regalreihen barsten vor Lebensmitteln. Ich erzählte es den Mädchen an den Kassen. Sie warteten darauf, daß der Samstagnachmittag rum war. Für sie war es der schlimmste Tag.

Denkt dran, ihr müßt gehn.

Es war fast dunkel. Ich fand einen Laden voller Uhren. Eine junge Verkäuferin saß allein dort, einen Arm auf die Glasplatte der Ladentheke gestützt. Unter ihr lagen Armbanduhren. Sie schaute auf ihr Handgelenk, wo der eine sich bewegende Zeiger auf dem Zifferblatt ihrer Armbanduhr weiterrückte und wieder anhielt, weiterrückte und wieder anhielt, weiterrückte und wieder anhielt.

Ich ging durch sie hindurch. Konnte nicht widerstehen. Ich fühlte nichts. Hoffentlich war es das richtige Geschäft. Hoffentlich war es die richtige Verkäuferin. Sie erschauerte an den Schultern und schüttelte mich ab.

Ich berührte sie mit der Stelle, wo mein Mund gewesen war, an der Seite ihres Kopfes. Sagte: Ich habe dir etwas zu sagen. Hör zu.

Sie schüttelte ihre Haare zurecht. Kratzte sich am Nakken. Legte die Hand wieder auf die Ladentheke und sah zu, wie ihre Uhr, die Sekunden, die Zeit hinter sich brachten.

Wee–

heer? Diesmal was? Nein, nichts. Ich probiere es wieder und wieder. Nichts. Bloß Schlaf, der kommt. Zeit, fast aufgebraucht.

Es ist meine letzte Nacht hier. Ich umkreise das Hotel und beschwöre Steine, Staub, Erde. Manche Zimmer sind klein, manche größer. Die Größe entscheidet über den Preis.

Ich ziehe Flure entlang, unsichtbar wie klimatisierte Luft. Ich umwehe im Restaurant Tisch um Tisch, Teller um Nouvelle-cuisine-Teller. Sickere durch die Tür in die Küche; dahinter stehen draußen an der Mauer fünf Mülltonnen, alle voll mit ungegessenen Sachen.

Ich hänge in der Rezeption wie Muzak. Sie werden mich erkennen; ich bin eine nur allzu bekannte Melodie. Ich gleite die glänzenden Treppengeländer hinauf, ganz hinauf bis in die oberste Etage und durch die Tür eines der Zimmer und über den Teppich und durch das obere Fenster und in Pirouetten an der Frontseite des Gebäudes wieder bis ganz nach unten (auf das Gehwegpflaster, in das der Name des Hotels eingelassen ist, der jeden Morgen um halb sieben, egal, bei welchem Wetter oder ob es dunkel oder hell ist, von der müden Dame mit dem Eimer und dem Wischmop gewischt wird, die werd ich morgen nicht sehen, sie wird mir fehlen). Aaaa–

ahhh, ich habe eine Botschaft für dich, sage ich zu dem schwarzen Himmel über dem Hotel und zu den um halb fünf erleuchteten Fenstern hinten und vorn und an den Seiten des Gebäudes und zu den Türen, die im Kreis gehen und in beide Richtungen Leute ausspucken.

Hier ist eine Frau, die von den Türen verschluckt wurde. Sie ist gut gekleidet. Auf dem Rücken trägt sie nichts. Könnte sein, daß sich ihr Leben demnächst ändert. Eine andere ist da drin, sie trägt die Uniform des Hotels und arbeitet an der Rezeption. Sie ist krank, und sie weiß es noch nicht. Leben: Veränderung geht um. Hier, neben mir, ist ein Mädchen, in Decken gehüllt sitzt sie ein Stück von den Hoteltüren entfernt auf dem Gehweg. Ihr Leben: Veränderung.

Das ist die Geschichte.

Denk dran, du mußt leben.

Denk dran, du meist lieben.

Dank drin, du mest gehn.

(Mußt wird mir fehlen. Gehn wird mir fehlen. Fehlen wird mir das, das. Wie heißt noch mal das Wort? Hab ich, vergessen, das Wort. Das Wort für. Du weißt schon. Ich meine nicht Haus. Ich meine nicht Raum. Ich meine, wie die   . Tot für die   . Nicht auf der   . Wort.

Ich hänge falle zerbreche zwischen diesem Wort und dem nächsten.

Du stoppst meine Zeit, ja?

Du. Ja, du. Mit dir rede ich.)

Historisches Präsens

Else ist draußen. Kleingeld, mehr hat sie nicht eingenommen, meist Kupfermünzen, Fünfer, Zehner. Ab und zu glänzt eine Münze noch, als käme sie direkt aus einem Marks and Spencer, aber die meisten sind stumpf geworden vom vielen Berühren und von der Kälte. Niemand wird ihn je vermissen, oder, einen Penny, der aus der Hand oder der Hosentasche auf die Straße gefallen ist? Dort liegt einer, gleich neben Elses Fuß. Wer braucht schon einen Penny? Kein Arsch, der wer ist.

Wenn sie sich vorbeugt, kann sie den Penny aufheben, ohne aufstehen zu müssen.

Sie beugt sich vor. Es tut weh, sich vorzubeugen.

Sie probiert es nicht weiter. Sie hebt ihn auf, wenn sie weitergeht. Sie sitzt

(Hst d ws Klngld?)

neben einem Gitterrost, durch den Wärme aufsteigt. Ist ein guter Platz, hier vor dem Hotel, und es ist ihrer, wenn sie sich in den Mauervorsprung neben dem Haupteingang drückt, gut und relativ anständig, außerdem so weit davon entfernt, daß die Angestellten sie in Ruhe lassen. Sie sieht hoch. Der Himmel ist die Decke. Er senkt sich herab, es wird zeitig dunkel. Auf dem Sims des höchsten Gebäudes auf der anderen Straßenseite finden sich die Stare ein, lassen sich unter hektischem Flügelschlagen und vielmaligem Hüpfen und Auf-und-Zu der Schnäbel nieder, richten sich ein. Stareneier: blaßblau. Sie bauen sich ihre Nester aus Gras und Federn, manchmal auch kleinen Stückchen Abfall, in Bäumen oder Dachvorsprüngen oder in Löchern im Mauerwerk. Es sind richtige Stadtvögel. Ihre Brust ist mit lauter Sternen getüpfelt. In der Abenddämmerung ziehen sie in einem großen Schwarm am Himmel ihre Schleifen.

Abenddämmerung war schon; die Straße zwischen den Gebäuden ist erhellt von Straßenlaternen und von den Lichtern am Hoteleingang, von der Beleuchtung in den Schaufenstern und den Scheinwerfern vorüberfahrender Autos. Else tut der Nacken weh vom langen Hochsehen. Sie läßt den Blick an der Front des Gebäudes herabgleiten. Ja. Diese andere ist wieder da, sitzt auf den Stufen zum Ausstellungsraum der Teppichwelt. Ja, sie ist es. Sie läßt es sich zur Gewohnheit werden. Dabei weiß jeder, das hier ist Elses Platz. Aber diese andere da benimmt sich, als wüßte sie es nicht. Sie hat zwar die Kapuze auf, aber es ist eindeutig sie da drüben.

Else sieht zu der anderen rüber. Die andere sieht rüber zu irgend etwas, was ein Stück neben Else ist. Else schaut nicht mehr. Eine Frau geht vorbei und tut, als hätte sie Else zwar gesehen, ziehe es aber vor, sie zu ignorieren; die meisten Leute sehen Else hier gar nicht sitzen, deshalb ist die Chance bei der Frau relativ hoch, daß Else was kriegt, wenn sie fragt.

(Hbn S vlt bsn Klngld fm? Dk.)

Zwei Zehnpencestücke.

Steck dir eine Zehnermünze in den Mund und beiß zu, und wenn du weiche Zähne hast, brechen die darauf ab. Welches Metall ist härter, Silber oder Kupfer? Es ist kein echtes Silber. Es ist eine Legierung. Sie wird es beim nächsten Regen in der Enzyklopädie in der Bibliothek nachschlagen, falls die Bibliothek dann auf hat. Sie hat es schon mal nachgelesen, allerdings wieder vergessen. Doch sie ist ziemlich sicher, daß der Zehner härter ist; das leuchtet ein. Einmal haben sie und Ade sich so viele davon in den Mund gesteckt, wie sie reingekriegt haben. Er hat viel mehr in seinen Mund reingekriegt als sie; er hatte einen größeren Mund, haha. Davon war sein Gesicht ausgebeult wie bei einem Hamster; die Ränder der Münzen haben von innen gegen seinen Bart gedrückt. Man kriegt einen schweren Kopf von Geld, wenn man sich den Mund damit vollstopft.

Sie muß lachen, wenn sie daran denkt. Lachen tut weh. Das Geld lag eingespeichelt in ihren Händen, er hat ihr seins in die Hände gespuckt, es kam raus, als wär es so was wie glänzende Kotze. Kannst du haben, sagte er, du brauchst es dringender als ich. Himmel, sie müssen betrunken gewesen oder irgendwie nicht ganz rundgelaufen sein; sie wußten, daß an dem Geld Dreck dran ist, und haben es sich trotzdem in den Mund gesteckt. Der Geschmack war metallisch. Danach hat Ade, wenn er sie küßte, auch nach Metall geschmeckt. Er schob ihr einen Zehner in den Mund, an den Zähnen vorbei, von seiner Zunge auf ihre Zunge, flach wie eine Oblate bei der Kommunion, sie behielt den Zehner auf ihrer Zunge, als ob er schmelzen könnte, machte dann den Mund auf und holte ihn heraus. Das Datum darauf war 1992. Gott. Sie hatten die

(Hst d ws Klngld?)

unterschiedlichen Münzen, die sie bei sich hatten, alle geküßt, die Vorder- und die Rückseite, wie bei einem Spiel, um herauszukriegen, wie sie schmeckten.

Else versucht, sich zu erinnern.

An den Geschmack des Kusses erinnert sie sich im Grunde sogar genauer als an Ade: wie der ausgesehen hat, an sein Gesicht. Eine ganze Zeitspanne kann sich auf einen Geschmack, einen Moment reduzieren. Eine ganze Person auf einen Bruchteil eines Ichs. Manchmal reibt Else jetzt eine Münze an ihrem Pullover ab und steckt sie sich in den Mund; Silber schmeckt sauberer als Kupfer. Kupfer schmeckt wie leicht angegammeltes Fleisch. Die Ränder des Einpence- und des Zweipencestücks sind glatt, die Fünfer oder Zehner haben eingeprägte kleine Kerben, und obwohl die klein sind, fühlen sie sich auf der Zunge groß an. Die Zungenspitze ist empfindlich. Die Schwere eines Pfunds: wirklich überraschend. Else weiß noch, daß sie ziemlich überrascht war. Nemo me impune lacessit. Das ist das Versprechen, das damit verbunden ist. Das kann die Zunge erspüren, wenn sie am Rand des schweren Geldes entlangfährt.

Den Geschmack hat Else ständig an den Fingern, er steckt ihr immer hinten in der Kehle. Oder aber der Geschmack des Geldes oder der Liebe ist bloß derselbe wie der, wenn man eine Erkältung hat.

Else sieht hoch, über die Straße. Die andere da drüben hat heute ihre Kapuze auf, und die Leute geben ihr weniger Geld, weil sie nicht genau sehen, ob es ein Junge oder ein Mädchen ist. Hätte sie die Kapuze unten, bekäme sie viel mehr zusammen. Dabei macht sie nicht mal einen schlechten Schnitt. Sie nimmt definitiv mehr ein als Else. Aber hätte sie die Kapuze unten, würde sie noch viel mehr einnehmen. Else sollte rübergehen und ihr das sagen. Die andere hat keine Ahnung. Zehn nach vier ist sie gekommen.

Sie sieht aus wie vierzehn, höchstens fünfzehn, vielleicht; Schule steht ihr ins Gesicht geschrieben. Gute Schülerin

(Hst d ws Klngld?)

steht ihr ins Gesicht geschrieben. Ihre Haare unter dieser Kapuze: zu gepflegt, zu glänzend. Sie sieht nicht abgerissen aus. An hat sie mal dies und mal das. Sie besitzt mehr als einen Mantel. Sie sieht aus wie eine Ausreißerin, aber wie eine ganz neue, gerade heute erst angekommene. Deshalb kriegt sie leicht Geld zusammen, klar, sie sieht ja auch aus, wie die jungen Hündchen oder Kätzchen auf den Schokoladenschachteln, die es vor Jahren noch gab, aussahen im Vergleich zu einer richtigen Katze oder einem Hund, richtig verdutzt nämlich. Bloß daß sie dort drüben elend aussieht, richtig grau. Sie hat die Farbe von zertretenem Eis auf einer Pfütze. Sie tut Else ganz schön leid.

Aber es ist nicht so, als ob die Kleine das Geld überhaupt wollte. Sie sieht es nicht mal, wenn Leute ihr Geld hinwerfen. Jedesmal, wenn sie da ist, ist es dasselbe: Sie macht in Null Komma nichts ein Vermögen, das sie nicht mal zu wollen scheint. Else weiß noch, wie es ist, wenn man in dem Alter ist und einem alles egal ist. Das bringt die an dir Vorübergehenden dazu, mehr zu geben: Sie wollen dir wichtig sein. Manche Leute bieten der anderen da drüben sogar Geldscheine an. Else hat es schon gesehen. Sie gehen vor ihr in die Hocke und reden, schütteln ernst den Kopf, nicken ernst, und der Ausdruck auf dem Gesicht der anderen ist, wie der Ausdruck auf dem Gesicht von jemand wäre, wenn, wenn, Else fällt kein passender Vergleich ein. Doch! Wenn diese andere da aufwachte und aus dem Bett aufstünde und runterginge und raus auf die Straße

(Hst d ml ws Klngld? Dk.)

und feststellte, daß alle auf der Straße, in der ganzen Stadt, aus irgendeinem Grund eine Sprache sprächen, die sie nicht kann, Norwegisch oder Polnisch oder eine Sprache, von der sie nicht mal wüßte, daß es eine Sprache ist.

Leute gehen vorbei. Sie sehen Else nicht oder entscheiden sich dafür, es nicht zu tun. Else beobachtet sie. Sie halten sich Handys an die Ohren, und es ist, als hielten sie sich in einer neuen Variante von quälender Pein die Seite des Gesichts oder des Kopfes. Die mit den ganz neuen Handys, die mit den Headsets, sehen aus wie Irre: als spazierten sie dahin und führten in ihrer eigenen Welt Selbstgespräche. Das bringt Else zum Lachen, und es tut weh, das Lachen. Der Himmel ist die Decke, die Gebäude sind die Wände; im Moment hat sie die Mauer des Hotels im Rücken, die hält sie aufrecht. In ihr hält eine andere Mauer sie aufrecht, die geht von ihrem Unterleib bis zu ihrem Hals und besteht aus Phlegma, und manchmal, wenn sie das Husten nicht unterdrücken kann, wenn sie einfach husten muß, gar nicht wieder damit aufhören kann, bröckelt die Mauer. Sie stellt sich vor, daß sie zusammenfällt wie mürber Zement. Aber die Mauer hat auch ihr Gutes. Sie hält sie aufrecht. Hält sie genauso aufrecht wie die Hotelmauer.

Else stellt sich vor, wo ihr Herz ist, die Muskeln und das Blut rings um ihre Rippen und ihre Lunge. Sie stellt sich vor, wie ihre Lunge rissig wird und pfeift, umgeben von einem Gewirr aus Blut und Muskeln wie schlechte Telefonleitungen, jedenfalls bereits veralteten, und so als würde jemand ein Haus verkabeln wollen, das sich einfach nicht verkabeln läßt. So als käme jemand da an, schleppte die ganzen Telefonkabel mit, die alle darauf warteten, verbunden zu werden, stiege aus seinem Van aus und stellte fest, daß er vor einer beschissenen riesigen Schloßmauer steht, bloß mit dünnen Schlitzen drin statt mit Fenstern, und es wäre das fünfzehnte Jahrhundert und so was wie Elektrizität gäbe es noch gar nicht.

(Hst d ws Klngld?)

Stellen Sie sich mal den Mann vom Telefon vor, der dasteht wie etwas der Darwinschen Evolution Vorausgeeiltes, ein Post-Neandertaler in seinem Overall mit Kabelrollen über dem Arm und sein Van voll mit dicken Rollen Draht hinter ihm. Da steht er nun, kratzt sich den Kopf wie ein Affe, denn da ist kein Metallgitter am Boden, das er hochheben kann, um seine Arbeit zu machen, und eine Dame mit Schleierhaube späht durch den Schlitz raus zu ihm, als ob er ein Marsmensch und mit dem Raumschiff gekommen wäre, weil wir das fünfzehnte Jahrhundert schreiben und es so was wie Vans nicht gibt. Denken Sie an die Gesichter. Beim Lachen muß sie husten. Das Husten schickt ihr – Gott, ja, denkt sie, während sie hustet – eine Garbe von Fünfzehntes-Jahrhundert-Pfeilen mit all den kleinen Steinspitzen und den Metallzacken am Schaft in die Brust, und dabei ist es bloß ein kurzes Husten, ein hinuntergewürgtes, denn ein richtiges Husten, denkt sie und will es jetzt wissen, atmet zentimeterweise ein, erholt sich wieder, würde die Burg in ihren Grundfesten erschüttern und eine Mauer auf ganzer Breite in den Burggraben schicken. Ein richtiges Husten, sie richtet die Muskeln in ihren Armen und Schultern wieder aus, schüttelt den Kopf, ist, wie wenn der ganze Bestand der scheißhistorischen Gebäude des National Trust zusammenkracht und nichts als Trümmer bleiben.

Else muß aufhören nachzudenken. Sie muß aufhören, dauernd ihre

(Hst d ws. Klngld.)

Phantasie zu benutzen. Sie traut sich nicht, noch einmal zu lachen, sie darf nicht noch mal husten. Wer weiß, was sie dann heraushustet? Vielleicht etwas, so fühlt es sich jedenfalls an, so groß wie ein scheißkleines Ferkel, über und über mit Scheißborsten bedeckt. Mist. Scheißmist. Es hustet aus ihr heraus, befriedigend und brennend. Beim Lachen muß sie husten. Beim Atmen muß sie husten. Vermutlich würde sie, wenn sie jetzt vögelte, einen Blutsturz kriegen. Beim Bewegen, schon bloß der Schultern oder des Kopfes, muß sie husten. Else traut sich nicht, sich zu rühren, noch nicht.

Wenn sie sich dann doch fürs Aufstehen entscheidet, wird sie folgendes tun: Sie wird über die Straße gehen zu der anderen, wie sie es die letzten beiden Male gemacht hat, und das Geld aufheben, das sie ihr vor die Füße geworfen haben. So läuft das bei ihnen, bei ihr und der anderen, und so werden sie es auch durchziehen. Erst steht Else auf. Dann überquert sie die Straße. Dann sieht die andere sie kommen und rennt weg. Dann hebt Else das Geld auf. Das ist fair. Es ist ihr gutes Recht. Jeder weiß, das Hotel gehört Else. Aber sie muß aufpassen, wie sie es durchzieht. Sie muß es richtig einschätzen. Wenn sie zu zeitig aufsteht, könnte sie die andere zu schnell vertreiben und sich um potentielles Geld bringen. Wenn sie gar nicht aufsteht, steht womöglich die andere drüben selber auf und geht, und was, wenn sie mal alles mitnimmt? Was, wenn sie mal zu dem Schluß kommt, daß sie es selber will? Else stabilisiert ihre Atmung. Das wird wieder. Nicht mehr lange, dann fängt der Feierabendbetrieb an, und eine Weile später ist der wieder vorbei; die andere könnte in der Zeit noch wer weiß wieviel machen. Else wartet noch. Sie wird weiter stillsitzen und abwarten, denn da sind womöglich noch zehn oder gar fünfzehn Pfund mehr drin,

(Hbn S vllt bsn Klngld? Dk.)

und das sind fünfzehn Pfund mehr, als Else machen kann, denn sie macht heute so gut wie nichts. Wenn man so einen beschissenen Husten hat, macht man nie was. Dann machen die Leute einen weiten Bogen um dich herum. Drei Pfund und zweiundvierzig Pence hat sie seit Anbruch der Dunkelheit reingeholt. Sie könnte diese andere dort richtig in ihr Herz schließen. Eine Partnerschaft zwischen ihnen ist es nicht ganz. Else könnte heute abend gescheit essen und sich vielleicht sogar ein bißchen Schlaf kaufen.

Wenn die andere nicht zuerst weggeht und das Geld mitnimmt.

Wenn Else bis nach der Stoßzeit durchhält und die andere dann auch noch da ist.

Wenn keiner kommt und sie weiterschickt.

Gehen Sie weiter

Das wollen die Leute nicht sehen.

Und ich will es auch nicht sehen.

Okay so?

Ich sehe, wir haben uns verstanden.

Danke.

Kleine Auswahl dessen, was Polizisten und Polizistinnen im Laufe der Zeit zu Else gesagt haben:

Ist das dein Krempel? Räum das weg. Oder das war's mit uns beiden. Räum es weg. Hau ab. (ein Mann)

Wie alt bist du? Unter diesen Umständen hältst du kein Jahr mehr durch. Und das weißt du auch, oder? Nicht bloß ich sage das. Das ist statistisch erwiesen. Jeden Tag sterben welche, Leute wie du. Ich denk mir das nicht aus. Wir erleben es ja, tagtäglich. Du kippst einfach um, auf der Straße. Möchtest du denn nicht dreißig werden? (eine Frau)

Du hast doch ein Zuhause. Irgendwo hat jeder eins. Geh jetzt nach Hause, ja, genau, braves Kind. (ein Mann)

Geh weiter, Else, wir können das nicht erlauben, und das weißt du auch. (eine Frau)

Schon mal überlegt, daß man für seinen Lebensunterhalt auch arbeiten kann? Wir übrigen müssen das. Wir können nicht alle herumlungern wie du. (eine Frau)

(flüsternd) Ich sag's dir mal ganz direkt, und ich sag's nur einmal. Du möchtest mal richtig vergewaltigt werden, du legst es darauf an. Wenn ich dich hier drin noch einmal sehe, bist du dran. Das ist mein voller Ernst. Das ist ein Versprechen, keine Drohung. Hast du verstanden? Hm? (ein Mann, im Bahnhof)

Geht das nicht in deinen dicken Schädel, daß anständige Leute Abschaum wie dich hassen? Du bist der Abschaum der Menschheit. Du machst es für uns andere kaputt. Der Abschaum der Scheißmenschheit. (eine Frau, im Bahnhof)

Hier, bitteschön, Kindchen. Milch? Zucker? Rühr gut um, sonst setzt sich alles unten am Boden ab. (ein Mann, im Bahnhof)

Hast du mal einen Blick auf die Anschlagtafel geworfen, Elspeth? Nein? Du hättest Anspruch auf polizeiliche Beratung. Die findet immer donnerstags statt, hier, im dritten Stock. Du hättest Anspruch darauf. Das heißt, das ist kostenlos, du brauchst nichts zu bezahlen, wenn du zu arm bist. Deswegen sind wir ja hier, um anderen zu helfen. Du brauchst dich bloß einzutragen. Du brauchst bloß zu fragen. (eine Frau, im Bahnhof)

Else kennt dieses Wort noch aus der Schule. Arm. Dort war es ein Wort aus der Geschichte, aus der Zeit, als es so Sachen gab wie Philanthropen (noch ein Wort aus der Geschichte), wie zum Beispiel Robert Owen einer war, der den Arbeitern in seiner Fabrik eine Kirche und eine Schule und ein Krankenhaus baute und der die allerjüngsten ihrer Kinder erst einstellte, als sie sogar noch ein bißchen über das Alter hinaus waren, in dem andere Männer, die auch Philanthropen waren, sie schon beschäftigten. New Lanark hießen seine Baumwollspinnereien, wie auch seine Philanthropie etwas Neues in der Welt schuf. Die Armen. Was die Geschichte für ihr Vorankommen tat, damit es ihnen besserging. Aber das war damals. Jetzt ist heute. Auf einer Seite der Zeitungsbogen, die sie sich um die Füße gewikkelt hat (ihre Stiefel sind ihr zu groß), hat jemand in einem Artikel angeregt, daß es doch Sammelbüchsen geben könnte, in die Leute, die welches haben, für Leute, die darum bitten müssen, Geld reinwerfen; solche Büchsen könnten in Supermärkten wie im Sainsbury stehen, dann könnten diejenigen, die Geld ausgeben wollen, immer welches reintun, und dann würden diejenigen, die welches haben, nicht

(Hst d ws Klngld?)

dauernd von allen gefragt werden. Durch eine solche Maßnahme (sie traut sich, leise zu lachen, und irgend etwas in ihrer Brust bäumt sich auf, beruhigt sich dann wieder) könnte Else ihren Job verlieren.

Der Penny unweit von Elses Fuß, die Münze, nach der sie demnächst greifen wird, liegt mit der Kopfseite nach oben, wie sie sieht, und es ist eine ziemlich neue Münze, da ist der rundliche Kopf der Queen aus späteren Jahren drauf.

Else behält die Münze im Auge. Die läuft nicht weg. Demnächst wird sie sich die holen.

Sie wickelt sich gern wichtige Dinge um die Füße.

UNGLEICHHEIT IN GROSSBRITANNIEN DEUTLICH HÖHER ALS VOR 20 JAHREN. JEDER FÜNFTE LEBT UNTER DER ARMUTSGRENZE. Diese Untertitel polstern ihr die Ferse. Ha! Sie hat sie in der Bibliothek aus der Zeitung herausgerissen. Die historische Stadt, auf deren Pflaster sie sitzt, mit ihren mittelalterlichen Gebäuden und ihren modernen Wohnsiedlungen, die über den Kloaken des Mittelalters schwanken, das ist alles, was von der Geschichte heute noch da ist; ein Ort, zu dem Touristen im Sommer ihre Travellerschecks tragen können. Die tatsächliche Geschichte ist verschwunden. Else weiß das; sie ist clever, ist sie immer gewesen. Heute weiß sie wieder, wie man Philanthrop schreibt. Aber dafür fällt ihr heute nicht ein, welcher Zeiger was auf der Uhr bedeutet, ob der kleine die Minuten anzeigt oder der große.

(Hbn S bsn Klngld? Dk.)

Bsn. Klngld.

Wn S ds lsn knn, knn S Skrtrn wrdn nd fndn vllt nn gtn Jb.

Zuerst ist es, weil ihr einfällt, sie selber könnte nn gtn Jb fndn und mit einer Frisur, engen Klamotten aus den Läden, Beinen in der neuesten Strumpffarbe und den genau richtigen Schuhen drumherum aus einem Bürogebäude treten wie dem dort drüben über der Teppichwelt. Dann ist es, weil ihr einfällt, wie sie sich das vorgestellt hat, als sie noch klein war und mit ihrem Vater in der Tube saß, der diese Anzeigen für gt Jbs las, wenn sie einen Ausflug nach London machten: ein Mädchen mit wachem Blick und

Pferdeschwanz und den ordentlichen Sachen, die ihre Mutter ihr genäht hatte, lang, lang ist's her, als das Lesen einer Anzeige und das Wissen, was sie bedeutete, ein weiteres Anzeichen für ihre Cleverneß waren, das richtig zu verstehen: als Kürzel für etwas, was möglich war. Sie muß lachen dabei. Das Lachen platzt heraus, sie kann es nicht aufhalten. Das Husten auch, laut und so plötzlich, daß ein vorüberlaufender Hund erschrickt und einen kleinen Satz macht an seiner Leine und zu bellen beginnt, und als das Husten und Bellen herauskrachen und ein Arm den Hund wegführt, tut das Husten weh, der in ihr steckende Splitter eines kleinen Mädchens tut weh, die Kombination aus Husten und Vergangenheit schnappt mit dem Maul nach ihr, wie ein Hund nach einem Lumpen schnappt, und schüttelt sie durch.

Damit sie zu zittern aufhört, damit sie aufhört, daran zu denken, denkt sie statt dessen an sie, an die gtr-Jb-Sekretärinnen aus allen Zeiten, durch die Bank stenokundig,

(Htn S vlt

(Pause, in der sie hustet,

zu lang, Passant ist weg)

bsn Klngld?)

100 Anschläge pro Minute. Wenn man sich vorstellt, wie die fein die Wörter filetieren, und ihre Papierkörbe quellen über von weggeschmissenen I und O und U und E und A. Aber jetzt sind sie alle überflüssig, fällt ihr ein, alle diese Skrtrnn. Sind Geschichte. Ha. Die sind alle überflüssig gemacht worden durch knackige, glänzende neue Mädchen mit Diktiergeräten und Computern, die das, was man sagt, noch in demselben Moment schreiben, in dem man es sagt. Die sind jetzt vermutlich alle auf der Straße, die Skrtrnn,

machen wie Else jeden Tag dasselbe. Sie braucht auch keine Vokale. Sie kennt alle möglichen Abkürzungen. Im Geiste sieht sie das Pflaster übersät von den Buchstaben, die aus den Halbwörtern herauspurzeln, die sie verwendet (sie braucht keine ganzen). Sie stellt sich vor, wie sie das der Polizei oder kommunalen Straßenkehrern oder zornigen Passanten erklärt. Ich räum hinter mir auf, sagt sie denen in Gedanken. Sind bloß Buchstaben. Die sind sowieso biologisch abbaubar. Die verrotten wie Laub. Ergeben guten Kompost. Vögel benutzen sie, um damit ihre Nester auszukleiden, zum Warmhalten ihrer Eier.

Stareneier: blaßblau. Rotkehlcheneier: weiß mit roten Sprenkeln. Drosseleier: braune Flecken oder Tupfer. Spatzeneier: grau und braun, bedeckt mit Klecksen. Buchfinkeneier: rosa mit braungetönten Stellen. Amseleier: ein grünliches Blau mit braunen Flecken. Else kennt die Eier der Stadtvögel, kennt sie, seit sie ein Kind war und sich im Garten hinter dem Haus das Amselnest in der Hecke angesehen hat, die drei kleinen grünblauen Eier in ihrem Bett aus Gras und Zweiglein der Hecke. Nicht anfassen, hat ihre Mutter gesagt. Wenn du sie anfaßt, merkt das die Vogelmutter, und dann kommt sie nicht zu den Eiern zurück, und sie sterben. Woran merkt sie das? hat Else gefragt. Sie merkt es einfach, hat ihre Mutter gesagt, ich sag's dir ja: laß. Else hatte etwas aus gelbem Trevira an, es hatte eine rosa Paspel am Hals, an den Puffärmeln und am Saum. Es war der Monat Mai neunzehnhundertneunundsiebzig; lange her. Die Eier waren wunderschön. Sie nahm eines davon heraus und hielt es in der Hand. Es war leicht, es hätte in ihrer Hand zerbrechen können. Sie hätte es leicht zerdrücken können; eine kleine Bewegung, und es wäre kaputtgegangen. Sie legte das Ei wieder zu den beiden anderen in das Nest. Niemand hatte es gesehen.

Am nächsten Tag war die Vogelmutter immer noch nicht wiedergekommen. Drei Tage später waren die Eier kalt. Die Vögel darin waren Schleim, ihre Knochen hatten sich nicht richtig ausgebildet, waren nur Ellbogen anstelle von Flügeln.

Hör auf zu heulen, hat ihre Mutter gesagt. Das nützt den kleinen Vogelkindern auch nichts. Sie reichte Else ein Buch, es hatte Vögel auf dem Umschlag. Durch das Buch fühlte sich Else innerlich ganz krank. Sie erlegte sich auf, Sachen zu lernen, die darin standen. Und im Sommer des folgenden Jahres, als eine Mordshitze an beiden Enden der Straße flimmerte und die in allen Bäumen und Hecken versteckten Nester voller neuer, gerade flügge gewordener Vögel und die Eier aus dem Jahr zuvor nur noch ein böser Traum waren, wußte Else (in einem neuen blauen Baumwollkleiderrock mit einer auf die Tasche aufgesteppten Margerite) diese Dinge auswendig: die Eier von Mauerseglern waren weiß und länglich, die von Elstern waren braun und bläulich gesprenkelt.

Neuerdings hat Else immer wieder denselben Traum: Sie betritt einen Raum, an dessen Wänden ein Kleiderschrank nach dem anderen steht. Sie macht die Tür des ersten auf, und darin steht auf einem Fachbrett die Nähmaschine ihrer Mutter mit dem dicken, durchsichtigen Zellophan als Staubschutz darüber. Ringsherum, darunter, darüber sind Schubfächer. In allen diesen Fächern befinden sich nach einem komplizierten System geordnete Aktenmappen. In jeder einzelnen der so abgelegten Aktenmappen steckt ein zu kleines Kleidungsstück. Ein Kleid, eine Strickjacke, eine

Weste, eine Hose, ein Kleiderrock. Alle diese Kleidungsstücke sind für Else gemacht worden. Die Akten füllen die Schubfächer, und die Schubfächer füllen die Kleiderschränke, und die Kleiderschränke verstopfen die Räume, so daß sonst fast kein Platz ist, und jedes einzelne dieser Kleidungsstücke liegt platt gedrückt zwischen den Aktendeckeln, eingeschrumpft und ohne Luft dran, wie vakuumverpackt. Else ist ganz schwindlig davon. Sie packt das erste aus, dann das nächste, dann weiter eins nach dem andern und nach dem andern, die Sachen türmen sich um ihre Füße und darüber auf, und obwohl sie schon Hunderte ausgepackt hat, sind noch Tausende mehr da, die sie auffalten muß, alle verschieden, alle selbstgenäht, alle mit Sorgfalt bestickt, und Tausende von Schubfächern warten noch darauf, daß sie sie aufzieht. Puffärmel. Nahttrenner und Mieder. Stoßband. Schwarze Zackenlitze. Trevira und Baumwolle, Nylon und Wolle, Polyester, Stretch und Velours, und allesamt sind sie unbrauchbar: zu klein, zu zart, zu sauber, zu viele; die Schränke, vollgepackt mit untragbarer Liebe, nehmen kein Ende, und in ihrem Traum merkt Else mit jäh aufschießender Hoffnungslosigkeit, daß sie schläft und daß, so untragbar das alles ist, es sie zum zweitenmal mit allen Fasern zerreißen wird, wenn sie aufwacht und das alles, jedes einzelne Stück mit seinen leeren Ärmeln, zurücklassen muß.

Es ist ein Alptraum.

Else hat schon richtig Angst zu schlafen, weil der dann kommen kann, und hat Angst zu schlafen, weil der dann ausbleiben kann.

(Hst d ml ws Klngld?)

Sie versucht zu lachen. Muß wieder husten. Nichts löst

sich. In ihrem Leib sind überall große Hitzeblasen, sie weiß, daß es so ist; dort drin sieht es aus, wie Farbe aussieht, wenn sie zu nahe an etwas Heißem war. Ihr Inneres ist verbrannt wie das verödete Land um ein abbruchreifes Gebäude mit zerschlagenen Fensterscheiben, deren Glas auf dem Boden der leeren Räume liegengeblieben ist. Mal angenommen, jemand ginge hinein in so ein Haus, sie zum Beispiel, weil sie ein bißchen schlafen wollte, sie würde sich an den Scherben schneiden. Wenn sie sich setzen und ausruhen wollte, säße sie auf Scherben. Wenn Else atmet, wenn sie sich bewegt, fühlt es sich an wie Glasscherben.

Sie hat das Innere ihres Körpers kaputtgemacht durch ihre Lebensweise. Das weiß sie. Lustig ist das nicht. Es überkommt sie wie Trübsal. Sie hat ihre inneren Organe kaputtgemacht, hat sie abbrennen lassen und dann Erde darüber geworfen, so als wollte sie das Brennen zum Stillstand bringen. Schönheit, Treu und Seltenheit, Anmut in Einfältigkeit. Schlummern hier dem Staub geweiht. Shakespeare. Die Bibliothek in dieser Stadt ist gut. Sie denkt eine Weile an die Bibliothek. Die hier ist besser als die in Bristol. Sie hat schon mal länger geöffnet, und die Bibliothekare werfen seltener jemanden raus, nicht mal Leute, die da drin ein bißchen schlafen wollen. Sie hat die metaphysischen Dichter gelesen. Wahrheit, Schönheit, sie verwesen. Oder: Und sie gebar mich neu aus Mangel, Dunkel, Tod: dem, was wir verloren. Das Dunkle in der Poesie, denkt Else und atmet sehr vorsichtig, kommt ihr immer vor wie eine tiefere Dunkelheit, schwerer wiegend als die normale, so als sei es der Inbegriff alles Dunklen, mit extra dunklem U. Sie hat ein Gedicht gelesen über einen Jungen, der bei Theateraufführungen vor Queen Elizabeth I. mitgewirkt hat. Er konnte wahnsinnig gut sehr alte Männer verkörpern und ist schon mit dreizehn Jahren gestorben. Else mag auch William Butler Yeats. Fort ging ich in den Haselwald, weil Feuer war in meinem Kopf. Zieh dahin, so zieh dahin, ich bin da nicht zu Haus, am Strand die Mädchen kennen sich mit dem Dunkel aus. Mit Romanen plagt sie sich nicht mehr ab. Sie hat so viele Romane gelesen, daß es ihr fürs Leben reicht. Die dauern zu lange. Die sagen zuviel. Nicht daß nicht viel zu sagen wäre. Die ziehen Geschichten nach sich, so als bände man sich alte Blechdosen an die Knöchel und wollte damit rumlaufen.

Else bekommt Panik. Sie hat geträumt, und jetzt ist die andere dort drüben fort. Sie sieht sie nicht. Ist die da drüben noch da? Leute gehen auf der anderen Straßenseite, sie kann nicht über die hinwegsehen. Sie sieht die andere nicht.

Alles in Ordnung. Alles in Ordnung. Die Leute sind vorbei, und die andere dort drüben ist noch da. Sie hat sich noch nicht fortbewegt. Ihre Kapuze ist noch oben.

Diese andere, die hält sich, als ob sie überall am Körper blaue Flecken hätte. Sie ist noch jung genug, daß ihr alles mögliche passiert sein kann, und so, wie sie starr nichts Bestimmtes fixiert, ist ihr wahrscheinlich auch etwas passiert. Aber alles in allem sieht sie nicht besonders angeschlagen aus; eher glänzt sie, sieht aus wie fehl am Platze, so als hätte jemand aus Versehen einen Löffel im Garten fallen lassen, und der wird nach ein paar Tagen noch genau an derselben Stelle im Gras wiedergefunden, wo er verloren worden ist. Sie sieht aus, als käme sie von wo mit Garten und mit Gartenmöbeln darin.

Else stellt sich die andere von dort drüben in einem Garten vor; da liegt sie auf einem Liegestuhl in der Sonne. Hochstämmige Blumen neigen die Köpfe. Sie trinkt eine Dose Cola. Sie sieht verärgert aus. Irgend jemand ruft etwas aus einem Küchenfenster. Was? ruft die andere zurück, den Kopf gedreht, den Mund offen. Was hast du gesagt?

Nein, tut sie nicht. Sie ruft nichts. Es ist Winter, es gibt keinen Garten, und sie sitzt einfach bloß da, ein graues Mädchen auf der grauen Treppe zum Vorführraum der Teppichwelt, drüben im Dunkeln, und beobachtet das Hotel.

Die andere hat den verblüfften Blick der Liebeskranken. Das ist es;

(Hbn S vlt bsn Klngld?)

genau. Sie paßt auf, ob jemand in das Hotel hineingeht oder herauskommt. Irgendein Mann von weiter oben in der Straße, ein Freund ihrer Eltern, der sie regelmäßig gehabt hat, seit sie vierzehn ist, auf ihrer Jacke, nach der Schule auf der guten Kordgarnitur im vorderen Zimmer ihrer Mutter unter ihnen ausgebreitet, oder in der Mittagspause oder während ihre Mutter duschen oder einkaufen war, und jetzt ist seine Frau oder ihre Mutter ihm draufgekommen oder vielleicht ihr Vater, der ist ihm draufgekommen und ist jetzt unterwegs, ihn suchen, er wird ihm das Gesicht einschlagen, sie suchen schon nach ihm, und sie ist hierhergekommen zu dem Hotel, um ihn zu warnen, hat sich aus ihrem Zimmer geschlichen, ist zum Fenster raus und draußen am Haus runter, die Tür war ja abgesperrt, sie haben sie eingeschlossen, sie weiß, er hat gesagt, er würde in dieses Hotel gehen, wenn er je

Oder. Sie wartet darauf, daß jemand aus einem der Hotelfenster schaut und sie sieht. Ein Handelsvertreter vielleicht, der zweimal im Monat durch die Stadt kommt, gerade hat er seinen Schlipsknoten gelockert und die Knöpfe am Hosenstall seines Geschäftsanzugs aufgemacht, und jetzt steht er da, das Hemd aus der Hose gezogen, und schaut in die Nacht über der Stadt, und da – na, so was – sieht er sie, die so geduldig auf ihn wartet, die, hm, die (wo sind sie sich bloß mal begegnet?) so schüchtern tuende junge Frau, die auf der Verkaufskonferenz vor zwei Monaten den Tee und den Kaffee serviert hat, sie hat ihn und er hat sie geneckt über dem Besteck, und er hat ihre Jungfräulichkeit, glaubt er, einkassiert zwischen Viertel und zehn vor elf in dem leeren Konferenzraum hinter dem hohen Stapel Stühle, schnell, denn sie mußte ja zur vollen Stunde wieder servieren, und er mußte gleich nach der Kaffeepause seine Präsentation machen.

Ah, die Liebe. Else, die sich jetzt vor Lachen ausschüttet, kennt sie gut. Vertreter der Öffentlichkeit zum Beispiel fragen sie immer wieder danach, so als sei es Elses Aufgabe, die ihnen für ihr Kleingeld mitzuliefern.

Einiges von dem (die Liebe betreffend), was Vertreter der Öffentlichkeit im Laufe der Zeit zu Else gesagt haben:

Hast du Lust, mich ein bißchen zu wärmen? (ein Mann in einem Maßanzug)

'tschuldige mal. Ich hab gerade überlegt, ob du vielleicht einen Zwanzigpfundschein, fair gehandelt, brauchen kannst. (ein Mann in Joggingkluft)

Ich hab heute einen furchtbaren Tag. Ich weiß nicht, was ich sonst machen soll. Ich weiß mir sonst nicht zu helfen. Ich weiß nicht, mit wem ich sonst reden könnte. (eine Frau, die sich hinhockte und dicht vor Elses Ohr sprach und die ihre Arme ausstreckte und gehalten werden wollte, während sie redete. Hinterher hat Else darüber nachgedacht. Sie hat die Frau sich neben sie hinsetzen lassen und untergehakt und das fast eine halbe Stunde lang; hat sich der Frau zur Verfügung gestellt, weil es schon lange her war, daß ihr jemand den Vorwand geliefert hat anzunehmen, sie würde halt einfach mit ihrem Namen angesprochen. Ich weiß nicht, was, Else, ich machen soll. Ich weiß nicht, mit wem, Else, ich sonst reden könnte.)

Bist du sicher, daß es dich nicht reizt? Ich geb dir einen Fünfer. (noch einmal der Mann in dem Anzug)

Wie alt bist du? Möchtest du vielleicht mit zu mir nach Hause kommen? (eine Frau in schicken Businessklamotten)

Möchtest du mit in den Van reinkommen, Süße? Ich spiel dir was vor. Nein? Sicher? Kriegst ein Eis. Oder zwei, die kriegst du bestimmt auch weg. (zwei Männer aus dem Fenster des Eiswagens, der an der roten Ampel anhalten mußte)

Alles in Ordnung mit dir? Heute ist es kalt. Wie geht es dir? Schau, daß du dich warm hältst (eine jüngere Frau, die nur nett war. Aber ist es nicht dasselbe? überlegt Else. Läuft es nicht auf dasselbe hinaus? Ein Eis anbieten und einfach nett sein, sind das nicht Variationen ein- und desselben Wortgeklingels?)

Wieviel? (ein Junge, ungefähr dreizehn. Else sah, wie er hinten am Ansatz seines stoppelkurz geschnittenen Haars errötete. Sie berechnete ihm zehn Pfund, bestand auf Vorkasse und ging mit ihm zu dem mehrstöckigen Parkhaus. Es war Abend; Ebene D war beleuchtet und ruhig; dort, im Geruch nach Benzin und Abgasen, auf dem Steinboden zwischen vorderer und hinterer Stoßstange kleiner Stadtautos: Liebe. Ab und zu kommt er jetzt auf der Straße an ihr vorbei. Er ist inzwischen älter; er hängt mit seinen aknegezeichneten Freunden herum, alle in T-Shirts mit den Namen amerikanischer Heavy-Metal-Bands vorn drauf. Er macht eine Armesündermiene, sieht in die andere Richtung. Die Jungs pöbeln sie nie an. Geld gibt er ihr nie welches.)

Eine Frau in Uniform ist aus der Drehtür des Hotels gekommen und steht auf der Eingangsstufe. Eine Uniform bedeutet im allgemeinen: geh weiter. Else hält mitten im Husten inne. Sie verhält sich ganz still. Sie hat schon Spinnen und Bohrasseln beobachtet, als die das gemacht haben. Else ist gut darin. Sie wird nicht auffallen.

Als sie sich das nächste Mal den Blick zu heben traut, überquert die Frau in der Hoteluniform zwischen den Scheinwerfern schnell fahrender Autos die Straße. Sie kommt auf der anderen Seite an, streicht ihre Jacke glatt, bevor sie weitergeht. Else beobachtet, wie dicht die Frau aus dem Hotel schon an der anderen mit der Kapuze dran ist, bevor die etwas merkt und aufspringt und durch den Gang neben der Teppichwelt davonsaust, schneller als ein Vogel vor einer plötzlich aufgetauchten Katze.

Mst, sagt Else laut. Die andere ist verschwunden. Else spuckt den Schleim, den sie auf ihrer Zunge zwischengelagert hat, über die Kante ihres Mantels hinaus. Sieht dahin, wo vorher die andere saß. Mist. Sie fängt an zu husten, und der Husten reißt sie tief innen so auf, daß ihr Inneres sich im Zickzack teilt, so als hätte sie ein knochiges Maul wie ein Hai, das sich von ihrer Kehle öffnet bis zu

Alles klar? Entschuldigung? Okay?

Else macht die Augen auf. Der künstliche Stoff der

Hoteluniform ist über ihrem Kopf. Er spiegelt das Straßenlicht. Else ruckt. Sie fängt an, ihre Sachen zusammenzusuchen.

Nein, sagt die Frau in der Uniform schnell und streckt die Hand aus. Nein, schon in Ordnung, deshalb bin ich nicht hier. Bleib, wo du bist.

Dann hockt sich die Frau neben Else.

Else sieht den Kopf und die Seite des Gesichts, sie sind ziemlich dicht vor ihren Augen; von nahem und im Licht aus dem Hotel sieht das Weiß im Auge der Frau wellig und ungesund aus. Else sammelt ihre Kräfte. Aber die Frau sieht Else gar nicht an; sie starrt über die Straße ins Leere. Auf das Revers ihrer Uniformjacke ist ein Abzeichen aufgenäht, darauf in Braun und Grün der Schriftzug GLOBAL HOTELS. Bogenförmig in Weiß auf die Brusttasche gestickt steht oben *Global in der Welt* und unten *Die Welt bei Global.* Else schaut unverwandt auf das Pflaster. Kleine Glassplitter und Kies liegen in der Vertiefung, wo Hotelmauer und Gehweg aufeinanderstoßen. Ein Teil des Glases ist grün, ein anderer weiß. Das sieht sie im Dunkeln. Daneben, rund wie eine Münze, ein platt getretener alter Kaugummiflatschen, Teil des Gehwegbelags. So viele Dinge von der Straße befanden sich einmal bei Leuten, sogar in ihren Mündern, waren ihnen vertraut, bevor sie hier gelandet sind.

Die Frau in der Uniform ist jünger, als sie aussieht. Sie seufzt. Sieht Else an. Else wendet ihren Blick wieder ab. Vier Zigarettenstummel, zwei mit Filter, der eine mit Lippenstiftspuren, der andere ohne, weiß und zerrissen, mit daraus hervorquellenden Tabakkrümeln. Eine Selbstgedrehte, das gespitzte Endstück zugedrückt, selber ein schmutziger Mund.

So sitzen sie lange, wie es Else vorkommt, die, vierzehn, fünfzehn, sechzehn, die Stiche am Saum ihrer Decke und die Abstände zwischen den Randfäden zählt.

Die Frau zieht die Nase hoch, so als fordere sie sich heraus. Schüttelt den Kopf.

Else betrachtet eingehend ihren Ärmel. Ihre Hand. Die Oberseite ihres Stiefels (ihr Fuß darin ist eingeschlafen). Den Schmutz in den Fugen zwischen den Gehwegsteinen. Einer hat einen Riß, da muß etwas hart aufgeschlagen sein, in der Mitte zweigen drei weitere Risse ab. Ihre eigene Spucke, aus ihrer Lunge gekommen, fängt dort drüben auf einem Stein das Licht ein.

Hör mal, sagt die Frau.

Else sieht zwar immer noch nach unten und die Frau nicht an, demonstriert aber für alle Fälle mit ihrem Gesicht, daß sie zuhört. Sie ist auf der Hut. Sie weiß noch nicht, was die Uniform vorhat.

Möchtest du ein Zimmer für die Nacht haben? sagt die Frau.

Ah. Else ist nicht überrascht, eigentlich nicht. Es überrascht sie jetzt nur noch wenig. Sie schweigt. Blickt weiter nach unten.

Ich arbeite im Global, sagt die Frau. Heute nacht soll es sogar noch kälter werden. Dein Husten klingt schon schlimm genug, den höre ich bis rein in die Rezeption –

Else zuckt zusammen.

– und die Nacht sollen es bis minus sechs gefühlte Temperatur werden. Wir haben viele Zimmer. Die meisten sind unbewohnt. Du wärst in einem willkommen.

Willkommen. Else stellt sich das Wort vor, wie es auf einer Fußmatte steht. Ja, richtig. Jetzt wird sie woandershin umziehen müssen, weil die Leute im Hotel sie husten hören können.

Natürlich wäre das für umsonst, es wäre kostenlos, sagt die Frau in Hotelkleidung, als wäre sie plötzlich zornig auf sich. Du könntest dich aufwärmen. Du brauchst nichts zu bezahlen oder sonstwas. Ohne Bedingungen.

Natürlich, denkt Else. *Dreierlei kommt Else ein paar Sekunden, nachdem sie Ohne Bedingungen gehört hat, in den Sinn:*

Es ist zehn Jahre her. Sie ist in London. Sie ist erst seit ein paar Tagen da, und sie hat fast kein Geld mehr. Sie steht in Camden vor der Station der Tube, da kommt ein Mann auf sie zu. Er sieht in Ordnung aus. Sieht sauber aus, anständig, wie ein Wahlhelfer der Konservativen. Er hat Geld in der Hand, es ist neues Geld, frisch aus dem Geldautomaten gezogen, noch nicht mal gefaltet. Er sagt, er gibt ihr diese drei Zehnpfundscheine, die er hier in der Hand hat, wenn sie bloß mit ihm in sein Hotelzimmer kommt. Sie braucht sich keine Sorgen zu machen. Sie kann ihm vertrauen. Ohne Bedingungen. Er hält ihr das Geld hin. Sie kann es sogar riechen, so sauber ist es. Sie nimmt es. Der Mann winkt ein Taxi heran. Seit sie Kind war, hat sie nicht mehr in einem Taxi gesessen. Sie sitzt auf der langen Rückbank, und der Mann sitzt ihr gegenüber auf dem Klappding. Er sieht vornehm aus. Sieht ein bißchen aus wie ihr Vater. Er nimmt keine Notiz von ihr. Sie steigen an einer Tube-Station aus, King's Cross, wie sie heute weiß; damals wußte sie es nicht. Gegenüber der Station ist ein Fastfoodladen. Draußen, an einem Schild oberhalb der Türen, steht in Großbuchstaben dicht an dicht, was es alles gibt. Else zeigt es dem Mann, während sie warten, daß sie die Straße überqueren können. *Gucken Sie mal*, sagt sie. NUDELAUFLAUF. Lustig. Doch der Mann hört sie nicht. Er faßt sie bei der Schulter, als sie über die Straße gehen, zerrt sie, immer noch ihre Schulter fest im Griff (Else hat dort noch eine gute Woche später blaue Flecken) in eine Seitenstraße und drückt den Knopf einer Sprechanlage an einer Haustür. Irgend jemand irgendwo im Haus drückt etwas anderes, wodurch die Tür aufgeht. Der Mann stößt sie hinein. Das Treppenhaus riecht nach Desinfektionsmittel. Zwei Stockwerke weiter oben schließt er eine Tür mit einem Schlüssel auf und schiebt sie in den Raum. Dort steht ein Mann am Fenster. In dem Raum ist kein einziges Möbelstück, kein Teppich, gar nichts, nicht einmal ein Stuhl. *Sie soll sich hinsetzen*, sagt der andere Mann am Fenster. *Ich hab ihr dreißig Pfund gegeben*, sagt der erste Mann. Er blickt sie finster an. Setzen kann man sich nur auf den Fußboden. Else setzt sich schnell hin. Der Mann, der wegen des Fensters hinter sich im Schatten steht, mustert sie. Er kommt durch den Raum, nickt, murmelt leise irgendwas. Als er direkt neben ihr steht, steckt er die Hand in seinen Mantel und zieht etwas hervor. Es ist ein Buch. Er schlägt es auf und hält die Hand über ihren Kopf, nur Zentimeter von ihren Haaren entfernt. Er riecht nach Haarcreme. Über Stunden, in denen sie verfolgt, wie das Licht sich von Vormittags- zu Nachmittags- und Frühabendlicht verändert, singen die beiden Männer, mal der eine, mal der andere, mit dem über ihr aufgeschlagenen Buch Gebete ab. Bitten darum, daß sie gerettet und daß ihr vergeben werden möge. Reden über sie, als ob sie gar nicht da wäre. Else steht auf und geht, als der eine auf die Toilette verschwindet und der andere anscheinend in Trance ist. Die Summertür schlägt hinter ihr zu, und sie ist wieder auf der Straße. Leute gehen an ihr vorbei. Niemand sieht sie an. Sie übergibt sich in einen Abfallkübel. Unmittelbar danach hat sie Hunger. Gleich um die Ecke in der Hauptstraße bestellt sie sich in einem Fastfoodladen einen Döner. Sie reicht einen der Zehnpfundscheine über die Theke und steckt das Wechselgeld in die Tasche zu den zusammengefalteten zwei andereren Scheinen. *Ihr Schild ist lustig*, sagt sie zu dem Mann, der das Fleisch von dem Drehspieß abschneidet. Es ist zu der Zeit, als sie noch ganze Worte sagen konnte. *Ihr Schild. Da steht drauf, ihr habt hier Nudelauflauf. Nudelauflauf. Das klingt, als könnten die Nudeln rennen.* Der Mann versteht sie nicht. Er sieht sie nur einmal an, als er ihr das Essen herüberreicht. Er hat Dönerfett am Schnurrbart. Muß ein guter Arbeitsplatz sein, wenn er da zu essen kriegt.

Und: Sie ist vierzehn und gerade von der Schule nach Hause gekommen. Es ist vier Uhr, und Mr. Whitelaw und sie haben im vorderen Zimmer Sex. Als sie heimkam, war er schon da. Er ist schon den ganzen Nachmittag da, sagt er, und repariert im ganzen Haus ihrer Mutter die Jalousien. Mr. Whitelaw ist in den Vierzigern. Er sieht aus wie Patrick Duffy in *Dallas*, nur mit ein bißchen mehr Grau. Ihre Mutter steht oben unter der Dusche. Wegen des Boilers hört sie nichts. *Gott*, sagt Mr. Whitelaw. Sein Gesicht glänzt vor Schweiß, seine Stirn hat tiefe Furchen. Die erinnern sie an die Kleinfelderlandwirtschaft im achtzehnten Jahrhundert, die sie in Schottische Geschichte III durchgenommen haben. Mr. Whitelaw fixiert etwas direkt hinter ihrem Kopf. Im Hintergrund läuft die *Woody Woodpecker Show* im Fernsehen. Sie hört die Musik und das bohrende Geräusch, das der Vogel beim Lachen macht.

Schlagartig fällt ihr auf, daß Mr. Whitelaw das über ihre Schulter hinweg sehen könnte. *Gott*, sagt er wieder, so als hasse er diese Sendung. Dann sagt er: *Elspeth. Laß los. Meinen Rücken. Du klammerst zu sehr. Nicht so fest. Deine Nägel. Großer Gott. Laß los. Du kleine. Verdammt.* Sie macht es falsch. Sie klammert sich zu sehr fest. Sie muß lockerer lassen. Sie kann sich beim besten Willen nicht denken, wie sie es machen soll. Dann fällt ihr die Schneewittchenmarionette ein, die bei ihr innen an der Zimmertür hängt. Sie überlegt, wie es wäre, wenn sie die vom Haken nähme und aufs Bett legte, die Arme und Beine locker an den Fäden. Sie tut, als ob ihre Arme und Beine so wären, als ob sie nichts zu tun hätten und nur von oben in Bewegung gesetzt werden können. *Genau*, sagt Mr. Whitelaw. Er schuffelt sie rückwärts und vorwärts über den Kord. Sie denkt an die Nase der Puppe, aus einem kleinen Holzröhrchen gemacht und angesteckt. Es gibt einen Pinocchio von demselben Hersteller, der auch das Schneewittchen macht, seine Nase kann man bewegen. Sie möchte lachen, wenn sie an diese Nase denkt, und denkt daran, was bei Mr. Whitelaw aus dem Overall herausragte, als sie zur Tür hereinkam. Sie darf aber nicht lachen. Sie versucht an etwas anderes zu denken. Bedingungen, das war mal, aber jetzt nicht mehr, denkt sie. Bei mir gibt es gar keine Bedingungen mehr. Sie denkt es zu der ruckartigen Melodie des Films, während sie mit dem Kopf an der Armlehne der Couch anschlägt. *He*, sagt Mr. Whitelaw. *Gutes Kind. Elspeth. Gut so. Jaaa.*

Dann: Sie und Ade latschen mitten in der Nacht in Bristol herum. Sie sind schon unten in der Nähe von Brandon Hill, als sie einen alten Mann finden, der halb auf der Straße und halb auf dem Gehweg liegt. Der Mann ist ziemlich betrunken. Zuerst verstehen sie wegen seines Akzents nicht, was er redet. *Meine Beine*, sagt er. *Ich komm nicht hoch. Meine Beine machen nicht mit. Ihre Beine sind in Ordnung*, sagt Ade zu ihm. *Los jetzt, auf.* Sie heben den Alten auf die Beine. Er riecht nach Whisky und frischem Leder. Rechts und links untergehakt, stellen sie ihn auf die Füße. *Ich kann nicht laufen*, sagt er die ganze Zeit, als sie ihn nach Hause bringen. *Meine Beine haben mich im Stich gelassen.* Er sagt ihnen, daß er zweiundsiebzig ist, und sagt ihnen, wo er wohnt. *Ihr seid ein Segen, jawohl*, sagt er. *Ihr habt mir meine Beine wiedergegeben. Wollt ihr auf einen Keks mit reinkommen? Ich hab eine Familienpackung.* Er wohnt in einem Zimmer in einem Block mit anderen Zimmern. Hinter der Tür schaltet er das Licht an. An einem Ende ist eine Toilette, um die ein Vorhang herumgezogen werden kann. Am anderen Ende gibt es einen Ausguß und ein paar Kochringe. In der Mitte des Raumes steht ein Bett. Der alte Mann fällt darauf. *Meine Beine*, sagt er, *die sind überhaupt nicht in Ordnung.* Ade macht große Augen, er stiert. Er zeigt auf die Beine des Mannes, die vom Bett herunterhängen. Der Mann hat hohe Cowboystiefel an und die Hose hineingesteckt. Die Stiefel glänzen, sind aufwendig bestickt, das Leder ist rehbraun und nicht beschmutzt. Am Knie und an den Knöcheln haben sie Fransen. Binnen Minuten ist der Mann eingeschlafen und schnarcht. Behutsam zieht Ade dem Mann die Stiefel von den Füßen. Sie beschließen, über Nacht hierzubleiben; Ade glaubt, der Mann hätte nichts dagegen. Ein Stück Teppichbelag, ziemlich groß, liegt neben dem Bett auf dem Fußboden; sie und Ade finden da fast ganz Platz drauf, nur Ades Füße liegen auf dem Linoleum, wo ihre auch lägen, wenn sie sie von seinen Scheinbeinen herunternähme. Else biegt und streckt die Zehen. Sie fährt mit dem Fuß über Ades Beine; sie fühlt, wie stark behaart und wie kräftig und gut seine Muskeln sind, als sie längs über ihn hinwegstreicht. Das erste, was sie am Morgen nach dem Aufwachsen sieht, sind Ades abgenutzte alte Stiefel dort neben diesen erstaunlichen Cowboystiefeln. Ades Stiefel bilden die Form seiner Füße nach. Die durch die Löcher gezogenen grünen, gewachsten Schnürsenkel, die die Stiefel an Ades Füßen halten, haben einen Knoten an den Enden, damit sie nicht ausfransen. Am Morgen streckt sich Else auf einem mit Krümeln übersäten alten Stück Teppichbelag und gähnt, während Ade ihr noch ins Ohr atmet, und sieht zu, wie die Sonne ihr weißes Licht über die beiden Stiefelpaare schickt. Daran wird sie sich später erinnern: an diesen Morgen, diese Sonne, diese Stiefel – es war eines der Male in ihrem Leben, da sie vollkommen glücklich war.

Wieder Gegenwart. Die Frau in der Hoteluniform sagt etwas, aber Else ist benommen und hört nicht richtig. Sie schaut auf die Schuhe der Frau. Die sind neu und modisch; haben dicke Sohlen aus der Art gegossenem Plastik, das wie industriell gefertigt und prähistorisch zugleich aussieht.

Die Frau erhebt sich. Sie hält inne, beugt sich noch einmal herunter und hebt etwas auf. Hier, sagt sie zu Else und streckt ihr die Hand hin.

Zwischen Daumen und Zeigefinger hat sie den Penny, an den Else vorhin noch nicht herankam.

Else nickt, nimmt ihn.

Deiner, sagt die Frau. Beinahe wär er weggekommen.

Die Frau richtet sich auf und geht. Sie bleibt einen Moment an der Bordsteinkante stehen und schaut in beiden Richtungen auf die Straße.

Bye, sagt sie über die Schulter hinweg zu Else.

Sie geht an der Straße entlang zurück und die Stufen hinauf und verschwindet durch die Hoteltüren. Das sich drehende Glas blitzt: Dunkel, dann Licht, dann Dunkel, dann Licht. Else hält den Penny über das Häufchen Kleingeld vor ihrem Knie. Läßt ihn fallen. Mit einem kurzen leisen Klimpern landet er auf den anderen Münzen.

Jemand geht vorbei, beladen mit Einkäufen.

(Hbn S vlt bsn Klngld?)

Es ist nicht viel los. Es ist niemand unterwegs. Else schlägt den Rand ihrer Decke über das Kleingeldhäufchen. Sie zieht ein Bein unter sich heraus, langsam. Dann das andere, langsam. Sie muß mit diesem Gehuste aufhören. Sie versucht leise zu husten, weil man sie im Hotel hören kann. Sie drückt sich gegen die Hotelwand hinter ihr und steht auf. Ist benommen, spuckt. So ist es immer, wenn sie nach dem Sitzen aufsteht. Sie kriegt wieder Luft und wartet darauf, daß der Verkehr dünner wird, dann geht sie los. Die Bordsteinkante; dran denken, einen Schritt nach unten zu machen. Einen Schritt, dann den nächsten, dann wieder einen und noch einen; halbe Strecke geschafft. Ein Auto: warten. Noch ein Auto. Jetzt. Einen Schritt, dann den nächsten und den nächsten, weitergehen. Die Bordsteinkante: Schritt rauf.

Elses Herz macht einen Sprung vor Entzücken. Sie hustet. Lacht. Die Kleine hat das Geld liegenlassen, und das Geld ist immer noch da.

Sie sinkt zur Bordsteinkante hinunter und zählt es. Nicht übel, ungefähr zweiunddreißig, dreiunddreißig. Dreiunddreißig Pfund in so kurzer Zeit; guter Schnitt. Zehnmal soviel, wie Else gemacht hat. Die andere hätte noch mehr machen können, wenn sie ihnen ihr Gesicht gezeigt hätte. Trotzdem. Trotzdem. Es ist ein guter Tag gewesen, denkt Else, ein Tag, angefüllt mit Glück, bis jetzt jedenfalls.

Von dieser Straßenseite kommt man nicht daran vorbei, das Hotel zu sehen. Es ist so, als gäbe es die Straße nur, damit das Hotel in ihr steht. Kastig hockt es vor ihr wie ein großer gehorsamer Hund. Es ist von außen erhellt; Lampen, in regelmäßigen Abständen über die ganze Front verteilt, lassen es üppig, teuer und fremdartig aussehen. Fahnenhalter ragen heraus, in denen aber keine Fahnen stecken; wegen der Touristen sind Fahnen nur im Sommer dran, vermutet Else. Mit den Baldachinen zu beiden Seiten der Tür hat das Gebäude so etwas wie ein Gesicht. Die Baldachine sind die Augenlider, mit dem über beide hinweggeführten Schriftzug GLOBAL sehen sie aus wie entstellt. Je weiter hinauf es im Gebäude geht, desto kleiner werden die Fenster. Manche sind erhellt. Keines ist offen. Teure Vorhänge verleihen ihnen Dramatik. Else erkennt Stehlampen, die zwischen Vorhängen stehen. Über die gesamte Breite des Erdgeschosses zieht sich ein weißgestrichenes, mit Spitzen versehenes Eisengeländer. Else erinnert sich an ein Mädchen aus der Schule, das von einem Sturz auf ein Geländer unter dem Kinn eine Narbe hatte; ein Geländer war ihr durch das Kinn und den Mund und die Zunge gedrungen. Sie hatte genäht werden müssen.

An der Eingangstür ins Hotel, wuchtig sogar im Vergleich zu den größten Fenstern, ist der Kopf eines Kindes oder Engels oder Cupidos in den Schlußstein über dem Bogen darüber eingemeißelt. Aus dem Kopf kommt ein gefiederter Flügel, bloß einer, dessen Federn rings um die Seiten des Gesichts ausgebreitet sind wie ein kunstvoller Bart. Ein Mann stand mal dort und meißelte das Gesicht, schnitt Brocken aus dem Stein heraus, als sei der Stein Kuchen oder Brot. Das Hotelgebäude sieht ziemlich alt aus. Else fragt sich, was man dem Mann bezahlt hat. Eine Menge. Genug. Dann halt Pennies. Wo wohl der Stein, den er herausgeschnitten hat, um den Kopf und die Federn und die anderen Muster rings um die Türen und die unteren Fenster zu machen, zuletzt hingekommen ist?

Sie beginnt, das zurückgelassene Geld aufzuheben. Winterdunkelheit, Winterkälte, winterleere Stadt. Die Straßen haben sich geleert. Heute abend wird sie nichts mehr einnehmen.

Es beginnt zu regnen.

Sie könnte auf den Platz vor der Videothek ziehen, falls dort nicht schon jemand ist.

Die Frau aus dem Hotel hat gesagt, es würde kälter werden. Es ist schon so kalt, daß Else etwas spürt.

Sie könnte ins Obdachlosenquartier gehen. *Für das Obdachlosenquartier gelten folgende Regeln:*

a: Das Obdachlosenquartier darf nur von Personen aufgesucht werden, die sonst im Freien nächtigen müßten.

b: Das Mitführen von Drogen oder Alkohol auf dem Gelände des Obdachlosenquartiers ist untersagt.

c: Die Nutzer des Obdachlosenquartiers benehmen sich ordentlich im Gebäude.

d: Die Nutzer werden gebeten, unseren Nachbarn beim Betreten und Verlassen des Obdachlosenquartiers mit Respekt und Rücksichtnahme zu begegnen.

e: Das Obdachlosenquartier öffnet um 17.00 Uhr abends

und schließt um 9.00 Uhr morgens. Die Nutzer werden gebeten, das Gelände bis 9.00 Uhr zu räumen.

Else nutzt das Obdachlosenquartier nicht, wenn sie es vermeiden kann. Es ist ein Raum, voll mit ohrenbetäubendem Schlaf: dem Husten, Schnarchen und Geschrei Dutzender schlafender oder weggetretener Leute. Die Parkhochhäuser (es stehen drei zur Auswahl) sind besser, ruhiger; da kann es einigermaßen warm sein, je nachdem, und die Chance ist größer, daß man dort jemanden trifft, mit dem man reden oder Sex haben kann, je nachdem, welcher Securitymensch gerade Dienst hat. Dort gibt es bloß den Glanz leerer Autos und Ölflecken auf dem Boden, dort, wo mal Autos standen und wieder stehen werden. Bei den oberen Parkdecks kann man nach elf Uhr abends bis sieben Uhr früh damit rechnen, daß es relativ ruhig ist. Oft findet man dort Geld. Es fällt den Leuten beim Suchen nach Münzen für den Parkautomaten aus der Hosentasche oder der Hand. Es gibt Lampen, die bleiben die ganze Nacht an. Halbhohe Mauern halten den Wind ab. Es gibt Kameras, dadurch ist es sicher. Niemand stört einen, je nachdem.

Sie hat die Wahl.

Der fliegende Kopf am Eingang dieses Hotels. Was, wenn einem Federn wüchsen, genauso wie Haare? Das wäre was, wenn sich der Kopf vom Körper entfernen und allein herumfliegen könnte. Else überlegt, wo ihr Kopf hinfliegen würde, wenn sie ihn abnehmen und in der Hand halten und dann hochschleudern und fliegen lassen könnte, während ihre Brust und ihr Bauch und ihre Beine und ihre auf Wiedersehen winkenden Arme stehenblieben und ihr Kopf sich allein aufschwänge, hoch an den Haufen frierender

Stare vorbei. Der Himmel würde sich öffnen. Sein Dach würde runterkommen. Sie wäre ganz vorsichtig da oben. Sie würde Flugzeugen ausweichen. Würde mit ihrem Halsstiel auf der obersten Spitze der Bäume sitzen, würde auf der Spitze des obersten Fahnenmastes landen (und aufpassen, daß sich die Spitze nicht durch ihr Kinn bohrt) und von oben heruntersehen. Sie würde den Boden absuchen. Die ganze Stadt läge unter ihr.

Dort unten, da drüben sieht sie ihre Hinterlassenschaften: ihren Schlafsack, ihre Decke, ihre Tageseinnahmen. Wo sie jeden Tag sitzt, das liegt wie ein Versehen, wie Abfall als Häufchen an der Hotelmauer.

Sie hört auf mit dieser Vorstellerei. Davon wird sie verrückt.

Ein Taxi hält an. Jemand steigt aus und bezahlt durch das Fenster, geht über die Stufen hinauf zum Hotel und durch die Tür.

Sie könnte im Hotel übernachten.

Heute könnte sie in einem Hotel übernachten.

Die Frau, die ihr das Zimmer im Hotel angeboten hat: Es ist nicht so riskant, ein Angebot von einer Frau, wie es das von einem Mann wäre. Das sagt einem der gesunde Menschenverstand. Frauen sind im allgemeinen nicht so stark, und die Wahrscheinlichkeit, daß sie dir Probleme machen, ist sowieso geringer, dabei lügen sie vermutlich genauso. Aber das könnte sie abchecken. Sie könnte richtig Krach schlagen, wenn es nicht okay wäre. Es sind ja wohl noch andere Leute in dem Hotel. Ein Hotel hat Angestellte, die die Zimmer saubermachen – zumindest alle paar Tage. Irgend jemand ist schließlich immer irgendwo unterwegs, falls sie in Schwierigkeiten käme.

Keine Bedingungen. Wer weiß schon, was das bedeuten soll?

Es könnte Geld bedeuten.

Es könnte bedeuten, irgend etwas ist faul.

Es könnte etwas Gutes bedeuten.

Es könnte eine Tarnung sein, ein Kürzel für etwas, das sie glücklich machen könnte.

Oder es könnte etwas bedeuten, das sie noch nicht weiß, noch nicht wissen kann; etwas anderes eben. Irgend etwas, Else. Und es läßt sich nicht leugnen: Bis jetzt ist das ein glücklicher Tag gewesen. Sie beugt sich zurück, streckt sich, um die Türeinfassung des Teppichvorführraums zu berühren. Klopf auf Holz. War ein ziemlich guter Tag. Was immer auf dem Spiel steht, der Einsatz könnte sich lohnen: ein eigenes Zimmer mit einem Bett darin für die Nacht.

Sie läßt das Geld der Kleinen händeweise in die Taschen ihres Mantels gleiten, wo es nach innen in das Futter fällt.

Sie wird über die Straße gehen und das Kleingeld nehmen, über das sie die Decke geschlagen hat, und es ebenfalls in ihre Tasche stecken. Dann wird sie die Straße entlanggehen wie jemand, der in einem Hotel übernachten wird. Wird unter dem fliegenden Kopf hindurchgehen. Jetzt ist sie nicht mehr sicher, ob sie sich das bloß einbildet, als sie aus der Drehtür tritt und ihr der Schwall warmer Luft und der Geruch aus Fleisch und Sauce entgegenschlägt, der die Hotelluft ist. Niemand hält sie auf. Sie geht auf Teppich, in dem sie einsinkt wie in feinem Schlamm, vorbei an Sesseln, so groß wie sie selbst. Bis jetzt hat noch niemand sie aufgehalten. Der Schalter der Rezeption reicht ihr bis zu den Schultern. Die Person dahinter ist am Telefon. In dem Licht sieht sie anders aus, beängstigender. Sie spricht sehr laut und mit einem Akzent, der zu einem Stil getrimmt worden ist. Irgend etwas schneidet an ihren Wörtern herum, während sie ihr aus dem Mund kommen. Else stellt sich vor, daß dieses Beschneiden mit einer Zackenschere geschieht: schmale Strähnen überhängenden Materials von den Wörtern der Empfangsdame werden gestutzt, an den Kanten geglättet, fallen gelassen und segeln zu Boden, landen rings um ihre Füße unter dem Schreibtisch wie die Sprechblasen, die in Cartoons aus den Mündern der Leute herauskommen und wie man sie auf Heiligenbildern Jahrhunderte früher gezeichnet und gemalt hat.

Die Frau am Empfang drückt einen Knopf, hält den Hörer von sich weg und dreht sich um.

Kann ich Ihnen behilflich sein? sagt sie.

Dann sagt sie: Oh, ja, richtig. Kann ich, kann ich dir helfen?

Else räuspert sich und schluckt.

Ein Zimmer? sagt die Frau. Für eine Nacht?

Else nickt.

Die Frau sieht über ihre Schulter; sie wirkt jünger, als sie das tut, und nervös. Dann nickt sie nach hinten, einmal.

Für eine Nacht, sagt sie sehr laut. Gewiß, Madam. Wenn Sie bitte einen Moment Geduld mit mir hätten.

Sie tippt etwas in einen Computer, tippt dann noch etwas. Drückt einen Knopf. Eine Klingel läutet irgendwo in einem Flur. Else bereitet sich innerlich darauf vor, zur Tür zu sprinten. Nichts geschieht. Die Frau steht auf und greift hinter sich nach einem Schlüssel.

Else unterdrückt einen aufsteigenden Husten. Der wird ihr den Brustkorb zerreißen, aber sie behält ihn drin. Die Frau wartet, ihre Hände auf der Theke, bis Else soweit ist.

Else sieht, daß die Frau ein Schild mit vier Buchstaben darauf trägt: L. I. S. E. Sie überlegt, wofür das die Abkürzung sein könnte.

Zimmer zwölf, sagt die Frau. Das Frühstück in unserem Speisesaal ist im Zimmerpreis inbegriffen.

Als die Panik über Elses Gesicht zieht, schüttelt die Frau kaum merklich den Kopf. Spult weiter ihren Text ab. Bitte zögern Sie nicht, hier unten anzurufen, wenn wir irgend etwas für Sie tun können. Unser Page wird sich freuen, Sie zu Ihrem Zimmer zu begleiten. Wir hoffen, Sie haben einen angenehmen Aufenthalt hier bei uns im Global Hotel.

Sie hält Else einen Schlüssel hin. Else nimmt ihn. Er ist mit einem Anhänger verbunden, der ein Vielfaches seines Gewichts hat. Der Anhänger ist größer als Elses Hand und Handgelenk.

Vrdmt, sagt Else.

Ein Freudenstrahl zieht wie Sonnenlicht über das Gesicht der Frau von der Rezeption.

Erster Stock, sagt sie lächelnd.

Else ist drin. Sie liegt in der Badewanne und betrachtet die Wasserhähne.

Sie hat sich die kleinen Fläschchen mit Shampoo und Duschzeug angesehen, die den hellen, harmlos wirkenden Farben der Medizin für Kinder so stark ähneln, daß sie eines sogar schon aufgemacht und mit der Zunge geprüft hat, ob das Zeug eventuell ihren Husten lösen könnte. Sie hat das unglaublich weiße Frotteehandtuch und die Papierbanderole mit dem aufgedruckten G für *Global* darum betrachtet. Irgend jemand in einer Fabrik oder einer Werkstatt hat die Seife in Papier gewickelt, die man vor der Benutzung also auswickeln muß wie ein Geschenk. Es gibt Wattebäusche, und jeder einzelne ist einzeln eingewickelt. Daß jeder einzeln eingewickelt ist, hat Else richtig betrübt. Jetzt kann sie nicht aufhören, die Wasserhähne zu betrachten.

Diese beiden Wasserhähne sind nie etwas anderes gewesen als die reine Pracht. Jeden Tag ist jemand gekommen und hat sie durch Abwischen wieder brandneu gemacht. In jeder silbernen Vertiefung, in allen langen und allen kurzen Stupsnasen der funkelnden sternförmigen Griffe sieht Else sich in einer Wanne sitzen: verzerrt, rosa, angeschmuddelt, klein und schmal in das Spiegelbild gezwängt. Sie hat ja versucht, das komisch zu finden. Eine Pygmäin. Eine Monstrosität aus dem Zirkus. Aber sie ragt vor sich auf, klein und mißgebildet.

Wasser sammelt sich am Ausfluß eines der Hähne, quillt zu einem Tropfen und fällt – unweigerlich – in die Wanne, wo er das Badewasser anreichert. Wasser läuft Else am Gesicht und an den Brüsten herunter und tut dasselbe. Wo es auf das Wasser trifft, wird es zu dem Wasser.

Sie schmiegt sich gegen den Wannenrand und betrachtet die Wasserhähne und sich selbst, dort hineingeschmiegt.

Trotzdem hatte sie einen Hustenanfall, einen echt guten, einen der besten überhaupt, aber erst, nachdem der Junge/Mann in der Hoteluniform, der seinen Blick senkte, solange sie die Hoteltreppe hinauf und auf dem Teppich durch den Hotelflur gingen, weg und die Tür hinter ihr zu und abgeschlossen war und sie allein: nichts als sie und die vier Wände und das Badezimmer, ein ganzer zweiter Raum hinter einer separaten Tür. Allein in den beiden Räumen, hatte sie in immer neuen trockenen Stößen gebrüllt wie ein Löwe. Sie hatte sich aufgebäumt, und dann hatte es sie quer über das luxuriöse Bett geworfen; es hatte weh getan wie Sau, wie es weh tun muß, glaubt sie, wenn man ein Kind zur Welt bringt. Einen Husten zur Welt bringen. Glückwunsch! Stolze Mutter von Rotz und Schleim, den Zwillingen, bellt sie ein Lachen heraus. Der Krach, den sie macht, hallt im Bad und beunruhigt sie. Die warme Un-Luft des Hotelzimmers hatte das ihre dazu beigetragen, hatte im Hals gekitzelt wie die Feder, mit der man prüft, ob der Kranke noch atmet. Dann die Befriedigung, daß sie in einem Zimmer hustet, daß niemand sonst da ist, daß sie sich wirklich der Stille eines Raumes hingeben kann, der ihr eigener ist, ein Raum, wo keiner sonst ist und starrt (oder nicht starrt, was an manchen Tagen noch schlimmer ist). Die reine, aufsteigende Befriedigung, sie heraufzubefördern, die alten gelben Innereien, in den Mund und hinaus, sie ins Toilettenspülwasser zu husten, zu hören, wie die Spucke eintaucht, zu sehen, wie sie untergeht, und sie wegzuspülen: Das war gut, das war echt gut; als die Tür erst mal zu war, hatte sie auf sich eingeschlagen wie mit einem Hammer auf Stein, hatte ihn zerschlagen und es ausgespien, förderte soviel davon herauf, wie sie nur konnte, rein in das saubere Maul der Toilette reicher Leute, und jetzt, wo sie in der Wanne liegt, ihre Sachen in einem schwitzenden Häufchen auf dem Boden, und der Schweiß in Strömen an ihrem Körper herunterrinnt, ist sie erschöpft, noch schwach, ihre Muskeln alle angeschlagen davon, aber es war die Sache wert, jawohl.

Das Hotelzimmer ist eine Ansammlung von Dingen, die

alle zusammenpassen. Es gibt einen Kühlschrank mit Getränken und Schokolade darin; an der Front liest Else den Hinweis: *Willkommen in unserer Global-Minibar. Diese Minibar ist lasergesteuert. Jeder Artikel, der länger als zwanzig Sekunden aus der Minibar entnommen wird, wird automatisch Ihrer Zimmerrechnung belastet. Eine Preisliste für unsere Minibar finden Sie in Ihrer Global-Informationsbroschüre. Global bittet Sie, keine eigenen Einkäufe in der Minibar aufzubewahren, da dies eine Reaktion des Lasers auslöst. Global Hotels. Global in der Welt.* Das Bett ist gut. Es riecht nach einer Art Sauberkeit, wie man sie nicht einmal in Geschäften voller Sachen, die noch niemand benutzt hat, findet. Eine kleine Klappkarte auf dem Bett trägt die Aufschrift: *Bitte wählen Sie die 0, damit jemand von unserem Personal das Bett für Sie aufschlägt, wenn Sie sich zur Ruhe begeben wollen. Global Hotels. Die Welt bei Global.* Als sie das liest, überlegt Else, ob das wegen der vielen Decken ist: weil bei dem dicken Bett zwei Leute ranmüssen, wenn man die alle zurückschlagen will. Der Teppich, der in dem Zimmer liegt, und die Tassen, die dort stehen – überall ist ein G drauf: auf dem Kessel, der Teekanne und den kleinen Kaffee- und Teebeuteln. Es gibt mehrere verschiedene Sorten Tee. Else hat in eine Schublade geschaut. Darin lag ein Fön.

An der Innenseite der Tür: *Zimmerpreise. Global Hotels. Global in der Welt.* Ein riesiger Spiegel. Else hat nicht hingesehen. In dem Raum sind sieben verschiedene Lampen. Else hat bloß eine eingeschaltet. Im Wandschrank, weißer als ein Gespenst, hängt ein Morgenmantel aus Handtuchstoff. Auf dem Schrankboden ein Stück irgendwas mit einem Bild von einem Paar Schuhe drauf. Ein Blatt Papier. Else liest es in der Wanne. *Hotelservice: Name ... Zimmer ...* REINIGUNG: *Anzug 3teilig 10,50£; Anzug 2teilig 8,40£; Jackett, Hose, Mantel 5,40£ pro Teil; Mantel 10,80£; Anorak/Weste 5,80£; Strickwaren 3,90£ pro Teil; Tageskleid 5,00£; Abendkleid 9,00£; Rock, gerade 4,00£; Rock mit Falten 7,00£; Seidenbluse/-hemd 6,00£; Krawatte 3,00£; Weste 4,90£.* Das Blatt Papier liegt im Badezimmer auf dem Boden neben ihren Sachen, naß, weil sie es mit nassen Händen in der Wanne gelesen hat. Else wird es trocknen müssen (das kann sie mit dem Fön tun), bevor sie es wieder in den Schrank legt.

Nachdem der Mann/Junge, der sie zum Zimmer brachte, die Tür hinter sich zugemacht hatte, stand Else erst mal an der Seite des Zimmers. Nach ein paar Minuten setzte sie sich auf die Bettkante. Es ist ein hohes Bett; ihre Füße reichen nicht bis zum Boden. Sie saß eine Zeitlang darauf und las, was man hier heute abend essen konnte. Terrine von Schweinefuß Pancetta Salat Taglione von Garnelen m. Knoblauch und Parmesan Wildbret Würstchen Pommes purées, Crème brûlée, Grand Marnier und Obstparfait aus Früchten der Saison. Dann hatte sie angefangen zu husten. Danach, sie war mit dem Husten fertig, hatte sie versucht, das Fenster aufzumachen, aber es ging nicht, oder sie brachte es nicht auf. Danach hatte sie beschlossen, ein Bad zu nehmen. Sie hatte ihre Stiefel ausgezogen, ihre Socken, die Jeans, ihren Mantel, ihren oberen Pullover, ihren nächsten Pullover, ihr Shirt, ihr unteres Shirt und ihr Unterhemd und hatte sie ins Bad getragen, wo sie ein Auge auf die Sachen haben konnte.

Jetzt sitzt sie in der Hotelbadewanne und sieht sich die Wasserhähne an.

Sie ist auch schon vorher wichtig gewesen. Es ist nicht das erste Mal, daß sie das ist, und es sind auch nicht bloß Leute in Hotels, die wichtig sind. Voriges Jahr oder das Jahr davor, im Frühling, kam die eine Journalistin, sie hatte einen Fotografen dabei, der die Sachen fotografierte, die Leute von der Straße in den Taschen bei sich haben. Else hat vor den beiden ihre Taschen auf das Pflaster ausgeleert, und der Mann hat ihre Sachen fotografiert. Das Foto war für eine Sonntagszeitung. Tausende von Menschen haben womöglich gesehen, was Else in den Taschen hat. Die Journalistin hatte Elses Namen aufgeschrieben, die Leute, die die Zeitung lasen, haben ihn genauso gelesen, wie sie auf dem Foto die Sachen gesehen haben; das Wort ihres Namens und die Fotografie ihrer Besitztümer sind durch die Augen und in die Gehirne und vielleicht in die Erinnerung von vielleicht Millionen von Menschen gegangen.

Sie hat es vergessen.

Von dem Zeug, das sie damals in den Taschen hatte, besitzt sie kein Stück mehr.

Es sind bloß Wasserhähne. Sind bloß blöde Scheißwasserhähne. Die können nicht mehr, als man sie machen läßt. Sonst können die nichts. Alles: Else. Sie greift nach vorn und dreht den Warmwasserhahn. Dreht ihn so weit, wie es geht. Wasser kriecht ihr an den Seiten herauf. Als es zu heiß ist, um noch im Wasser sitzen zu bleiben, klettert sie heraus, läßt es weiterlaufen, und als das Wasser bis zum Wannenrand gestiegen ist, greift sie hinein und zieht den Stöpsel raus. Die Kette ist zu heiß zum Anfassen. Sie umwickelt die Hand mit einer ihrer Socken, steckt sie ins Wasser und reißt die Kette ruckartig hoch und ihre Hand, so schnell es geht, aus der Socke. Fast genauso schnell, wie das

Wasser aus der Wanne läuft, kracht aus dem Hahn neues wieder herein. Sie sitzt in dem dampfenden Bad auf ihren Sachen.

Sie hat sich dagegen entschieden, die Handtücher zu benutzen; sie sind zu weiß, liegen zusammengefaltet als dicke Packen auf einer Glasablage neben der Toilette. Im Zimmer trocknet sie sich mit ihrem Pullover ab. Sie drapiert den nassen Pullover über dem Heizkörper.

Im Nebenzimmer oder im Zimmer darüber sieht jemand fern. Else hört, wie leise Stimmen sich abwechseln und leise Musik in sich selber hineinplatzt und keinen Sinn ergibt. Am Fenster ist Regen. Sie schaltet das Licht aus. Wenn die Kleine mit der Kapuze, deren Geld sie hat, jetzt auf der anderen Straßenseite säße, würde sie Else ohne Sachen am Fenster stehen sehen.

Das wäre vielleicht dreißig Pfund wert, denkt Else.

Es ist überhaupt kein Mensch vor der Teppichwelt. Es ist fast niemand auf der abendlichen Straße. Ein Auto fährt vorüber; sein Motor ist nichts als ein wischendes Geräusch.

Else wird klar, daß die Fenster des Hotels dicker sind als normale Fenster. Die gehen nicht auf.

Ihr ist zu warm.

Sie sieht zu, wie ein anderes Auto vorüberfährt. Die Scheinwerfer von Autos sind auf einer nassen Straße immer heller. Die Buchstaben der Teppichwelt-Neonbeleuchtung im Fenster des Vorführraums werfen Farben auf das verregnete Pflaster, Orange, Rot, Gelb, die der graupelige Regen vermengt. Wie mag es sich anhören, wenn man hinter dem Glas in dem Vorführraum steht? Ob man dort den Regen hört, ob die vorüberfahrenden Autos lauter sind?

Sie stellt sich vor, in dem Vorführraum zu übernachten. Das wär was! Dort drin wäre es luftig und kühl. Man könnte sich jede Nacht ein anderes Teppichmuster aussuchen, auf dem man schlafen möchte. Könnte sich nach dem Licht entscheiden, das die Neonbeleuchtung gibt. Könnte Teppiche ausrollen, auf die noch kein Mensch einen Fuß gesetzt hat, könnte der erste Mensch in der Geschichte sein, der je den Fuß darauf setzte.

Was wird im Regen aus ihrer Decke und ihrer Tasche? Ihre Sachen werden naß.

Sie sollte runtergehen und sie holen.

Sie könnte runtergehen und nachsehen, ob der Teppichladen einen Hintereingang hat oder hinten ein Fenster. Sie könnte jetzt dort hinübergehen. Die Teppichrollen reichen bis zur Decke. So viel Teppich ist da drin.

Wenn ihr Pullover und ihre Socke trocken sind, geht sie. Sie holt ihre Sachen, und wenn man hintenrum nicht in den Teppichladen reinkommt, geht sie in das Parkhaus in der Bank Street.

Als erstes aber könnte sie sich auf das Bett setzen und ihr Geld zählen. Sie könnte die Münzen auftürmen, die Pennies separat von den Zweiern, die Zweier separat von den Fünfern, die Fünfer separat von den Zehnern, die Zehner separat von den Fünfzigern, die Fünfziger separat von den Pfund, und alles in einer ordentlichen Reihe wie ein Buchhalter aus einem Geschäft oder einem Roman von vor hundert Jahren, als das Pennieszählen so wichtig war, daß ihm ganze Romangestalten gewidmet werden konnten.

Else sitzt nackt auf dem Bett und hält ihren Mantel in der Hand, das Futter schwer von Kleinmetall. Sie läßt sich auf den Rücken sinken. Ihr Kopf ruht auf festen Kissen. Sie hat

Schweiß auf der Stirn oder Badewasser, sie weiß es nicht. Sie schließt die Augen. In ihrem Kopf sieht sie immer noch die Sachen, die der Fotograf geknipst hat, die Sachen aus ihren Taschen, auf dem Gehweg angeordnet. Daneben ihr Name: ELSPETH. Ihren Nachnamen hatte sie denen nicht gesagt.

Die Sachen aus ihren Taschen auf dem Foto in der Sonntagszeitung:

Die blaue Wäscheklammer aus Plastik.

Der Bleistift, den sie vor dem Laden des Buchmachers gefunden hat.

Die Postkarte, wenngleich gefaltet worden und mit Knikken, die sie ihrer Mutter und ihrem Vater geschickt hat, als sie in Venedig war, mit einem Mann in einer Gondel drauf; es ist eine altmodische Postkarte, die Farben alle künstlich strahlend.

Etwas Draht, aufgerollt.

Das Streichholzbriefchen.

Der Teelöffel.

Der Kamm.

Das Zehnpencestück.

Der Geschmack von Silber, metallisch, wäßrig.

Der Wasserhahn im Badezimmer läuft immer noch volle Kanne. Es klingt wie starker Regen. Gleich wird sie die Augen wieder aufmachen, aufstehen und gehen. Sie zieht den Mantel über sich. Kleingeld darin bekommt Gewicht, rutscht herum. Sie zieht die Füße unter den Mantel. Es ist zwar warm in dem Zimmer, aber irgendwie auch kalt.

Ihr Blut pulsiert. Sie spürt es. Sieht es. Sie sieht tatsächlich ihr Blut, wie es in ihren Augen hin- und herfließt, an der Stelle des Übergangs zwischen Licht und Dunkel. Die Augäpfel hinter ihren Lidern gehen auf und zu zum Beat dieses Pulses wie die schnell herausgekommenen Köpfe lichtempfindlicher Pflanzen oder die empfindlichen Linsen von Kameras.

Futur Konditional

Über Sie – Fortsetzung

Wenn Sie Hilfe beim Ausfüllen dieses Formulars oder einzelner Abschnitte benötigen, rufen Sie uns bitte an unter 0800 88 22 00.

Erzählen Sie uns von sich.

Also. Ich bin anständig.

Es war einige Zeit in der Zukunft. Lise lag im Bett. Das war praktisch schon die ganze Geschichte.

In einer Minute würde sie sich aufsetzen. Wenn sie sich dann vom Aufsetzen erholt hatte, würde sie versuchen, den Bleistift in den Falten ihres Bettzeugs zu finden, und dann würde sie die Wörter in das Formular eintragen.

Danach würde sie »anständig« durchstreichen und darüber das Wort krank schreiben.

Ich bin krank.

Das würde sie tun. Jawohl. In einer Minute. Wie viele Minuten hatte eine Stunde? So etwas wußte sie früher, wußte es einfach, wie man eben einfach etwas weiß. Wie viele Stunden sind ein Tag und wie viele Wochen ein Jahr? So was wußten schon Kinder, so was vergaß man angeblich sein ganzes Leben lang nicht wieder. Neuerdings aber gab es Tage, an denen sie sich nicht erinnerte, wie viele Monate ein Jahr zu haben hatte. Oder welcher Monat gerade war.

Jetzt war gerade Sommer, also war es einer der Sommermonate, in der Mitte. Sie war sich nicht sicher, welcher oder welcher der Monate der mit den dreißig Tagen und welcher der mit den einunddreißig Tagen und welcher der mit den zweiunddreißig Tagen war. Nicht mal, welcher Wochentag heute war. Morgen war sie (vielleicht) in der Lage dazu.

Heute jedoch wußte sie eines ganz genau:

Mazola
Einfach Keimöl
Mazola
Voller Geschmack
Nicht vom Öl
Nur vom Essen
Mit Mazola.

Die Stimme, die das Mazola-Lied in ihrem Kopf sang, dieselbe Frauenstimme, die es schon vor Jahren in den Pausen zwischen Sendungen durch die Lautsprecherlöcher an der Seite des Fernsehers gesungen hatte, war freundlich. Vom Mazola schmeckt man nichts. Die Bilder der Ölflasche und dann die Hände einer Frau, zart, beringt, die Pommes auf Küchenkrepp fallen ließ und sie dann wieder herunterschüttelte, hatten in einem kurzen Moment Millionen demonstriert, wie wenig fettig die Pommes waren, wie wenig Öl davon auf dem Krepp haften geblieben war.

Lise atmete aus. Danach atmete sie ein.

Lise lag im Bett in ihrem Zimmer, in ihrer Wohnung, in einem Block mit Mietwohnungen, sechs Stockwerke hoch, hinter Fenstern, von denen man auf die Mauern anderer Wohnblöcke sah. Über und unter ihr führten Leute ihr Leben weiter. Sie schoben scharrend Küchenstühle über den Boden, machten Wohnungstüren auf und zu, stellten

Fernseher und Radios aus und an und riefen ihren Lieben oder den Leuten, mit denen sie zusammenlebten, durch die Wand durch etwas zu. Draußen, in der Welt, liefen die Leute immer noch herum und machten etwas. Zum Beispiel gingen sie einkaufen. Sie konnten in einen Laden gehen, ohne sich matt oder benommen oder schwummrig zu fühlen allein schon wegen der Zahl der Leute, die Sachen kauften, und der Zahl von Sachen, die für sie zum Kauf da waren, alle in einen überdachten Raum gestopft, und dazu der Lärm der Kassen, aus denen Kassenzettel für die gekauften Sachen herausratterten, und der Farben der Produkte, die man kaufen konnte, wenn man regalweise einen Gang nach dem anderen abgraste.

Regalweise. War das ein richtiges Wort? Sie erinnerte sich nicht. Sie konnte nicht sicher sein. Blinzelte. Schwärze kam mit ihren Lidern über ihre Augen und hob sich wieder. Hinter Haut und Knochen an der Stirnseite ihres Kopfes fing das Mazola-Lied wieder an. Mazola, einfach Keimöl.

Lise lag im Bett. Das war das, was sie tat. Da war doch was, was sie aufschreiben mußte. Sie wartete darauf, daß es ihr wieder einfiel. Die Gedanken arbeiteten sich in ihrem Gehirn langsam aus dem Boden, wie Rasen, der von einer Person umgedreht wird, die sie nur am fernen Horizont ausmachen konnte, am Rande eines unbestellten Feldes, einer Person, durch die Entfernung so klein und durchs Alter oder durch Müdigkeit so langsam geworden, daß er oder sie kaum den Spaten schwingen konnte.

Lise war unwohl.

Unwohl: ein Zustand, der bodenlos war, dessen Dunkel so tief war wie die Brunnen, in die andere Leute, diejenigen, denen wohl war, aus Spaß kleine Münzen warfen und über deren Öffnung sie anschließend den Kopf beugten, die Hände hinter die Ohren gelegt, und horchten, bis ihre Münze auf das weit entfernte Wasser traf, damit sie sich etwas wünschen konnten. Was konnten die, denen wohl war, sich wünschen wollen – sie hatten doch schon alles. Unwohl: das Gegenteil von wohl. Es müßte ein Ort sein, an dem sich alles ausglich, eine Räumlichkeit ohne sofort einsichtige Erzählung. Dort war nichts möglich. Dort konnte – eine Zeitlang – nichts passieren.

Statt dessen lag Lise reglos im Bett, wußte Bescheid; es war, als sei sie über den Rand eines Brunnens wie dem im vorigen Absatz gekippt worden und in ein und demselben monotonen Nichts seit Wochen gefallen, immer tiefer, wie Alice, die über Fledermäuse und Katzen nachdachte, durch nichts als träge Schwerkraft hindurch, an einem Ort, wo eine Sekunde der Zeit so in die Länge gedehnt und so dünn wurde, daß man die Adern darin sehen konnte; und alle diese Sekunden, all diese Zeit hatte sie (Lise) sich offenbar kaum bewegt, obwohl die Wände des Tunnels in Wahrheit mit Tausenden, vielleicht Millionen Stundenkilometern an ihr vorbeiflogen, die runde Mauer und ihre schleimig-kalten, schartigen Ziegel nur Zentimeter vor der Haut ihrer Nase und ihres Kinns und den Knöcheln ihrer Hände und Füße, und ihr ganzer Körper angespannt, bereit, wartend, ständig in Erwartung, aufzuschlagen auf der Wasseroberfläche.

Es gab also doch eine Geschichte, irgendwo, die sich nicht abweisen ließ, sich erstreckte zwischen Hier und dem Vorigen und dem Nächsten, und sie versuchte, sich daran zu erinnern. Doch bis jetzt kreiste alles, woran sie sich an diesem Vormittag erinnerte, immer nur hinter dem harten Knochen ihrer Stirn wie die billige Reklame, die es war. Wenn da drin nicht das Mazola-Lied erklang, schmierig mit seinem öligen Versprechen, war es die insgesamt höhere, reinere Stimme der Frau, die sang: Bring mir Äpfel, Bring mir (irgendwas), Bring mir Nüsse, Bring mir die Box, Bring mir das gute Müsli von Kellogg's.

Die Stimme klang (in ihrem Kopf all die Jahre später) immer noch so, als sei ihre Besitzerin mit gesunden, sehr guten Lebensmitteln aufgewachsen; die jeden Tag gegessen zu haben, schien sie zu sagen, hatte die erfolgreiche, sozial aufstrebende Interpretin der leichten Klassik aus ihr gemacht, die sie war, und ihr den moralisch untadeligen Job eingetragen, im Fernsehen ausgerechnet über diese guten Sachen zum Wohle anderer zu singen.

Draußen schien die Sonne. Das war unwesentlich.

Da war das wieder, was Lise aufschreiben mußte. Was war das bloß noch?

Ich bin (   ).

Irgendwo auf dem Bett oder im Bett lag ein Bleistift, das wußte sie.

Sie glaubte nicht, daß sie es schaffen würde, durchs Zimmer zu gehen und den Schreibblock vom Fensterplatz zu holen.

Deirdre würde ihn holen, wenn sie kam.

Aber möglicherweise mußte Lise das aufschreiben, bevor Deirdre kam. Was, wenn es ihr wieder einfiel und sie es dann aufschreiben mußte, bevor Deirdre kam, damit sie es nicht wieder vergaß? Sie konnte es im Telefonbuch aufschreiben. Es lag gleich neben dem Telefon. Das Telefon stand gleich neben dem Bett. Eine kleine Bewegung, mehr war nicht nötig, um das Telefonbuch zu ergreifen; sie würde einige Blätter herausreißen und darauf schreiben. Sie konnte auf der Umschlaginnenseite schreiben und danach auf den ersten Seiten, auf denen etwas Platz war, und dann auf den freien Stellen auf den Seiten mit den aufgeführten Telefonnummern oder an den Rändern; sehr unwahrscheinlich, daß ihr der Platz ausgehen würde. So viel hatte sie ja auch bestimmt nicht zu sagen. Was sie über alles auf der Welt zu sagen hatte, würde kaum bis zu allen A's auf der Namensliste der Leute reichen, die in derselben Gegend wohnten wie sie.

Blätter herauszureißen war jedoch schwere Arbeit. Sie konnte sich das Telefonbuch auf die Knie legen, aber es sah bauchig und gewichtig aus mit dem Leben Tausender von Unbekannten darin. Und, schau an, sie hatte ja bereits Papier; gefaltet lag es bereits in ihrer Hand. Was war das noch mal?

Über Sie – Fortsetzung.

Gleich setzte sie sich auf, gleich fände sie den Bleistift.

Notieren Sie Ihre Symptome, hatte ein Arzt zu ihr gesagt. *Führen Sie ein Tagebuch darüber, wie es sich anfühlt, wonach es sich anfühlt.*

Erzählen Sie uns von sich. Ich bin anständig/krank.

Lise lag im Bett. Ein Formular mußte ausgefüllt werden. Es war wichtig. Sie hatte das Formular in der Hand. Möglicherweise schon seit Stunden, sie erinnerte sich an nichts im Zusammenhang mit dem Fassen nach einem Formular oder dem Herausziehen eines Formulars aus einem Umschlag. Möglich, daß sie schon ganze Tage verschlafen und ganze Tage verwacht hatte – mit dem Formular in der Hand. Wer wußte das schon? Sie würde Deirdre fragen, wenn sie kam. *Fragebogen zur Arbeitsunfähigkeit. Durch ein verzögertes Ausfüllen und Rücksenden dieses Fragebogens könnten Sie Leistungen einbüßen.* Wie viele Tage habe ich dieses Formular schon in der Hand? überlegte Lise. Habe ich Leistungen eingebüßt?

Deirdre würde es wissen.

Sobald sie konnte, würde Lise damit anfangen. Sobald sie den Bleistift gefunden hatte. Bin.

Anständig. Bemühe mich, das zu sein. In Geschäften halte ich alten Leuten oder Müttern mit Kinderwagen die Türen auf, jedem eigentlich, der nach mir rausgeht oder mir entgegen reinkommt, es müssen gar keine Mütter oder Alte sein. Ich zucke zusammen, wenn die Fernsehnachrichten Leichen aus den verschiedenen Teilen der Welt zeigen, ich fühle mit den Verwandten der Getöteten mit, die trauernd im Fernsehen gezeigt werden; ich mache mir Gedanken um die Menschen, die in Kriegsgebieten leben. Ich mache mir Gedanken um Kinder, die von ihren Eltern oder von Autoritätspersonen mißbraucht werden. Ich mache mir Gedanken um Menschen, die gefoltert werden. Ich mache mir Gedanken um die Beagles, die in Maschinen geschnallt und zum Rauchen gezwungen, oder um die Pferde, die rein zur Östrogengewinnung gezüchtet und deren Fohlen regelmäßig geschlachtet werden. Ich mache mir Gedanken, daß Vegetarier in Restaurants keine richtigen Mahlzeiten bekommen und daß andere ihnen mit Sarkasmus begegnen, weil sie Vegetarier sind, und ich mach mir auch welche, daß Fleischessern nicht ihre vollen demokratischen Rechte gewährt werden, genauso Rauchern, die nach einer Zigarette schmachten und irgendwo festsitzen, wo sie nicht rauchen dürfen. Leuten mit schwerem Gepäck helf ich immer, es die Stufen rauf in den Bus reinzutragen. Ich bin höflich zu anderen, wenn wir in der Schlange stehen. Jemanden, der weniger einzukaufen hat als ich, lasse ich an der Kasse immer vor. Ich fahre defensiv. In Wohngebieten halte ich mich mehr oder weniger an die Geschwindigkeitsbeschränkungen. Ich lasse die Leute, die mit anderen Autos aus Seitenstraßen kommen, in der Vorfahrtsstraße in die Schlange rein. Ich mache Platz.

Nichts Besonderes eigentlich. Eine Heilige bin ich nicht. Ich will die Welt nicht verändern. Aber über die Spinne auf dem Fußboden stürze ich eine Tasse oder ein Glas, schiebe dann vorsichtig eine Postkarte darunter, damit ich sie nicht an den Beinen erwische, und mach die Haustür auf und setze sie nach draußen. Ist das gut? Oder wenn im Hotel Überstunden angeboten werden und jemand anders sie braucht, lasse ich dem den Vortritt. Wenn mich jemand fragt, ob ich seine oder ihre Schicht übernehmen kann, mach ich das; natürlich mach ich das, wenn ich kann.

Hätte. Habe. War. Alles – Autos, Busse, die Arbeit, Läden, Leute, alles – außer dem Bett, in dem sie lag, sank in eine andere Zeit. Jetzt: Ich bin krank. Ich tu gar nichts. Mir tut die Haut weh. Mir tut das Gesicht weh. Mir tut der Kopf weh. Mir tun die Arme weh. Mir tun die Schultern und der Rücken, die Beine und die Füße weh, normalerweise zu verschiedenen Zeiten, aber manchmal auch alles auf einmal. Der Schmerz wandert durch meinen Körper und steckt kleine Pflöcke hinein, so als wäre ich ein neues Territorium und müßte erobert werden. Meine Hände tun so, als wären sie aus Stein. Sie ziehen meine Arme herunter mit ihrem Gewicht. Als ich zum Arzt ging – was nicht so weit war, das heißt, bloß eine Sache von Hunderten von Metern – obwohl jetzt sogar schon ein kleines Zimmer eine Wüste sein kann, eine riesige, windgepeitschte Ebene von einer Hauswand bis zur anderen –, merkte ich, was Zeitlupe sein kann. Das war das letzte Mal, daß mein Herz sich aufschwang, und es schwang sich in mir auf wie ein Vogel im Käfig, wie eine Amsel, die, in einem Wohnzimmer eingesperrt, es flatternd schaffte, sich über das sinnlose Mobiliar zu erheben.

Seitdem bin ich nicht zu dieser Wohnung hinaus und die Treppe hinunter und aus dem Haus gekommen.

Wie klein die Welt geworden ist. Wie riesig die Welt ist. Ich hab Paris im Fernsehen gesehen. Eine Stadt zu sehen, voll mit Leuten auf der Straße, mit aufsteigendem Rauch, dröhnenden Autos, ablaufenden Tagen, war beängstigend.

Seitdem seh ich nicht mehr fern. Mir tut das Herz weh. Es schmerzt wie ein krankes Herz. Das Licht tut weh. Die Dunkelheit überfällt mich wie eine Apathie, und ich habe Angst, daß diese Apathie ebenfalls weh tut, daß ich über und über mit blauen Flecken übersät bin und daß ich eines Morgens aufwache und feststelle, daß ich das spüre.

Ich schlafe schlecht. Ich liege wach und warte, bis ich wieder schlecht schlafen kann.

Ich weiß nicht, wann ich wieder irgend etwas, nun ja, werde machen können, ob überhaupt.

Lise lag im Bett. Sie überlegte, wie sie das alles in dem Formular sagen sollte.

Ihre Ärztin hatte genickt. *Wir finden eigentlich nichts, was Ihnen fehlt*, hatte sie nickend gesagt. Sie hatte es nett rübergebracht. Sie konnte nichts machen. *Möglicherweise haben Sie etwas, was wir noch nicht diagnostizieren können. Das geht vielen Leuten so. Zum Beispiel sind Ihre Lymphozyt-*

und Ihre Monozytwerte hier ein bißchen erhöht. Das könnte ein Hinweis darauf sein, daß Sie bereits eine leichte Virusinfektion bekämpft haben. Vielleicht ist es aber auch bloß ein Hinweis auf gar nichts und ganz normal.

Lise lag im Bett. Deidre kam um vier. Das war ganz normal. Das einzige, woran sich Lise heute erinnerte, waren die Songs über weggeworfenen Müll; die Songs über Plastikflaschen und Müslischachteln, Dinge, schon vor langer Zeit hergestellt und gegessen, seit langem verrottet oder in Deponien vergraben. Irgend jemand war dafür verantwortlich. Deirdre war daran schuld, daß Lise sich nur an gereimten Schund erinnerte. Den hatte Lise im Blut wie einen Bazillus; sie war schließlich selber ein Abkömmling der Banalität. Banalität und zum Abwinken matte Reime, das war Teil ihrer genetischen Struktur, haha. Das würde sie Deirdre sagen. Das brachte Deirdre vielleicht zum Lachen. Irgendwann wurde es heute, wie alle Tage, mal vier Uhr. Die Augenblicke sammelten sich zu Minuten, dann zu Stunden, die Zeiger der Uhr standen in einem stumpfen Winkel, die Tür flog auf, und ihre Mutter kam herein, ganz Großtat und Katastrophe. Vielleicht war das medizinisch von Bedeutung, war etwas, was sie der Ärztin hätte angeben sollen zusammen mit den Kopfschmerzen, Rheuma- und Muskelschmerzen, Rückenschmerzen, der Migräne, den Zahnschmerzen, den Erkältungssymptomen, der Fiebrigkeit, Neuralgie, Übelkeit etc., die sich nicht diagnostizieren ließen. Vielleicht war das wichtig. Hinter mir, unter mir, Frau Doktor, nein, hören Sie, unterhalb von mir, tief in die Erde, vielleicht Jahrhunderte tief, reicht die Reihe meiner Ahnen, die womöglich an derselben Variante schlechter Kunst litten, die von meiner Mutter direkt auf mich überkommen ist. Vielleicht haben Sie ja von ihr gehört? Nicht?

Früher hatte Lise das Kind sich gefragt, wo die alle hin verschwanden, die Tausende von Gesichtern ihrer Mutter auf den vielen Papphüllen. Wer hatte die gekauft und mit nach Hause genommen, in was für Zimmer guckten die? Wo waren sie jetzt, diese lächelnden Münder, diese in Rillen gepreßte Stimme? Im LP-Himmel? In Secondhandläden, neben gestohlenen Radios aufgebaut? Hinter altmodischen Hi-Fi-Anlagen neben altmodischen dreiteiligen Anzügen in den Häusern von langsam in die Jahre kommenden Eltern, neben Alben von Val Doonican und Lena Martell, Bobby Crush, Lena Zavaroni? Zur Hochzeit ihres Ruhmes war Deirdre wöchentlich in einer Verbrauchersendung im Fernsehen aufgetreten und hatte aktuelle Ereignisse in Versen kommentiert. Ihr populärstes Gedicht, »Die alte Lochkarte«, hatte bei den Pop-Singles an der Schwelle zu den Top 100 gestanden; eine komische Klage, vorgetragen von einer alten Rechnerkarte voller ausgestanzter Löcher, darüber, daß durch die neuen Computer, die auf den Markt kamen, Lochkarten obsolet geworden waren. Deirdre hatte eine Tournee durch regionale Theater gemacht, hatte lächelnden Rentnern zig Alben signiert.

Das war zwanzig Jahre her, Lise war damals noch klein. Die Rentner waren mittlerweile tot, und ihre Mutter ergraute mit Ende Fünfzig; ab und zu war sie mal im hiesigen Radio zu hören, wo die Leute sie wegen ihres für die Gegend untypischen Akzents auf den Arm nahmen. Mit den Jahren hatten die Jahre sie traurig gemacht. Deirdre, Königin des Jammers.

Doch daß Lise krank war, machte sie glücklich. Um vier

Uhr kam sie mit Elan durch die Tür, wurde wieder lebendig, tänzelte zu ihrer eigenen Erkennungsmelodie wie die Heldin einer Mittelschichts-Sitcom in das Zimmer ihrer kranken Tochter, eins, das eigentlich kein richtiges Zimmer ist, sondern das Skriptleute bloß so ausgestattet haben: mit Tischen und Schränken, Sachen an den Wänden und herumliegenden Büchern, die gehören halt dazu, und es ist an drei Seiten offen für das Publikum, das sich danach sehnt, zu lachen und zu klatschen, das danach giert, über jeden alten Mist, jede schlechte Zeile, jeden kranken Witz zu grölen, ein Publikum, bereits angewärmt von einem Comedian, der rassistische oder leicht anzügliche Geschichtchen erzählt hat. Aufs Stichwort kam Deirdre herein, begrüßt von herzlichem Applaus, nichts als Sommerschal und Mitgefühl, aber glücklich, glücklich, glücklich, denn in diesem einen Moment ihres Lebens (ja, eine Reihe von mehr oder weniger direkt aufeinanderfolgenden Momenten aus einem Leben aus Abermillionen Momenten und erschöpfenden Möglichkeiten) war sie heiter, war glücklicher, als sie seit Jahren gewesen war, erfüllt von Neuem und von der Wichtigkeit ihres neuen Großprojekts.

Was dir geschieht, sagte Deirdre in vollem Ernst zu Lise drei Wochen nach Beginn ihrer Bettlägerigkeit am ersten von Deirdres glücklicheren Tagen, während sie neben dem Bett kniete und ihr Gesicht so nahe an Lises heranbrachte, wie es ging, ohne daß es ihr vor den Augen verschwamm, das ist visionär und poetisch. Es ist wie in dem Gedicht von William Dunbar, erinnerst du dich? Der Mensch, umhergeworfen wie eine Weide, die umhergeworfen wird vom Wind? *Die Welt ist Schein, vergänglich bloß.* Erinnerst du dich? Es ist eine Offenbarung, krank zu sein wie du.

Das ist ein mystischer Zustand, mein Töchterlein; Fieber, das bewirkt was auf der Welt, Fieber und Visionen, die haben Propheten befallen; daraus wird was. Es ist ein böser Wind, Lise, ein böser Wind, nicht? Nicht wahr?

Dein Töchterlein. Vor Lises fest geschlossenen Augen kniete Deirdre eifrig lächelnd auf dem Teppich. Sie zitterte fast vor Eifer. Nachdem das eine Weile so gegangen war, hörte Lise sie aufstehen, nach nebenan gehen und sich die Hände waschen (sie wusch sich oft die Hände, es konnte ja ansteckend sein). Deirdre summte im Bad vor sich hin, hantierte mit Handtüchern. Endlich hatte sie es mit richtiger Kunst zu tun. Drei Tage später verkündete sie, sie habe ein neues episches Gedicht, betitelt »Hotel Welt«.

Heute, im Bett liegend, konnte sich Lise nur noch an Fetzen dessen erinnern, was Deirdre ihr von »Hotel Welt« bereits laut vorgelesen hatte – ein metaphysisches Wortspiel, auf das Deirdre mächtig stolz war, über die Kette Global Hotels, in der Lise gearbeitet hatte, und an Reimwörter wie Spirale für post-virale, Kamillen für Bazillen und irren für Viren. (Selbst wenn Sie dagewesen und Lise selbst danach gefragt hätten, wäre ihr nicht mehr als ein Wort hier und da eingefallen, denn Strophe vier zum Beispiel von »Hotel Welt« ging so:

Empfang war mal dein Arbeitsplatz,
Schalten und Walten, lieber Schatz.
Doch dann hat sich der Wind gedreht
Und dich in dies Hotel geweht.
Ein Krankenzimmer, rätselhaft versperrt,
Mit einem Ausblick, nüchtern und kaum sehenswert,
Mit einem Zweck, so hundsgemein,
Mit einer Minibar voll Pein.)

Deirdre saß am Fußende des Bettes und fuchtelte mit dem gezückten Stift in der Luft herum. Die meisten Tage sagte sie, erzähl mir ein bißchen was. Hast du Lust? Liebling? Heute Lust dazu? Ich helfe dir, dich zu konzentrieren. Konzentrier dich für Deirdre. Lise. Lise? Du kannst mir erzählen, was du willst. Vom Hotel zum Beispiel. Alltägliche Dinge, das genügt schon. Und wenn sie um halb sieben ging, sagte sie, schon zur Tür hinausschlüpfend, und denk dran, Lise, wenn du kannst, wenn es irgend geht, schreib für mich auf, sowie und wann du dich an Sachen erinnerst, die passiert sind. Egal, was dir einfällt. Man weiß nie, was vielleicht mal wichtig ist.

Das Gedicht war erst bis zur achten Strophe gediehen, war aber als Epos konzipiert, ging also von einer schönen langen Krankheit aus. Entscheidend aber ist, entscheidend ist: Deirdre kam. Sie kam unfehlbar. Sogar in der zeitlosen Zone eines für jemanden, dem nicht wohl ist und der für den Rest unserer schnellebigen Welt unsichtbar ist, ganz normalen Tages kam Deirdre pünktlich um vier.

Lise lag im Bett und starrte zur Lampe hinauf. Es war ermüdend, bloß im Bett zu liegen und nach oben zu starren. Schmerzen schossen Lise durch den Nacken in den Kopf. In ihrem Kopf hämmerten sie von innen an ihr Gehirn. Rochen nach Dung und nach Tier. Trampelten alles nieder, was sie kannte. Waren schwer wie eine Herde Bisons. Wirbelten Staub auf. Hinter dem Staub das Geräusch: *Schreib für mich auf, woran du dich erinnerst*, sagte die Dichterin und Mutter. *Schreiben Sie Ihre Symptome auf*, sagte die Ärztin. *Geben Sie uns Auskunft*, verlangte das behördliche Formular in ihrer Hand. *Bring mir Äpfel, bring mir irgendwas*, sang die verwöhnte, gesunde Frau aus dem Dorfladen.

Bring mir irgendwas. Es war zum Verrücktwerden, sich nicht zu erinnern, was dieses fehlende Etwas auf dem Kassenzettel des Dorfladens war. Hatte es zwei Silben oder drei? Lisa fiel es nicht ein. Voller Geschmack. Nur vom Essen. In dem Mazola-Lied ließ sich kein Reim bauen außer mit dem Wort Mazola selbst. Gott sei Dank. Das war eine Erleichterung. Es war einfach Keimöl.

Hinweise für das Ausfüllen des restlichen Formulars

Bitte verwenden Sie die Kästchen in den mit Weitere Informationen überschriebenen Abschnitten auf jeder Seite, und schildern Sie uns mit eigenen Worten, inwiefern Ihre Krankheit oder Ihre Behinderung Sie bei Ihren alltäglichen Verrichtungen beeinträchtigt. Erzählen Sie uns von

Schmerzen, Müdigkeit und Atemnot, die Sie bei alltäglichen Verrichtungen spüren

Schmerzen, Müdigkeit und Atemnot, die Sie nach alltäglichen Verrichtungen spüren

Es ist nicht nötig, daß Sie die in den Fragebogen angeführten Aktivitäten ausprobieren. Berichten Sie uns auf der Grundlage Ihrer Krankheit oder Behinderung, ob Sie sie durchführen könnten oder nicht.

Falls Sie etwas ergänzen müssen, verwenden Sie bitte das Kästchen auf Seite 18.

Lise lag im Bett. Lag sie nicht nur, sondern log sie auch? Simulierte sie das Im-Bett-Liegen nur? Das Formular brachte sie dazu, sich diese Frage zu stellen. Es machte sie nervös. *Vermutlich sind Sie gar nicht krank*, hieß es da. *Beweisen Sie uns, wie krank Sie wirklich sind.* Lise bewegte sich so wenig wie möglich. Sie breitete die Blätter so lange immer wieder fächerförmig über ihrem Kopf auf, bis sie die Seite 18 gefunden hatte. Die war gegen Ende des Formulars. Das freie

Kästchen darauf maß etwa fünfzehn mal fünfzehn Zentimter. Lise mußte etwas finden, womit sie es ausfüllen konnte. Sie ließ den Arm fallen; er war lange genug in der Luft gewesen, um weh zu tun.

Sie konnte es mit etwas ausfüllen, was Deirdre gern erzählt bekommen würde, wenn sie um vier heimkam.

Zum Beispiel hätte Deirdre bestimmt gern etwas darüber gehört, wie die Zimmermädchen, die Lise vom Hotel kannte, zumindest die dreisteren, sich angewöhnt hatten, die Toilettensitze in besonders liederlichen Zimmern mit den Gesichtshandtüchern der Gäste abzuwischen. Oder daß sie sich einen Spaß daraus machten, die Klamotten anzuprobieren, die die Gäste ausgepackt und in Schränke gehängt oder Kommoden gelegt hatten, bevor sie aus dem Haus gegangen waren. Das Durchwühlen der Koffer von Gästen war sowieso Pflicht. Sehr gern schalteten sie auch in den Zimmern zurückgelassene teure Kameras auf Batteriebetrieb, so daß sich die Batterien der Kameras reicher Leute lautlos entluden, ohne daß sie es merkten.

Deirdre wäre auch fasziniert, wüßte sie, wieviel gespuckt wurde, blind, willkürlich gespuckt, ungeachtet dessen, wer Gast war oder wie hoch das Trinkgeld: in das vom Zimmerservice gebrachte Essen und in das Restaurantessen in der Küche eines durchschnittlichen Global Hotel, und ganz besonders hingerissen wäre sie, wüßte sie, wie viele Bakterienarten sich da fanden, inklusive einiger, die normalerweise in Urin vorkommen und die sich bereits durch eine simple wissenschaftliche Untersuchung der Pfefferminzdrops in der großen Schale aus opakem Kristall hätten nachweisen lassen, aus der sich ein- und auscheckende Gäste an dem Empfang bedienen konnten, an dem ihre Tochter nach dem

Verlassen des College und vor ihrer Erkrankung anderthalb Jahre gearbeitet hatte.

Offen gestanden, wäre Deirdre über jede Information entzückt gewesen, zum Beispiel wenn man ihr gesagt hätte, wie schwer die Bettwäsche war, die die Zimmermädchen schleppen mußten (Bettwäsche hat ein beachtliches Gewicht, und Hotelangestellten ist es im allgemeinen nicht gestattet, die Gästefahrstühle zu benutzen), oder wie neue Mädchen von Mrs. Bell in den Raum hinter der Rezeption zitiert wurden, wo sie in ihrer Mittagspause mit den Enden von Toilettenpapierrollen so lange üben mußten, bis sie die Ränder des Papiers genau im richtigen Winkel spitz umlegten. (Nicht nur mir zuliebe, sagte Mrs. Bell und klopfte mit ihrem Bleistift auf den Tisch, sondern um zu demonstrieren, daß die Badezimmer bei Global mit Sorgfalt hergerichten werden; wie lautet das Losungswort, Mädchen? Alles für den Kunden. Eine Neue war entlassen worden, angeblich wegen Unsauberkeit, in Wahrheit aber, weil sie Mrs. Bell darauf hingewiesen hatte, daß ihr Losungswort aus vier Wörtern bestand.)

Oder einfach unromantische, schmucklose Informationen wie die, daß jeder Angestellte morgens um sechs ein Blatt Papier mit dem Zimmerbelegungsplan in sein Fach gelegt bekam, dem er entnehmen konnte, welche Gäste noch blieben und welche nicht. Das wäre Deirdre von Nutzen gewesen oder der Trick in der Rezeption, wenn keine Vorgesetzten da waren und nicht viel los war, den Hörer abzunehmen und zu sagen *Guten Abend, Global Hotels, kann ich Ihnen behilflich sein? Einen Augenblick bitte, ich stelle Sie in unsere Reservierungsabteilung durch*, dann die Taste 9 zu drücken (durch die dem Kunden Mozarts Klavierkonzert Nr. 23 ins Ohr gedudelt wurde), den Hörer auf den Tisch zu legen, so lange zu warten, wie man sich traute, abermals die 9 zu drücken und danach mit anderer Stimme, so als wäre man jemand anders, *Reservierungsabteilung, Global Hotels, kann ich Ihnen behilflich sein?* zu sagen.

Oder daß es einen als Angestellten in einem Hotel, egal, was man da macht – ob am Empfang Gäste anlächeln oder in der Küche ins Essen spucken, ob die Gerüche anderer Leute von den Betten abziehen oder vorschriftswidrig draußen auf der Feuerleiter rauchen –, schon hart ankommt, so fest ans Fenster zum Reichtum anderer Leute gequetscht zu sein, daß es einem die Nase platt drückt und das Gesicht verzerrt, und das bei einer Arbeit, für die man im allgemeinen ziemlich mies bezahlt wird.

Alles das und noch viel mehr hätte Deirdre zu gern erfahren, hätte sie nützlich gefunden, wenn Lise sich nur daran erinnerte. Und wo Lise sich heute doch so bemüht hatte, an das Hotel zu denken, war ihr bestimmt etwas eingefallen. Aber nein, sie kam nicht ganz ran. Es hatte mit Bädern zu tun, mit einem Bad, da war irgendwas mit einem Badezimmer, doch in Lises Kopf schob sich immer eine Stimme vor alles: die der Flasche mit dem Schaumbad aus der Fernsehreklame, die zu Bildern von Kindern in der Wanne samt fröhlicher Mutter sang. In deiner Badewanne bin ich Kapitän, in deiner Badewanne kannst du Matey sehn. Alles schäumt auf mein Kommando!

Die singende Schaumbadflasche war geformt wie ein Matrose. Er drängelte sich dauernd tanzend vor, wenn Lise an etwas denken wollte. Der Text seines Lieds war extra so gemacht, daß er authentisch klang, wie Seefahrer sprechen. Durch die Erinnerung fühlte sich Lise, die reglos und benommen im Bett lag, getröstet. Es gab doch noch Dinge, sogar Winzigkeiten, die sie genau wußte. Sie lächelte, fahl in dem fahlen Zimmer. Überlegte, ob der Matey-Song Deirdre irgendwie von Nutzen sein konnte. Vielleicht sollte sie ihn für sie aufschreiben. Sie würde den Bleistift finden. Die singende Schaumbadflasche. Das war doch etwas. Sie würde es in das Formular eintragen.

Auf einem Stuhl sitzen. Wir müssen wissen, ob Sie Schwierigkeiten haben, bequem auf einem Stuhl zu sitzen. Mit »bequem sitzen« meinen wir, ohne daß Sie von dem Stuhl aufstehen müssen, weil die Unbequemlichkeit so groß wird, daß Sie nicht mehr weitersitzen können. Mit »Stuhl« meinen wir einen geraden Stuhl mit Rücken-, aber ohne Armlehne. Bitte kreuzen Sie die erste Aussage an, die für Sie zutrifft. Erlaubt ist nur ein Kreuz.

Ich habe keine Probleme beim Sitzen.

Ich kann überhaupt nicht bequem sitzen.

Ich kann nicht länger als zehn Minuten bequem sitzen, ohne daß ich vom Stuhl aufstehen muß.

Ich kann nicht länger als dreißig Minuten bequem sitzen, ohne daß ich vom Stuhl aufstehen muß.

Ich kann nicht länger als eine Stunde bequem sitzen, ohne daß ich vom Stuhl aufstehen muß.

Ich kann nicht länger als zwei Stunden bequem sitzen, ohne daß ich vom Stuhl aufstehen muß.

Das Formular liest sich wie ein Gedicht, dachte Lise. Vielleicht konnte Deirdre das auch gebrauchen. Vielleicht hat Deirdre es geschrieben. Vielleicht hat Deirdre recht, und Poesie, gute oder schlechte, ist in allem, überall, wohin wir schauen.

Ihre Augen taten weh. Sie machte sie zu. Visionär. Poetisch. Eine Offenbarung. Mystisch. Yeah, dachte Lise hinter ihren geschlossenen Augen. Das stimmt. Krank sein ist eine Offenbarung. Es offenbart einem ganz genau, was Gesunde von Kranken halten. Sie stellen Blumen ans Bett oder auf den Tisch. Gucken einen mit immer größer werdenden Augen an. Du siehst ja aus wie der Tod, sagen sie, und dann lachen sie und fügen schnell hinzu, als ob das alles bloß ein Witz wäre, du siehst so aus, wie ich mich fühle. Dann gukken sie betreten (so als ließen ihre Leute, die Kranken, sie hängen). Überlegen sich ein paar Sachen, die bei ihnen auch nicht so sind, wie sie sein sollten, und bringen die Stunde damit zu, dir davon zu erzählen. Manche erwarten auch, daß du ihnen Tee machst oder gar Mittagessen (*so* krank bist du ja wohl nicht). Andere haben Angst, irgend etwas anzufassen. Sie holen ganz vorsichtig Luft, testen jeden Atemzug. Sehen an dir vorbei zur Seite, so als wärst du gar nicht da. Gehen wieder, sobald das möglich ist. Nach dem Besuch checken sie sich noch tagelang, horchen auf den Druck der Drüsen, auf das leichteste samtige Kräuseln der Haut, auf einen rauhen Hals: das leise Poch-poch der Symptome. Wer ist da? Vi. Vi wer? Vi Russ, wir haben uns bei deinem Freund kennengelernt, kennst du mich nicht? Erkennst du mich denn nicht wieder? Laß mich rein. Eines Tages war Lise (vielleicht) wieder so gesund, daß sie zu jemandem auf eine Party gehen konnte, und fragte sie dann wer, was machst du, dann antwortete Lise mit ihrer neuen Tätigkeitsbeschreibung. Ich bin krank gewesen. Ich konnte nicht länger als dreißig Minuten bequem auf einem Stuhl sitzen. Jetzt kann ich schon über zwei Stunden bequem auf einem Stuhl sitzen. Das ist schwere Arbeit, aber ich werde besser. Und irgend jemand muß es ja machen.

Lise lag im Bett. Das Zimmer schwankte. Die Wände wanderten, fanden wieder zur Ruhe. Der bloße Gedanke, sich vorzustellen, auf eine Party zu gehen, hatte sie erschreckt. Jeden Nachmittag stöpselte Deirdre das Telefon wieder in die Wand. Jeden Abend riß Lise, wenn ihre Mutter die Wohnungstür hinter sich zugemacht hatte, den Stekker wieder heraus. Das ging, ohne daß sie dafür aus dem Bett aufzustehen brauchte.

Stellen Sie sich also jetzt vor, wie Lises Gedächtnis seine Pforten öffnet.

Und stellen Sie sich vor, daß sie das verblüffte und ihr einen richtigen Knacks gab, so als hätte das tote Telefon neben ihrem Bett urplötzlich zu läuten angefangen.

Stellen Sie sich ihr Herz vor, das einen Stolperer tat. Und ihr Hirn, das aufging wie eine Schleuse.

Lise, hinter der Rezeption, ist bei der Arbeit. Die Computeruhr zeigt 18.51 Uhr, aber genau in dem Moment, als sie hinsieht, wird aus der schwarzen 1 eine 2.

18.52 Uhr.

Sie ist froh, daß sie das gesehen hat. Es kommt ihr vor wie so gewollt. Dann vergißt sie es wieder. Ihr tut der Nacken weh.

Die Überwachungskameras an der Vorderseite des Hotels sind ausgeschaltet, inklusive der über der Rezeption, und so knöpft sie den obersten Knopf auf und zieht an dem Stoff ihres Revers. Sie guckt nach unten, sieht ihr Namensschild, LISE, auf dem Kopf stehend. Sie löst die Sicherheitsnadel an seiner Rückseite, hakt es von der Uniform ab und wirft es in Richtung Papierkorb am anderen Ende der Rezeption.

Daneben. Es landet auf der Rückseite. Lise prustet.

Sie steht auf, geht ans Ende des Rezeptionstischs, dreht das Namensschild von der Rückseite nach vorn und hebt es wieder auf. Sticht sich mit der Nadel in den Finger.

Au, sagt sie. Scheiße.

Sie schiebt die Nadel wieder durch den Stoff ihres Revers, drückt sie zu. Setzt sich wieder auf ihren Stuhl. Trommelt mit den Fingern auf den Tisch. Sieht einen kleinen verschmierten Blutfleck darauf und saugt an ihrem Finger an der Stelle, wo sie sich mit der Nadel gestochen hat. Wischt mit dem Saum ihrer Jacke über das Blut auf dem Tisch.

Sie ist immer noch high von dem, was sie getan hat.

Sie sieht zum Telefon. Ergreift den Hörer, wählt die 9. Hält den Hörer für einen Moment in der Luft. Dann legt sie wieder auf, ohne noch eine andere Nummer gewählt zu haben.

Sie nimmt sich einen Stift, steckt das Ende in den Mund. Steht auf. Sie drückt den Türkode, geht vorn zur Rezeption hinaus, dahin, wo die Gäste stehen, nimmt den Stift aus dem Mund und legt ihn auf den Tisch.

Es ist niemand in der Lobby, als sie sie durchquert. Das künstliche Kaminfeuer brennt in einem leeren Raum.

Sie dreht die Drehtür, bis sie auf den Stufen zur Straße steht, eine Woge kalter Luft um sie herum. Sie steht unter dem Global-Hotel-Schild und versucht, über die Straße zu schauen.

Sie sieht dort drüben niemanden. Es ist niemand da.

Sie kommt wieder in den Schwall heißer Luft in der Lobby zurück. Streicht ihre Uniform glatt und geht schwungvoll und zielstrebig durch den Raum. Betritt wieder den Raum hinter dem Rezeptionstisch und setzt sich hin. Ihr

Finger blutet immer noch ein bißchen, und da, wo die Nadel durch die Oberfläche drang, ist die Haut ringsherum ein bißchen gerötet. Sie drückt so lange an der Haut ihres Fingers herum, bis das Blut als perfekt runder roter Tropfen herauskommt. Es ist ein überraschend helles Rot. Sie steckt den Finger in den Mund.

Duncan kommt langsam die Treppe herunter, immer eine Stufe auf einmal. Er hat den Kopf gesenkt. Geht an der Rezeption vorbei.

Danke, Duncan, sagt Lise, als er das tut.

Duncan erwidert nichts. Er geht direkt zurück in den FSR und schließt die Tür, und so sagt Lise es zu der geschlossenen Tür. Ich ruf dich, wenn wir dich brauchen, sagt sie. Heute abend ist tote Hose.

Sie zuckt bei ihren eigenen Worten zusammen. Scheiße, preßt sie leise hervor. Aber es ist in Ordnung. Duncan hätte es nicht gehört wegen der Kombination aus geschlossener Tür und den aus den Lautsprechern kommenden, die Rezeption überflutenden Klängen, eine Instrumentalversion von »Breaking Up Is Hard To Do«. Lise schaut auf die Uhr.

18.53 Uhr.

Noch fünf Stunden.

Sie paßt auf, ob es ihr noch einmal gelingt, die Uhrzeit auf dem Computer wechseln zu sehen. Doch sie schaut weg, bloß für den Bruchteil einer Sekunde, und als sie wieder hinsieht, ist es schon 18.56 Uhr, ohne daß sie das geringste davon gemerkt oder vergehen gespürt hat.

Es ist schon 18.56 Uhr: Zeit ist notorisch trügerisch. Das weiß jeder (obwohl es zu den Dingen gehört, die man eher mal vergißt).

Noch fünf Stunden: Weil sich die Zeit mehr oder weniger einfach linear und chronologisch von einem Moment – Sekunde, Minute, Stunde, Tag, Woche etc. – zum nächsten zu bewegen scheint, werden die Formen des Lebens in der Zeit eher in gewöhnliche lineare Sequenzen transponiert, was sich dann wiederum in leicht erkennbare Bedeutungen oder einen Sinn transponieren läßt. Lise wartet auf den nächsten feststehenden Punkt in dieser Abfolge: die Zeit, zu der sie heimgehen kann. Diese Woche hat sie Abendschicht. Bei Global Hotels geht die Abendschicht von 16.00 Uhr Uhr bis Mitternacht, dann übernimmt die Nachtschicht. Genaugenommen hat Lise, als sie »noch fünf Stunden« denkt, noch fünf Stunden und sieben Minuten, bis ihre Schicht offiziell endet, und in der Regel verliert sie auch mehrere Minuten beim Schichtwechsel durch den Austausch von Hallos und das Mäntelanziehen; bei der Abendschicht kommt Lise selten vor 0.20 Uhr aus dem Hotel heraus.

Heute jedoch verläßt Lise das Hotelgebäude nicht vor 4.00 Uhr.

Instrumentalversion von »Breaking Up Is Hard To Do«: Peter Burnett, Leiter dieser Niederlassung von Global, sucht die Musik für die Lobby aus. Dadurch, daß er drei in den Player in seinem abgeschlossenen Büroschrank eingelegte CDs leise im Repeat-Betrieb laufen läßt, sorgt er dafür, daß niemand seine Auswahl ändern kann, wenn er nicht im Haus ist, auch nicht abends. »Breaking Up Is Hard To Do« war ursprünglich im Jahre 1962 in Großbritannien ein Sommerhit von Neil Sedaka und dann genau zehn Jahre später, im Juli 1972, abermals ein Hit, als die Partridge-Familie aus dem Fernsehen es damit auf Platz drei der britischen Charts brachte. Ein paar Zeilen aus dem Text von »Breaking Up Is Hard To Do«, mehr oder weniger korrekt gespeichert,

(don't take your love
away from me
don't leave my heart in
misery
if you go
then I'll be blue),

gehen Lise in dem Moment, als sie auf die Computeruhr schaut, zusammen mit dem Instrumental im Hintergrund durch den Kopf, allerdings von ihr unbemerkt.

Die Lautsprecher, die die Rezeption überfluten: Das ist bildlich gesprochen. Buchstäblich wird in etwa einer Stunde und zwanzig Minuten das in Zimmer 12 (einem der größeren, besseren und teureren Zimmer des Hotels) angelassene Wasser schließlich überlaufen, und zwar nicht die Rezeption überfluten, aber das Badezimmer, den Teppich in 12 und auch einen Teil des Teppichs im Korridor vor der Tür von 12. Die daraus entstehende Unordnung, tags darauf bemerkt, führt dazu, daß Joyce Davies, Zimmermädchen (28), entlassen wird.

Der permanent laufende Wasserhahn zeitigt außerdem zwischen 20.00 Uhr und 21.30 Uhr drei weitere Beschwerden anderer Gäste, die den Mangel an warmem Wasser beklagen, ein Mangel, für den sich Lise von der Rezeption erstens wortreich in der Standardrhetorik von Global Hotels entschuldigt, den sie zweitens im Buch und im Computer vermerkt und drittens dem technischen Dienst meldet.

Heute abend ist tote Hose: Lises Magen verkrampft sich; sie hat Duncan gegenüber das Tabuwort »tot« verwendet.

Lise spricht zu der geschlossenen Tür: Das paßt genau. Mit Duncan reden, denkt Lise, ist genauso, als wollte man durch eine fünfzehn Zentimeter dicke Tür mit jemandem reden.

Er geht direkt zurück in den FSR: Der FSR ist das unter den Angestellten übliche Kürzel für Fundsachenraum; dort wird alles aufbewahrt, was Gäste vergessen haben, bis jemand Anspruch darauf erhebt oder es der Polizei übergeben oder von Hotelangestellten nach Hause mitgenommen wird. Es ist weniger ein Raum, eher ein großer Schrank voller Fächer und Kartons mit datierten, beschrifteten und alphabetisch sortierten Dingen: Weckern, Batterien, Büchern, allen möglichen Fotoapparaten, Kassetten und CDs, Kleidungsstücken, darunter Handschuhe, Hüte, siebzehn Paar Jeans, Computerspielen, Kondompäckchen und einer Vielzahl anderer Kontrazeptiva, vielen Make-up-Utensilien, zwei Handys, unidentifizierbaren Geschenken, noch ins Geschenkpapier eingewickelt, einer Prothese (der eines Unterschenkels), Herren-, Damen- und Kinderschuhen (in der Regel Paare), kleinem, leicht verlierbarem Kinderspielzeug, Schirmen verschiedener Größe, Walkmen für Kassetten- und CD-Betrieb mit und ohne Ohrstöpsel. Im FSR riecht es feucht und nach Plastik. Er hat keine Fenster. Dort brennt nur eine nackte Glühbirne. Duncan hat im letzten halben Jahr seine Schicht dort verbracht, kommt nur heraus, wenn er muß. Er sitzt im Dunkeln auf einem Karton mit der Aufschrift 16. Sept. Zi. 16. Der Karton ist voller verpackter Narzissenzwiebeln. Im Dunkeln des Kartons unter Duncan beginnen einige der Narzissen in ihrer Verpackung zu sprießen, andere Zwiebeln wieder dellen sich unter ihrer Verpackung nach innen ein und beginnen zu faulen.

Danke, Duncan, sagt Lise: Die meisten Angestellten aus dieser Niederlassung von Global, zumindest diejenigen, die damals hier arbeiteten, schützen Duncan und seine Gewohnheiten; mit Freude klopfen sie an die FSR-Tür und sagen ihm Bescheid, wenn Bell oder Burnett durchs Haus gehen, damit Duncan nicht erwischt wird. Alle, die hier arbeiten, wissen, daß Duncan Augen- und Ohrenzeuge war, er war mit im obersten Stock bei Sara Wilby, als sie es tat. Neuere Angestellte sagen mit gedämpfter Stimme einer zum anderen, daß Duncan gehen oder zum Gehen aufgefordert werden sollte. Sie unterhalten sich über das Gerücht, daß Duncan die ihm als Entschädigung angebotene Freistellung abgelehnt hat. Sie unterhalten sich darüber, wie das gewesen sein muß: so etwas mitzumachen. Unterhalten sich darüber, ob es Selbstmord war. Ob es Liebe war. Sie bringen Duncan in Zusammenhang damit. Wenn Duncan vorbeigeht, weht die plötzliche Stille verstummter Stimmen ihm voraus und hinter ihm her, gespenstisch, wie eine Peinlichkeit. Lise gibt Duncan gern kleine Aufträge, leichte Arbeit, wenn sie mit ihm zusammen Dienst hat. Sie glaubt, das würde ihm guttun. Früher, als sie hier angefangen hatte, dachte Lise immer, sie könnte eines Tages mal mit Duncan schlafen. Er war komisch, er war gesellig, er ging Risiken ein, er sah ziemlich gut aus. Jetzt ist es ihr unangenehm, dieselbe Schicht zu haben wie er. Sie ist nett zu ihm. (Sie ist für ihn unsichtbar.) Im stillen denkt sie, er müßte eine Therapie machen.

Sie steckt den Finger in den Mund: Der logische Drang des Körpers zum natürlichen Antiseptikum.

Der Finger ist gerötet: Die lokale Entzündung, eine Reaktion des Blutgerinnungsvorgangs.

Sie geht schwungvoll und zielstrebig durch den Raum: Noch ein halbes Jahr, dann kann Lise nicht mehr zielstrebig durch einen Raum gehen. Dann kann sie fast überhaupt nicht mehr durch einen Raum gehen. Schon der Gedanke an ein Wort wie »schwungvoll«, das durch ihr Hirn ziehende Gespenst dieses Wortes, ist imstande, ihr bange zu machen. Eines Nachts träumt sie im Schlaf (der die nächsten zehn Monate ihrer nahen Zukunft ein unruhiger, laufend unterbrochener sein wird), daß sie auf dem Rücken eines schwarzweißen Schweins sitzt, das in gefährlichem Tempo über eine Landschaft galoppiert, fast fliegt, die flüssig ist, die aussieht wie die walisische oder die schottische Grenze. Wenn sie aus diesem Traum aufwacht, ist sie erschöpft und voller Panik. Ihr Herz fühlt sich an wie versengt. Ihre Beinmuskeln schmerzen davon, daß sie sich im Schlaf an das Schwein geklammert hat. Das ist einer der Tiefpunkte ihrer frühen Invalidität.

Sie streicht ihre Uniform glatt: Lise hat im Moment vergessen, daß die Überwachungskameras ausgeschaltet sind und daß der gerade Sitz oder sonstwas ihrer Uniform niemandem gemeldet und auch von niemandem aufgezeichnet wird.

Niemand da: Das stimmt nicht ganz. Es sind ein paar Leute draußen auf der Straße, Passanten, mit Autos oder zu Fuß unterwegs. Dieses »niemand« bezieht sich insbesondere darauf, daß niemand drüben auf dem Gehweg ist, wo Lise das junge Mädchen im Teenageralter zu sehen erwartet oder hofft, das gegenüber vom Global auf dem Gehweg sitzt oder an einer Schaufensterfront Schutz sucht.

Sie sieht dort niemanden: »Niemanden« bezieht sich auf den »niemand« von oben. Lise ist sicher, daß sie das Mädchen von der Beerdigung des toten Zimmermädchens Sara Wilby kennt. Sara Wilby (19) hat kurzzeitig im Global gearbeitet, bevor sie letzten Mai bei einem monströsen Unfall zu Tode gekommen ist, eine Tragödie, über die in den Lokal- und den landesweiten Nachrichten (25/26.5.99) berichtet wurde und die erstens die dreitägige Schließung des Hotels und zweitens eine gestiegene Nachfrage nach Zimmern bei der Wiedereröffnung nach sich zog, eine Nachfrage, die bei Einheimischen und Angehörigen der allgemeinen Öffentlichkeit, erpicht, den Schauplatz des Todes zu sehen, noch bis in den Spätsommer hinein hoch blieb.

Die Global Hotels verpflichteten alle Angestellten dieser Niederlassung zur Teilnahme an Sara Wilbys Beerdigung. Nach der Beerdigung machte ein Witz die Runde unter den Angestellten, in dem Doris Days Song »Que Sera Sera« und der Name der Toten vermengt wurden. Lise erinnert sich jetzt nicht mehr an den Wortlaut, aber sie weiß noch, wie entlastend es war, den Witz herumgehen zu lassen wie einen Joint, heimlich, wie es bei der Arbeit alle taten: in den Hotelküchen, den Vorratsräumen, und dabei hin und her zu gehen vor der Tür des mit Brettern vernagelten Kellers. Gerüchte, deren Pointe *So war das mit dem Vernaschen nicht gedacht* lautete oder *Schnell mal einen wegstecken*, im Hotel treppauf, treppab verhuscht geflüstert bis in die Herbstmonate, mittlerweile aber sozusagen erstorben.

Lise hatte zur selben Zeit Dienst gehabt wie die Tote. Die Tote hatte dunkles Haar gehabt, aber es war ein Samstag, viel los, und es gab immer Angestellte, die neu kamen oder gingen, es gab dauernd neue Zimmermädchen; bei den Zimmermädchen herrschte hohe Fluktuation. Sara Wilbys

Familie hatte an der Kirchentür gestanden. Sämtliche Mitarbeiter bei Global waren im Gänsemarsch an ihr vorbeigezogen, erst die Chefs, dann die Niederlassungsleiter, dann die Verwaltung, dann die Rezeption, dann die Security, dann der technische Dienst, dann die Küche, dann die Putzfrauen, und hatten jedem von ihnen die Hand gegeben. Vor ein paar Wochen war Lise eingefallen, woher sie das Mädchen kannte, das Mädchen, das auf der anderen Straßenseite im Freien gesessen hatte. Lise hatte sie an der Kirchentür gesehen, als sie alle in ihren Hoteluniformen vorübergingen. Sie hat dem Mädchen vermutlich die Hand geschüttelt.

Heute abend ging Lise aus dem Haus, um mit dem Mädchen zu sprechen. Sie wollte sich erkundigen (aber das Mädchen lief weg), ob sie irgend etwas tun konnte, ob das Mädchen etwas haben wollte, Geld oder einen Kaffee oder etwas zu essen oder sonstwas, ob es reinkommen und sich im Hotel aufwärmen wollte, ob Lise irgend etwas tun oder irgendwie helfen konnte. Kann ich irgendwas für dich tun? Kann ich dir irgendwie helfen? Sie hatte sich die Worte schon zurechtgelegt.

Lise weiß, daß sie (Lise) Sara Wilby gekannt haben muß. Sie hatte am ersten der beiden Abende, die Sara Wilby im Global arbeitete, zur selben Zeit Dienst. Sie muß zweifellos einen Teil dieses Abends zusammen mit Sara Wilby verbracht, muß mit ihr gesprochen haben, zumindest müssen sie, wenn nicht schon viele Worte, so doch Blicke gewechselt haben. Aber obwohl sie es versucht hat, erinnert sie sich im Grunde an nichts davon. Sie weiß nicht mal mehr, wie Sara Wilby an dem Abend, zwei Tage vor ihrem Tod, ausgesehen hat. Es ist viel leichter, sie sich von den Bildern in der Zeitung und im Fernsehen zu vergegenwärtigen, als sich erinnern zu wollen. Die Bilder in den Zeitungen und im Fernsehen haben die echte Sara Wilby nur noch gründlicher aus Lises Gedächtnis getilgt.

Genau deswegen, wegen dieser Leerstelle im Gedächtnis, wo fast kein Gesicht ist, fast kein Körper, nur der fast leere Umriß einer Unbekannten – und auch, weil sie selber ein netter Mensch ist, und bloß für den Fall, daß sie irgendwas tun kann –, hat Lise ein Auge auf das Mädchen, das seine Abende auf den Stufen des Teppichvorführraums dem Hotel gegenüber verbringt, hat gerade noch einmal draußen nach ihm gesehen.

Die Lobby: Alle Niederlassungen – die britischen wie die internationalen – von Global Hotels haben dasselbe Lobbydesign, entworfen von dem Schweizer Innenarchitekten Henri Goldblatt. Alle vorgeschriebenen Details hier aufzuführen, würde den Rahmen sprengen; Goldblatts Originalentwurf, der sogar diverse Möbel- und Stoffabrikanten namentlich auswies, ist über zehn Seiten lang. Für die Blumen am Eingang zur Lobby auf Seite 6 zum Beispiel weist Goldblatt Stargazer-Lilien aus.

Aufsichtsrat und Anteilseigner der Global International AG sind der Überzeugung, daß die Wiederholung einzelner Details in dennoch individuell gestalteten architektonischen Strukturen die Anmutung von psychischer Sicherheit und Wohlbefinden stärkt und so ein Klima schafft, in das die weltweite Klientel von Global gern häufiger zurückkehrt.

Die Lobby der Niederlassung, in der Lise arbeitet, riecht nach gutem Teppich, Speisen in einem fernen Restaurant und Stargazer-Lilien. Sechs Monate später krank im Bett liegend, erinnert sich Lise nicht mehr genau daran, wie es in der Lobby im Global roch. Zwei Jahre später, im Urlaub im Kanada, sucht sie, als sie verzweifelt einem plötzlichen Frühjahrsschneesturm entkommen will, Unterschlupf im Global in Ottawa und wird beim Betreten der Lobby unerwartet an kleine sinnliche Details aus der Zeit erinnert, die sie für Global gearbeitet hat, Details, bei denen sie (wie sie sich, überrascht, hinterher selbst sagt) nicht im Traum daran gedacht hätte, sie zu kennen, und sie entsinnt sich der Zeit in ihrem alten, vergangenen Leben, bevor sie krank war und bevor es ihr wieder besserging, einer Zeit, die schon fast vollkommen aus ihrem Gedächtnis verschwunden war.

Nimmt den Stift aus dem Mund: Im Laufe des Abends verdampft Lises Spucke am Ende des Stifts langsam in der klimatisierten Lobbyluft. Es dauert eindreiviertel Stunden, bevor der Stift völlig trocken ist.

Wo die Gäste stehen: Als Lise vorn an der Rezeption vorbeigeht, überlegt sie, wie sie es immer tut, wie es wohl aussähe, sich hinter dem Tisch arbeiten zu sehen. Für einen Moment stellt sie sich vor, daß sie die gutgekleidete junge Frau ist, die Stunden vorher kam, jemand, der in Hotels wie diesem absteigt und mit der Kreditkarte der großen überregionalen Sonntagszeitung bezahlt, für die er arbeitet, jemand, dessen Geburtsjahr dasselbe ist wie Lises, doch dessen Kleider aus Geschäften stammen, in denen sogar die Luft über diesen Kleidern exklusiv ist; Kleider, geadelt vom Geruch des Geldes, die man in dieser Stadt oder diesem Teil des Landes nicht zu kaufen bekommt, nicht mal im neuen, postmodernen Großbritannien, auf alle Fälle unvorstellbar an einem wirklichen Körper, der in der wirklichen Welt mit Gehen, Arbeiten oder Schwitzen beschäftigt ist. Sie stellt sich vor, daß sie, während sie dort steht und die Formulare ausfüllt, sich selbst (Lise) auf der anderen Seite des Schreibtischs sieht, eine plumpe Fremde, eine fleißige, aber unwichtige Arbeitsbiene. Ein Niemand: Frau, ordentlich – denn hinter der Rezeption muß man das Haar hinten zusammengenommen und »dezentes« Make-up tragen. Da steht Lise, sie sieht es, ihr dezent zurechtgemachtes Gesicht über dem Namensschild, schmal und mit einem Lächeln, Lise-los, sehr gut bei dem, was sie tut.

Die Vorstellung hat zur Folge, daß Lise sich vom Steiß bis zu den Schultern gekräftigt fühlt, besser, zorniger. Ihr Kopf ist voller unflätiger Wörter. Außerdem hat sie, obwohl es im Hotel heute abend ruhig ist und viele gute Zimmer frei sind, der Frau eines der weniger schönen, kleineren Zimmer mit schlechterer Aussicht im obersten Stock gegeben. In fein dosierter Machtdemonstration wird sich Lise etwas später am Abend den Spaß erlauben, die Zimmernummer (34) auf dem Telefon in der Rezeption zu drücken, den Apparat aber nur einmal klingeln zu lassen, damit sie sich die Frau in banger Erwartung vorstellen kann, ihre Hand schon über dem Hörer schwebend.

Lise hat sich auch bereits überlegt, daß sie noch später am Abend und vorausgesetzt, sie erwischt den Moment, wenn die Nachtschicht nicht auf ihrem Posten ist, den Generalschlüssel von seinem Haken an der Wand nehmen und in den obersten Stock hinaufsteigen, leise das Zimmer der reichen Frau aufschließen und sich über die reiche Frau beugen wird, die ahnungslos in ihrem Bett schläft. Diese Phantasie hat Lise auch schon früher mal gehabt, allerdings nie in die Tat umgesetzt, weil sie generell ein zu netter Mensch ist. Aber heute abend ist für Lise alles möglich (oder zumindest mehr möglich als sonst; siehe unten: *Immer noch high von dem, was sie getan hat*). Außerdem ist Lise, was Geld betrifft, empfindlicher als sonst. Vorige Woche hat sie ihre Scheckkarte außen an ihrer Bank in den Geldautomaten gesteckt, und der Automat hat ihre Karte geschluckt. Als Lise am nächsten Vormittag in die Bank ging und sie zurückverlangte, wollte die Bankangestellte sie ihr nicht geben. Die Bankangestellte, die viel jünger war als Lise und sie mit unverhohlener Skepsis beäugte, sagte, die Karte sei Eigentum der Bank, und Lise, deren überzogenes Konto der Bank große Sorgen bereite, bekäme jetzt eine neue Karte, mit der sie nur einen Teil der Summe abheben könne, die als Gehaltszahlung auf ihrem Konto einging. Ihr Konto heißt Privatkundenkonto. Das bekommen, hat Lise festgestellt, normalerweise schon Fünfzehnjährige. Die Bankangestellte bat Lise um ihr Scheckheft, damit sie sich »Details davon notieren« konnte. Als Lise es durch den Schlitz unter der Trennwand schob, riß die Angestellte das Scheckheft mitten durch, steckte es in einen Umschlag und den in eine Schublade, die sie abschloß. *Wir können Ihnen das Ausstellen von Schecks nicht weiter gestatten, Miss O'Brien*, sagte sie. *Dieses Scheckheft ist Eigentum der Bank.*

Am späteren Abend freilich verläßt Lise das Hotel mit einem Papierkorb voller Kleingeld. Und morgen früh, wenn Lise an dem Küchentisch aufwacht, auf den sie gesackt ist, findet sie den Papierkorb neben der Waschmaschine und zählt das Kleingeld; es beläuft sich auf fast fünfundzwanzig Pfund. Sie ist erfreut. Sie erinnert sich, von diesem Geld ein Hotelfrühstück bezahlt und für sich selber auf dem Heimweg in der rund um die Uhr offenen Bäckerei ein paar Croissants und eine Packung Milch gekauft zu haben. Die

Croissants liegen noch unter ihren Arbeitssachen in ihrer Tasche. Sie reißt sie auf, legt sie unter den Grill und rennt runter in den Laden, Butter kaufen. Sie ißt sie, dick mit Butter bestrichen, zu Mittag und fühlt sich reich, ist unerwartet glücklich. Ihre Arbeitssachen, die zu waschen sie keine Zeit hatte, riechen noch den ganzen morgigen Abend schwach nach Croissant.

Der Türkode: 3243257. Nur wenn diese Ziffern in der richtigen Reihenfolge in die Kodebox neben der Tür eingetippt werden, läßt sich die Tür öffnen. Eine normale Sicherheitsmaßnahme.

Noch sechs Monate, und Lise wird sich nicht mehr an den Kode erinnern. Sie wird sich auch nie wieder daran erinnern müssen.

Hält den Hörer in der Luft: Lise kann sich vor Aufregung nicht entscheiden, wen sie anrufen, wem sie erzählen soll, daß sie einer Obdachlosen für die Nacht ein Zimmer im Hotel gegeben hat. Die Freunde, die Verständnis dafür hätten, was sie getan hat, arbeiten auch alle im Hotel und könnten sie versehentlich oder mit Absicht an Vorgesetzte verraten. Und die anderen Freunde, die nicht bei Global beschäftigt sind, würden das Rebellische ihrer Tat und die Kombination aus Frechheit und Mut, die sie Lise abverlangt hat, nicht richtig nachvollziehen können. Für einen Moment ist Lise hingerissen von der Idee, ihre Mutter, Deirdre O'Brien, anzurufen, die ihre Tat bis ins kleinste verstehen würde, mit der Lise in diesem Stadium ihres Lebens, Mitte Zwanzig, wo Lises Meinung über und ihre Verachtung für ihre Mutter schwerer wiegen als deren Verständnis für ihre komplizierte Beziehung, aber eigentlich nicht sprechen will. Sie sehnt sich statt dessen nach Abenteuern, bei denen das Tolle ja gerade ist, daß Lise sie ihrer so schnell alt werdenden, früher für alle Welt so peinlichen Mutter vorenthält und eben nicht zum Geschenk macht.

9: Die Ziffer, die zuerst gewählt werden muß, wenn man bei den Global Hotels außer Haus telefonieren möchte.

Immer noch high von dem, was sie getan hat: Dadurch, daß Lise heute abend eine Obdachlose eingeladen hat, kostenlos im Hotel zu übernachten, hat sie vermutlich alle Hausregeln bei Global übertreten. Dadurch, daß sie das gemacht hat, fühlt Lise sich besser.

Lise hat die obdachlose Frau früher ziemlich oft vor dem Hotel gesehen. Die obdachlose Frau sitzt in der Sonne, im Wind, manchmal im Regen; mit ihren nach oben gedrehten offenen Händen ähnelt sie einem Buddhisten beim Meditieren. Bestimmt ein rauhes Leben, hat Lise gedacht, aber ein gutes Leben, ein freieres. Interessante Veränderung, die sich in den letzten Jahren bei den Obdachlosen vollzogen hat, findet sie: früher betrunkene alte Männer und verrückte Frauen in mittleren Jahren, heute immer jünger. Lise, die das Alter der vor ihr an der Rezeption stehenden Obdachlosen nicht ausmachen kann, war auch nicht vorbereitet auf den starken Geruch, den diese in die Lobby getragen hat, ist aber immer noch zufrieden, daß sie jemandem für eine Nacht etwas unendlich Gutes erweist. In spontaner Großzügigkeit setzt sie Zimmer 12 für morgen früh auf die Frühstücksliste des Zimmerservice. (Kurz darauf gerät sie deswegen aber in Panik und löscht den Eintrag wieder, der ihre Initialen trägt; der Computer läuft mit ihrem Schichtpaßwort. Duncan einzuweihen ist aber mehr oder weniger sicher; Duncan ist verschwiegen, und Bell und Burnett haben immer noch ein bißchen Angst vor ihm nach dem Unfall und werden ihn vermutlich nicht befragen, sollte jemand was davon spitzkriegen. Während er die obdachlose Frau nach oben begleitet und Lise darauf wartet, daß er wieder herunterkommt, hofft sie, ihr Betrug werde ihn für den Abend aus seinem FSR heraus und vielleicht sogar, wie früher, zu einer Unterhaltung verlocken.

Trommelt mit den Fingern auf den Tisch: In einem Rhythmus, ungefähr so wie die Anfangszeilen der ersten Strophe von Neil Sedakas britischem Top-100-Hit aus dem Jahr 1962, »Breaking Up Is Hard To Do«. Siehe oben: *Instrumentalversion von »Breaking« etc.*

Der Stoff ihres Revers: Die Uniformen der Global Hotels sind 78 % Polyester, 22 % Elastan. Sie bewirken, daß man schwitzt.

Der Papierkorb: Mit einer Plastiktüte ausgelegt, enthält dieser Papierkorb nur eine leere Advil-Blisterpackung (Lises) sowie einen Plastikbehälter mit der Aufschrift St. Michael Pasta und Spinat mit Tomate und Basilikumhuhn, jetzt leer bis auf die benutzte weiße Gabel aus Plastik (ursprünglich Eigentum von Mr. Brian Morgan, Gast in Zimmer 29, der Lynda Alexander von der Tagesschicht an der Rezeption bei seinem Einchecken um 14.00 Uhr bat, dies zu entsorgen).

Verschmierter Blutfleck: Blutgruppe A positiv.

Namensschild: Namensschilder sind bei Global Teil der Qualitätssicherung. Im Trainingspack (Großbritannien 1999) wird dazu ausgeführt: *Qualität heißt, Dinge so zu tun, wie sie getan werden sollten: beim ersten Mal und alle Male. Qualität messen wir dadurch, daß wir ermitteln, wieviel Geld wir dafür aufwenden, bestimmte Dinge zu ermitteln. Wir verbringen mehr als einen von vier Tagen damit,*

Dinge zu ermitteln, die falsch laufen. Wir haben viele sehr komplexe Prozesse zu bewältigen, zu denen Menschen auf unterschiedlichen Ebenen ihren Beitrag leisten. Das Programm zur Qualitätssicherung dient dazu, unsere Mitarbeiter in die Lage zu versetzen, all die wertvollen Dinge, die sie sowieso erledigen müssen, noch besser zu erledigen. Wenn wir etwas besser und billiger erledigen können, bewältigen wir unser Wachstum besser, haben zufriedenere Kunden, zufriedenere Mitarbeiter und zufriedenere Manager.

Niemand von den Angestellten in dieser Niederlassung von Global weiß so recht, was das eigentlich heißen soll, nur daß es etwas mit dem Unterschied zwischen gut und schlecht und der Notwendigkeit, es besser zu machen, zu tun hat. Die wichtigste Veränderung, die die Einführung von Qualitätsstandards bei Global mit sich gebracht hat, sind die Namensschilder. Bei unteren Angestellten steht der Vorname drauf, bei Bereichsleitern und Managern der volle Name.

Überwachungskameras vor dem Hotel: Die Verkabelung der Überwachungskameras mit dem Security Office an der Rückseite des Hotelgebäudes wurde von einem Elektrikerlehrling (unter lascher Aufsicht) durchgeführt. Die Kamera an der Frontseite fällt jedesmal aus, wenn hinten ein Zimmermädchen seinen Trolley durch den Flur schiebt und sich dabei in einem bestimmten Winkel zum Leitungsdraht bewegt.

Dadurch, daß das System nicht reibungslos funktioniert, konnte Lise der Obdachlosen das Zimmer 12 geben. Sie wußte nämlich, daß keiner von der Security sie bei ihrem Tun beobachten konnte.

Ihr tut der Nacken weh: Lise sträuben sich im Nacken,

unter den Armen und am Unterleib die Haare. Im Moment registriert sie eine leichte Mißempfindung in den Ohren und am Kinn, die, bildet sie sich ein, wohl von dem zu engen Kragen ihrer Uniform kommt.

Die Computeruhr: Die Uhr ist der WEZ im Moment um 12,33 Sekunden voraus.

Der Computer liefert Informationen über Hotelgäste, Mitarbeiter, die internationalen Tarife von Global und allgemeinere Angaben zur Hotelkette. Er verzeichnet in den Mitarbeiterdateien (zu denen nur bestimmte Angestellte Zugang haben) detaillierte Gehaltsangaben und die Privatadressen aller bei Global Tätigen, einschließlich der von Joyce Davies, Zimmermädchen, wohnhaft in Vale Rise 27, Wordsworth Estate, die morgen früh als erstes bei Global entlassen wird, und zwar von Mrs. Bell, die glaubt (nachdem ihr sowohl Lynda Alexander als auch Lise O'Brien, die Tag- und Abendschicht an der Rezeption, versichert haben, Zimmer 12 sei nicht belegt gewesen), Davies habe sich zwei volle Tage lang nicht um Zimmer 12 gekümmert und sei, da es einen verantwortlichen Hotelgast nicht gibt, direkt oder indirekt schuld an dem Schaden, der dem Hotel durch einen offenen Wasserhahn entstanden ist. Die Schadenssumme, 373,90 £ für Ersatz und Trocknung, wird Davies von ihrem letzten Gehaltsscheck abgezogen.

Lise, hinter der Rezeption, ist bei der Arbeit: Da sitzt sie, Lise, hinter der Rezeption, bei der Arbeit.

Die Lobby ist leer.

Gleich schaut sie auf die Computeruhr und bekommt mit, wie die Ziffer darauf wechselt, von einer 1 zu einer 2. Sie ist froh, daß sie es gesehen hat. Es kommt ihr vor wie so gewollt.

Das ist damals. Dies war jetzt.

Lise lag im Bett. Sie fiel. Es gab keine Geschichte wie die, die Sie gerade gelesen haben, oder, falls doch, erinnerte sie sich zumindest nicht daran. Alles vom obigen war unerinnert; es ruhte, irgendwohin abgesunken, halb drin steckend, halb draußen, am Grund des Meeres im Sand. Schlingpflanzen wogten darüber. Kleine Nachzügler schwimmender Fischschwärme schnellten mit offenem Mund, Wasser atmend, dazwischen herum.

Und selbst wenn sie sich daran erinnert hätte, welchen Sinn sollte die Erinnerung jetzt haben? In Wasser geworfen wie eine lösliche Aspirintablette zum Beispiel, würde sie dort vollständig zerfallen und eine Lösung bilden? Und könnte die, und sei es bloß teilweise, all die verschiedenen, regelmäßig wiederkehrenden Schmerzen betäuben, die Aspririn betäuben kann? Benommen und fiebrig drehte sich Lises Welt; von diesem Drehen wurden die Namen aller darauf befindlichen Orte gelockert und an den Rändern abgeworfen, so daß ganze Meere und Länder als Leerstellen zurückblieben, als Umrisse, die darauf warten, wiederentdeckt und neu benannt zu werden, die Längen- und Breitengrade ausgeleiert und schlaff wie Gummiband, das hinüber ist. Sie drehte sich so unerbittlich und schnell, daß Brücken von einem Moment zum nächsten in sich zusammenfielen, die Gebäude in Brand gerieten, Himmel unversöhnlich waren. Die Vögel dort auf ihren staksigen aschenen Stöcken sangen im Morgengrauen und in der Abenddämmerung und am Tage den Kehrreim der Apokalypse. Man schmeckt nur das Öl, sang die Amsel auf dem verkohlten Gartenzaun. Alles schäumt auf mein Kommando, gurrten die Ringeltauben mit tiefer Stimme aus den lodernden Ahornblättern. Bring mir das Gute, kreischten die Schwalben, die durch den Rauch fielen und wieder aufstiegen, fielen und wieder aufstiegen.

Irgendwo – das war versprochen – gab es Sauberkeit, ein Gefühl wie frisch geschrubbt; es gab Getreidefelder, Luft, reine, saubere Lebensmittel, es gab Güte, Einfachheit, Klarheit, es gab Balsam für wunde Knochen.

Lise schlief.

Vier Uhr.

Lises Mutter steckte den Schlüssel ins Schlüsselloch, drehte ihn, drückte die Eingangstür auf und kam herein. Alles das tat sie mit bewußter Vorsicht. Ihre Hand hielt sich selbst so zurück, daß sie fast zitterte.

Leise kam sie bis ins Lises Zimmer. Bereitete ihr Gesicht aufs Hallosagen vor. Lise schlief. Das Hallo-Gesicht war nicht nötig. Ihre Mutter behielt es aber trotzdem auf, falls Lise wach wurde.

In Lises Wohnung ging es sieben Stufen von einem Zimmer ins andere. Ihre Mutter schlich sich in die Küche, hielt den Atem an, zog die Tür heran, damit Lise das Rascheln der Taschen nicht hörte. Sie atmete aus, öffnete den Küchenschrank. Stellte dort die Lebensmittel in den Dosen und Kartons hinein: Thunfisch, Bohnen, Makrele, Müsli. Sie räumte die Tomaten und die neuen Kartoffeln, den Salat und das Salatdressing, den Graved-Lachs und die kleinen Fruchtjoghurts in den unterschiedlichen Bechern in den Kühlschrank. Schon bald würde sie Lise einen neuen Kühlschrank kaufen, wenn die sie ließ. Das Obst legte sie in eine Frühstücksschale und, nachdem sie das Brotschneidebrett abgewischt hatte, das Brot auf das Brotschneidebrett.

Den Suppenkarton stellte sie für später neben den Kocher, damit er bereit war, wenn Lise wach wurde.

Lises Mutter öffnete die Tür; sie knarrte wieder. Aber Lise war nicht wach geworden. Leise ging sie über den Teppich und steckte den Telefonstecker in die Wandbuchse; leise setzte sie sich auf den Teppich, lehnte sich gegen die Wand und betrachtete ihre Tochter, das unerschrockene Kind Lise: gelassene zwölf, unergründliche sechzehn, das unerschütterliche Kind, die unerreichbare Erwachsene: Lise. Lise lag im Bett. Sie war blaß, zerknittert, dunkel, hatte die Stirn gerunzelt, schlief. Sie atmete ungleichmäßig.

Lises Mutter tat alles in ihrem Körper weh, denn bloß in der Nähe ihrer Tochter zu sein tat schon weh. Linien furchten ihr Gesicht, während sie sie betrachtete. Sie sah statt dessen aufs Bett. Darauf lagen Papiere. Ohne Lise zu stören, nahm sie die Broschüre von der Bettdecke. Über Sie – Fortsetzung. Das Stehen. Wir müssen wissen, ob Sie Schwierigkeiten beim Stehen haben. Mit Stehen meinen wir allein stehen, ohne Hilfe einer zweiten Person und ohne sich auf irgend etwas zu stützen. So daß Sie die Hände frei haben. Bitte kreuzen Sie die erste Aussage an, die für Sie zutrifft. Ich kann die Seiten eines Buchs nicht umblättern. Mit der einen Hand kann ich eine Zweipencemünze nicht aufheben, mit der anderen aber schon. Sehen. Sprechen. Hören. Ich höre nicht gut genug, um jemanden zu verstehen, der in einem leisen Raum mit normaler Lautstärke spricht. Blasenfunktion. Kreuzen Sie nur ein Kästchen an. Andere Informationen – Fortsetzung. Bitte benutzen diesen Abschnitt dazu, uns alles andere mitzuteilen, was wir Ihrer Meinung nach wissen sollten.

Mit Bleistift war etwas in den Kasten auf dieser letzten

Seite eingetragen. Lises Mutter hielt das Blatt gegen das Fenster, damit sie es lesen konnte. Es war schwer zu erkennen. Es waren zwei Wörter. Schien das Wort »Bad« und das Wort »singen« oder »sengen« zu sein.

Sie legte das Formular auf das Bett. Sah Lise beim Atmen zu. Sah dem Nicht-Geschehenden im Zimmer zu. Sie würde aufpassen, bis Lise wach wurde.

Sie beugte sich vor und legte den Handrücken auf die Stirn ihrer Tochter, um zu prüfen, ob sie Fieber hatte. Sacht schob sie Lise das Haar aus dem Gesicht, klemmte es ihrer Tochter hinters Ohr, weg von den Augen. Sie setzte sich wieder auf, gegen die Wand gelehnt.

Ah, die Liebe.

Perfekt

Mit einem Finger einer Hand tippte Penny Wörter. Mit der anderen Hand drückte sie Zahlen auf der Fernbedienung des Hotelfernsehers.

Klassisch, tippte sie. Ideal.

Ein Country-and-Western-Star sagte im Fernsehen gerade in die Kamera, daß Gott Nashville so liebte. Er liebt es, sagte die Frau. Das ist eine Stadt in Amerika, ein Teil von Amerika, den Gott besonders liebt.

Fhlerlos, tippte Penny. Sie löschte das F und ersetzte es durch ein e. Dann tippte sie das F wieder vorn dazu.

Klassisch Ideal Fehlerlos, stand auf dem Computerbildschirm.

Sie zappte durch die Kanäle. Dieser Hotelfernseher hatte einen verschlüsselten Pornokanal, vielleicht vom letzten Gast übriggeblieben. Zwei Mädchen, die wippende Gerätschaften umgeschnallt hatten, machten es sich gegenseitig, während ein Mann in einer Lederunterhose sie anfeuerte, indem er ihnen auf den Hintern schlug und dazu stöhnte. Penny sah zu. Ihr klappte langsam der Mund auf. Sie verdrehte die Augen. Als ob der Apparat wüßte, daß sie zusah, als ob er auf sie gewartet hätte, überzog sich das Bild mit Schnee.

Verdammt, sagte Penny.

FFFFFFFFFFFFFFFFFFFFFFFFFFFFFFFFFFFFFFFFFF
FFFFFFFFFFFFFFFFFFFFFFFFFFFFFFFFFFFFFFFFFFFF

FFFFFFFFFFFFFFFFFFFFFFFFFFFFFFFFFFFFFFFFFFF FFFFFFFFFFFFFFFFFFFFFFFFFFFFehlerlos, stand auf dem Computerbildschirm.

Penny lachte. Sie löschte die überzähligen F. Ein Text erschien auf dem Fernsehbildschirm, der Penny aufforderte, einige Ziffern auf der Fernbedienung zu tippen, um das verschlüsselte Programm noch einmal zu erwerben. Penny stand vom Bett auf und schaute auf die Karte, die Hotels auf die Rückseite ihrer Fernbedienungen kleben, aber sie fand die Pay-per-View-Ziffern dort nicht. Sie schaute unter dem Fernseher nach, der jetzt schwieg, der Schirm leer. Sie sah überall um den Schreibtisch nach und in den Schubladen. Blätterte die Informationsbroschüren über Restaurants am Ort und das städtische Theater durch. Sie kletterte ins Bett zurück, setzte sich im Schneidersitz vor den Laptop und tippte wahllos Ziffernkombinationen in die Fernbedienung. 3554. 8971. 1234. 4321. Sie beugte sich hinüber, griff zum Telefon und wählte die 1 für die Rezeption. Aber dort nahm niemand ab, und als sie den Hörer wieder auflegen wollte, drückte sie unbeabsichtigt mit dem Knie die Programmtaste auf der Fernbedienung.

Ein Mann, der einen eleganten Anzug trug und in einem Fernsehstudio war, sagte etwas zu einem Mann in einem Pullover, der sich aus Zuschauern erhoben hatte, die wie alte, arbeitslose Leute aussahen.

Aber da ist sie doch, genau da, sagte der Mann im Anzug. Ich sag's Ihnen doch, da, ja, da, sprach er ins Mikrofon. Ein kleines Stück links von Ihnen, an Ihrer Schulter. Wer ist das? Ist das Ihre Mutter?

Penny zündete sich eine Zigarette an. Sie blies den Rauch aus; er verschwand über ihrem Kopf.

Meine Mutter ist nicht tot, sagte der andere Mann. Das hier ist meine Mutter. Er wies auf eine Frau, die neben ihm im Publikum saß, und die Kamera fand ihr Gesicht; es war faltig und benommen und so ausgeleuchtet von der Kamera, daß es wie heimgesucht aussah, heilig.

Makellos, dachte Penny. Makellos, tippte sie.

Die Zuschauer im Fernseher lachten. Der Mann in dem Anzug hatte plötzlich die Hände an die Ohren gelegt. Wer immer sie ist, sie schreit jetzt ganz ordentlich, sagte er. Wer ist sie? Sie schreit so laut, daß die Lebenden davon wach werden.

Die Zuschauer lachten abermals.

Ich habe eine Tante, die tot ist, sagte der Mann in dem Pullover. Vielleicht ist sie das.

Wissen Sie, was die jetzt schreit? Sie schreit, *Ich bin nicht* tot, sagte der Mann im Anzug. Er wechselte in eine hohe Tonlage. *Ich bin nicht* tot, sagte er. Sag nicht, ich wär *tot*! *Ich bin nicht* tot!

Das ist sie, das ist meine Tante Alice, sagte der Mann im Pullover. Ganz sicher, das ist sie. Das ist ja unheimlich. Wie sie leibte und lebte.

Penny drückte den Ausschaltknopf; das Signal durchquerte unsichtbar den Raum; der Fernseher ging aus. Sie nuckelte an der Zigarette, blies seufzend den Rauch aus. Alle, die je gestorben sind, immer noch hier; wandern und trotten über die Erde und ihre vielen Länder, tauchen ab und zu auf in den Massen auf dem Zwischendeck, größer als die See selbst, oder stehen dichtgedrängt in Schlangen, die überall auf der Welt zusammengepfercht sind wie die Autos auf den dreispurigen Autobahnen nach London, und verstopfen die großen und kleinen Städte, die Läden, die

Büros, Zimmer, vielleicht sogar dieses Hotelzimmer, stehen hinter ihrer unsichtbaren Wand, trommeln mit den Fäusten dagegen und schreien es lautlos alle zusammen: *Wir sind nicht* tot! Sagt nicht, wir wären *tot*!

Ach, hörte Penny sich sagen und wollte es sich aus dem Kopf schlagen, konnte aber den Gedanken nicht bezähmen, der sich jetzt von selber ausdehnte und noch Dinosaurier mit einschloß, von denen nichts geblieben war als die Abdrücke ihrer Wirbelsäulen in Fels und Schiefer, wollige Mammuts, groß wie Häuser, eine verfilzte, gefrorene Masse tief in Rußlands Eiswüsten, Löwen und Tiger, erschossen und enthäutet, die abgeschlagenen Hirschköpfe, die sie in Empfangsräumen und Restaurants gesehen hatte, und die toten Fasane, die ihr Vater im Schuppen hatte abhängen lassen, um ihren Geschmack zu verbessern. Und dann die Pferde und Hunde und Katzen, die sie gekannt hatte (Pennys Herz krampfte sich zusammen, es geschah unwillkürlich, beim Gedanken an ihre toten warmen Schnauzen, beim Gedanken an ihre Hufe, an ihre Tatzen mit den Krallen, an ihre unvergleichlich pelzigen Flanken und an das Leuchtend-Flüssige ihrer Augen, beim Gedanken an die Pferde, die auf dem Gelände des Hauses herumgesprungen waren, an die Hunde, die sich auf die Füße gewälzt und hallo gehechelt hatten, an die Katzen mit ihren in die Luft gereckten Schwänzen, wenn sie vor ihr durch die gebohnerten Flure und die große Vorder- und die kleine Hintertreppe rauf oder runter verschwanden). Nicht bloß die, sagte sie zu sich selbst, um den Gedanken weiterzutreiben, fort von dem, was er sie in bezug auf tote Tiere fühlen ließ, die seit Jahren nicht mehr waren. Die Zootiere ja auch, dachte sie verdutzt, Spezies um Spezies, von Affe bis Zebra.

Und was, wenn all die Hühner und ihre Eier, die Kühe und ihre Kälber, und die verschiedenen Fische, die Schweine und Schafe und Lämmer, die Aberhunderte von Tieren, die sie selbst – sie allein, niemand sonst – im Laufe des halben Lebens, das hinter ihr lag, verspeist hatte, ebenfalls dort warteten, und über ihnen das geisterhafte Tschilpen aller Vögel, die jemals durch ihr Blickfeld geflogen waren, momentane Besucher der Szene. Sämtliche Mäuse, die sie je in Fallen hingerichtet gesehen hatte, und sämtliche vergiftete Ratten und Füchse, tot und mit heraushängenden Zungen auf der Seite liegend. Die Eintagsschmetterlinge und die Motten, die sie gesehen hatte, als sie sich gegen Glühbirnen warfen, und die Schmeißfliegen, gelb, aufgeplatzt. Die vielen kleinen Fruchtfliegen, die auf ihren erratischen Flugbahnen Pennys Lebensweg gestreift hatten, die kleinen Käfer mit den schwarzen Rückenpanzern, die in den Dachbalken wohnten und die sie manchmal in ihrem Bett fand und zwischen Daumen und Zeigefinger zerquetscht hatte, sogar die in der Luft befindlichen Keime, die unsichtbar und in milliardenfacher Zahl allein in ihrem Organismus gelebt und gestorben waren. Sie alle, diese Vielen, Vielen, sie alle hämmerten an die Wand, die Penny nicht sehen konnte, mit ihren unsichtbaren Fäusten und Pfoten und Hufen und Fühlern und amöbenhaft-fädigen Stamm-Dingern, jaulten und heulten in all ihren stummen Sprachen, bellten und kreischten, schnaubten und miauten, muhten und blökten und quiekten und krächzten und summten und zischten es: He, du! *Wir sind nicht* tot. Sag nicht, wir wären *tot*!

Was für ein infernalischer Lärm, dachte Penny blinzelnd. Was für ein entsetzlicher, ewiger Lärm. Bloß gut, daß wir den nicht hören können. Denk dran, du mußt sterben. Denk dran, du mußt erben. Penny lachte laut auf, holte ihren Stift heraus und schrieb es sich auf. Aber mit dem ausgeschalteten Fernseher und dem nachlassenden Geräusch ihres Lachens hörte sie jetzt zuviel Stille und dahinter das anonyme Geschlurfe der Leute in diesem blöden Gebäude, die nichts wußten von ihr, nicht mal, daß sie da war, und das anonyme Geschlurfe dieser blöden laternenbeleuchteten spätabendlichen Ein-Theater-Stadt unterhalb des Hotels, hoch oben von ihrem Fenster.

Penny polte sich statt dessen darauf um, dem Klappern ihrer Finger auf der Tastatur vor ihr auf dem Bett zu lauschen, während sie die richtigen Buchstaben für die richtigen Wörter auswählte.

Himmlisch, hörte sie sich selbst tippen.

Überragend.

Sie überlegte einen Moment, das Kinn aufgestützt.

Läßt nichts zu wünschen übrig, tippte sie unter die anderen Wörter. Oh, das ist gut, hörte sie sich selber laut sagen. Läßt nichts zu wünschen übrig. Wenn man auf der Jagd ist nach einem Ort, der nichts zu wünschen übrigläßt. Wenn man nach dem klassischen Ort sucht, dem idealen Ort, dem fehlerlosen Ort, dem makellosen, nein. Dem himmlischen, nein. Überragenden.

Sie löschte himmlisch und makellos.

Ein überragender Ort, der nichts zu wünschen übrigläßt, sagte sie zu dem leeren Zimmer um sie herum. Das Zimmer reagierte dadurch, daß es sich dichter um sie schloß. Die Wände beugten sich herab, die Decke senkte sich wie drohender schwarzer Himmel.

Das Badewasser war lauwarm gewesen. Penny hatte unten angerufen und sich beschwert. Außerdem hatte das Wasser, das aus den Hähnen lief, rostig ausgesehen, deutlich gelb; die Decke in diesem Zimmer mußte auch frisch gestrichen werden; alles hatte Luxuriosität vorgegaukelt und sich als angeschmuddelt erwiesen. An der Wand neben der Tür befanden sich unidentifzierbare Kratzspuren; der Fernseher im Zimmer gab, wenn sie Kanal 4 einstellte, ein Brummgeräusch von sich; die Teppiche waren abgeschabter, als es auf den ersten Blick aussah; die Stifte, Bleistifte, das Briefpapier waren höchstens von erträglicher Qualität; das Shampoo war verwässert, und der Tee und der Kaffee, die als Aufmerksamkeit des Hauses vorhanden waren, stammten von nichtssagenden Marken.

Penny setzte sich wieder auf das Bett. Das Bett knarrte.

Das auch noch, dachte Penny. Das Bett hatte geknarrt.

(Sie dachte es einfach so, als erzähle sie hinterher jemandem davon, obwohl sie immer noch in dem Zimmer war und es gerade dachte.)

Sie streckte sich aus. Hotels waren ein solcher Beschiß. Es ödete sie schon an bis zur Verblödung.

Es hatte sie dort angeödet bis zur Verblödung.

Mit dem Fuß schob sie den Computer zentimeterweise von sich fort. Immer weiter und immer weiter, bis er schließlich, halb schon kippend, halb sich noch haltend, direkt auf der Bettkante lag. Mit einem festen Schubs stieß sie ihn hinunter. Er fiel zu Boden.

Sie lachte.

Dann fiel ihr ein, daß er kaputtgegangen sein konnte. Sie runzelte die Stirn.

Mist, sagte sie.

Aber wenn er kaputt war, ergab das vielleicht eine gute

Geschichte. Etwa so: Das war das Hotel, in dem ich übernachtet habe, als mein neues Powerbook kaputtgegangen ist. Wartet, bis ich euch erzähle, wie das kam. Tja, also. Das ist ja eine unwirtliche Stadt da oben, dabei wirkt die so vornehm, die Architektur und so weiter. Nicht daß der Stadtrat nicht eine Menge Geld und Mühe für Kunst und so weiter aufwenden würde, die ganze Stadt ist voll von Denkmälern und Wandgemälden, wenn man durch die Fußgängerzone geht, stößt man buchstäblich dauernd auf städtische Kunst. Aber brutalstehrlich gesagt, kann ich nicht behaupten, daß das irgendwas geändert hätte.

(Für wen? Was? Was ist passiert, Penny? Die Geräusche von Besteck, das abgelegt wird, das leise Klimpern ergriffener, hochgehaltener Gläser, die sich sammelnde Stille, die köstliche Ungeduld, das zufriedene Räuspern, wenn nach dem Essen zugehört werden kann.)

Erst haben sie meinen Koffer genommen.

(Sie haben *was*? Wer? Wer hat ihn genommen?)

Einer von denen, steht da einfach, so dicht neben mir wie du jetzt, und wühlt meinen Koffer durch. Da waren meine ganzen Karten drin. Alles, da war alles drin, was ich für mein ganzes Leben brauche.

(Penny, hattest du denn gar keine Angst?)

Ich hatte total Angst.

(Wie viele waren es denn, Penny?)

Sie waren zu fünft, glaube ich. Aber eigentlich erinnere ich mich nicht richtig, das ist alles ein bißchen wie leer. Jedenfalls, sonst keine Menschenseele auf der Straße. Keine Autos, die vorüberfuhren, keine Taxis, niemand. Nichts. Mein schlimmster Alptraum. Ehrlich, ich kann es selber kaum glauben, was ich dann gemacht hab.

(Was denn? Was? Was hast du gemacht?)

Mein Hals war trocken wie Sandpapier. Aber auf einmal hörte ich mich zu dem Anführer der Gang sagen, zu diesem Riesenvieh von, ich weiß nicht, siebzehn, achtzehn vielleicht –

(Lachen.)

Nein, hört zu. Folgendes, ich hab gesagt: Wenn ihr mich anrührt. Wenn einer von euch mich auch nur mit dem *Finger* anfaßt oder was von meinen Sachen. Und wenn du deinen Kumpanen nicht sagst, sie sollen meine Sachen sofort hinstellen. Glaub mir, dann kriegst du von mir das volle Gewicht des Rechts zu spüren, und zwar so schnell, daß du nicht wissen wirst, was dich getroffen hat. Und anfühlen wird sich das *so*.

Und dann hab ich es getan.

(Es getan? Was getan? Was hast du denn gemacht, Penny?)

Ich hab dem, der mir am nächsten stand, mit voller Wucht das Powerbook auf den Kopf gehauen.

(Was? Wie? Du hast was gemacht? Lachen: von den Frauen ungläubig, von den Männern mit angehaltenem Atem.)

Na ja – ich hab ihm das Powerbook auf den Kopf gehauen. Die Dinger sind ganz schön schwer. Ich kann's ja selber noch gar nicht glauben, daß ich das gemacht hab. Ihr kennt mich, ich bin zu Gewalt eigentlich gar nicht fähig. Ich meine, ich kann doch keiner Fliege etwas zuleide tun. Aber so war es, und so ist es. Ich hab dem so fest eine übergezogen, daß er zu Boden gegangen ist, der ist irgendwie in den Knien zusammengesackt. Und die anderen, die haben nur einen Blick auf ihn geworfen, wie er da am Boden war, und sind gerannt, die sind tatsächlich gerannt, die haben meinen Koffer und meine Tasche hingestellt, mein Portemonnaie auf den Beton fallen lassen und sind los, und ich stand da, auf der Straße. Ich meine, das war knapp. Weggenommen haben sie mir nichts. Meine Tasche war in Ordnung. Mein Koffer auch. Aber klar, als ich das Powerbook probiert hab, war es kaputt. Tausende Pfund. Das Gewicht von Tausenden Pfund teurer Technik. Hatte ich einem siebzehnjährigen Rüpel auf den Kopf gehauen.

(Lachen, jemand sagte *Knockout*, Klatschen, Glückwünsche, zustimmendes Husten.)

Das war ziemlich gut, dachte Penny auf dem Bett. Es war nicht fehlerlos, aber ziemlich klassisch. War nicht überragend, würde aber reichen.

(Aber was war mit dem Jungen? unterbrach sie eine der Stimmen aus ihrem Kopf, während schon wieder Gläser erklangen und die Zigarette über dem Tisch sich selbst aufrauchte. War er tot? Ist er aufgestanden und auch losgerannt? Ist er zu deinen Füßen liegengeblieben?)

Penny sann nach und überlegte, was ihr am meisten zusagte. Sie selbst heldenhaft und schockiert allein auf einer verregneten Straße, ihr Gepäck rings um ihre Füße, und die Schritte in die unwirtliche, verregnete Stadt ersterbend. Oder sie selbst heldenhaft und schockiert und gar nicht allein, sondern mit einem gefällten (und womöglich ziemlich gutaussehenden) Jungen, der zusammengekrümmt und blutüberströmt auf dem Gehsteig hinter ihr lag, ihre spitzen Absätze dicht neben seinen Augen; dann ein Krankenhaus oder die Polizei oder ein Taxi oder das Haus seiner Eltern, hinterher in Kontakt geblieben, was auch immer, irgendwas in der Art. Das war ein Abenteuer. Das –. Das war –. Das hätte – sein können.

Egal, was es hätte sein können; sie war fertig mit der Geschichte, denn sie hatte sich runtergebeugt und den Computer am Griff wieder hochgehoben aufs Bett, hatte ihn aufgemacht, den Startknopf gedrückt, und er war auch angesprungen, wie es sich gehört, war wieder zum Leben erwacht und kein bißchen kaputt.

Aber sie hatte die Wörter verloren, die sie getippt hatte. Sie hatte nicht gespeichert. Die waren weg. Mist. Sie mußte von vorn anfangen. Beschissener blöder Scheißmist. Sie hieb mit der Faust auf das Gerät, so als habe es sich ihr widersetzt. Es schaukelte auf der Bettdecke.

Überragend, dachte sie. Sie machte eine neue Seite auf und tippte es rein. Überragend, ja. Doch die anderen fielen ihr nicht ein. Penny hörte, wie draußen im Flur vor ihrem Zimmer etwas herumging und an Türen klopfte.

War vielleicht nicht schlecht, aus diesem lausigen Zimmer rauszukommen. Womöglich brauchte sie bloß Reize aus der Außenwelt? Vielleicht wußte ja jemand außerhalb dieses Zimmers ein anderes Wort für überragend.

Sie rollte vom Bett und machte die Tür auf.

Entschuldigung, sagte sie. Ich dachte nur.

Jemand in der Farbe der Hoteluniform nestelte an irgendwas an der Wand auf der anderen Seite.

Verzeihung, sagte Penny.

Das Mädchen drehte sich nicht um, inspizierte die Wand.

Penny probierte es noch einmal.

Könnten Sie mir helfen? Wissen Sie, wie man den Fernseher einstellt?

Sie ging rüber.

Entschuldigung? sagte sie.

Das Mädchen erschrak, fuhr herum, trat ein kleines Stück

zurück. Es war bloß ein Mädchen, blond, nicht sehr alt, eine Teenagergöre, vielleicht sechzehn, dachte Penny. Sie sah dünn aus, grau um die Augen, genauso, wie es mit sechzehn idealerweise sein soll, und Penny merkte, wie sie *die macht es richtig* dachte. Stricksachen oder Pelz oder etwas, was in Lifestyle unter nördlich-urban-winterlich abgelichtet war.

Die andere sah eingeschüchtert aus, so als würde sie womöglich gleich zur Brandschutztür rennen. Dann zog sie ein kühnes Gesicht.

Haben Sie was Spitzes bei sich? fragte sie mit Akzent.

Was Spitzes? fragte Penny zurück, ein bißchen verwundert. Nein, ich bin total unbewaffnet.

Penny lächelte. Die andere lächelte nicht.

Eine Nagelfeile oder ein Taschenmesser oder irgendwas mit einer Klinge, sagte sie.

Ich – äh, hm, ich weiß nicht, sagte Penny. Warte. Warte mal kurz.

Irgendwas mit einer Klinge, das würde schon reichen, rief die andere Penny ins Zimmer nach.

Penny kam mit ihrer Schminktasche wieder heraus. Ich hab die hier, sagte sie. Ginge die?

Sie reichte der Göre ihre Augenbrauenpinzette; die Göre nahm sie und hielt sie ins Licht, damit sie die Enden sehen konnte. Penny sah, wie die Teenagerhände sich drehten; sie waren faltenlos, blaß, empfindlich. Sie sah hoch. Die Göre schüttelte den Kopf.

Zu klein, sagte sie.

Penny war enttäuscht. Bist du sicher? sagte sie. Sie kippte ihre Schminktasche auf den Teppich aus. Was ist damit? Die ist ziemlich spitz, sagte sie und hielt ihre Nagelschere hoch.

Die Göre nahm die Schere und ging wieder hinüber an die Wand. Hantierte mit der Schere an etwas herum.

Nein, sagte sie. Die ist zu dünn, das Teil ist zu klein. Es ist nicht dick genug. Haben Sie ein Zwei- oder ein Zehnpencestück?

O nein, Geld hab ich nie bei mir, sagte Penny.

Die Göre warf Penny einen so verärgerten Blick zu, daß Penny diesen Blick richtig durch sich hindurchgehen spürte. Dann seufzte sie und schaute aus den Augenwinkeln auf Pennys Zimmer. Haben die Ihnen da drin ein Messer hingelegt? sagte sie. Oder einen Löffel, einen Teelöffel, so was in der Art?

Einen Teelöffel? sagte Penny. Ich glaub schon, ja. Müßte einer da sein, nicht? Wart mal kurz. Geh nicht weg.

Sie drehte die klappernden Teller und Tassen auf dem Tablett in ihrem Zimmer um, um den Teelöffel zu finden, brachte ihn triumphierend der Lifestyle-Göre an der Wand. Die Göre nahm ihn und begutachtete ihn. Ihre Augen waren von dunkler Farbe. Sie sah sehr eindrucksvoll aus. Sie führte die Arme nach oben und zielte mit dem Löffel, schob ein Ende des Löffels in, wie Penny jetzt sehen konnte, den Kopf einer Schraube, die sich vor der Nase des Mädchens befand.

Ja, das ist ziemlich gut, sagte das Mädchen.

Pennys Mut stieg.

Aber dieses Ende geht nicht tief genug rein, ich krieg sie nicht richtig zu fassen, nein. Nein.

Laß mich mal, sagte Penny.

Die Höhlung des Löffels war zu steil und zu stark gekrümmt: die Kante paßte nicht in den Schraubenschlitz. Penny probierte es mit dem Stielende. Das war zu breit, es paßte erst recht nicht hinein.

Hm, sagte Penny. Aber mit einem Schraubenzieher ginge es tadellos. Du brauchst einen Schraubenzieher.

Die Göre ging nicht auf Penny ein. Wenn es unten einen Schraubenzieher gab, hätte sie den sicher schon mit heraufgebracht, dachte Penny. Oder vielleicht hatte sie nicht daran gedacht. Vielleicht war sie mit einem Auftrag raufgeschickt worden und wurde getadelt, wenn sie ihn nicht erledigte, und hatte Angst, wieder runterzugehen, wenn sie ihn nicht erledigt hatte.

Jetzt kratzte die Göre mit dem Löffel an der Schraube herum.

Mach das nicht, sagte Penny. Damit verletzt du das, wie heißt das, du weißt schon. Das Korn. Das geht davon kaputt. Wenn du das machst, geht sie hinterher noch schwerer raus.

Die Göre hörte sofort auf. Für einen Moment konnte Penny das Elend richtig sehen, das dick wie Samt war, üppig und so drapiert, daß es der anderen gleich dramatisch über den Kopf fallen würde. Dann blinzelte sie, und der Gedanke war weg.

Hm, sagte Penny. Sie sah statt dessen an die Wand.

Dort waren Schrauben, mit denen ein Stück Wand befestigt war. Das Mädchen hatte mit dem Löffelende an einem, wie Penny jetzt sah, schmalen Spalt gekratzt, Farbe blätterte an der Stelle zwischen Wand und angeschraubter zusätzlicher Wand ab, wo sie so heftig gescharrt hatte.

Das Gesicht des Mädchens hatte jetzt etwas, war so verschlossen, so sicher und sonderbar rein, daß Penny irgend etwas sagen wollte, egal, was.

Nicht, sagte sie. Warte. Ich geh und seh mal nach. Warte hier.

Das war viel besser. Das war ausgezeichnet, dachte Penny, als sie durch die Brandschutztür ging und die Treppe hinunterhüpfte. Penny hatte abermals einen langweiligen Abend mit Arbeit für ihren Job in der Werbung in irgendeinem Hotel verbracht, als sie mit einemmal ganz zufällig zur Stellschraube in dem Mechanismus eines wirklichen Geschehens wurde. Und wenn ich diesem Mädchen helfe, dachte Penny, als sie von Stufe zu Stufe sprang, bin ich in der Erinnerung dieses Mädchens für immer die nette Frau, die ihr an dem Abend half, an dem sie, nun ja, machte, was sie halt gerade machte. Und ich behalte es auch im Gedächtnis und blicke viele Jahre später darauf zurück als den Abend, an dem ich diesem bemerkenswerten Zimmermädchen half, die Schrauben an der Wand des Hotels zu lösen.

Für Penny war das richtig erhebend. Sie war die Feuerleiter heruntergekommen, so als sei das eine Filmtreppe und sie selbst die Heldin, die in ihrer Robe zu dem Ball herunterkommt, alle am Fuße der Treppe erheben im Lichte des Kandelabers ihre Gläser und warten auf keine andere als sie. Sie (anmutig, schicklich in ihrem Ballkleid à la Südstaatendame) suchte nach etwas Spitzem oder etwas mit einer Klinge. Die Feuerlöscher: nein. Sie kam durch einen weiteren stinkvornehmen (stinkvornehm, dachte sie, das ist ein gutes Wort, das sind gute Wörter: vornehm, Vornehmheit) Flur des Hotels zurück. Die gerahmten Bilder mit Szenen dieser Landschaft, mit Kühen auf einer Weide und einer Brücke zwischen Hügeln: nein, da war nichts Spitzes. Der erste andere Mensch, den sie sah, war eine Frau, die vor einer Zimmertür stand, und so machte Penny an dem Abend die Bekanntschaft einer Person, so interessant wie schon lange niemand mehr. Penny meinte im ersten Moment fälschlicherweise, und zwar wegen des langen, stark nach Moschus riechenden modischen alten Mantels, den sie trug, sie habe einen unter Drogen stehenden exzentrischen Gast oder vielleicht sogar einen unbedeutenderen Ex-Rockstar vor sich.

Die Frau hatte schon entschuldigend geschaut, als Penny sich näherte, noch bevor Penny sie fragte, ob sie vielleicht irgend etwas Spitzes bei sich hatte. Dann, Penny hatte sie inzwischen zweimal gefragt, schüttelte sie den Kopf.

In der obersten Etage geht gerade etwas vor, sagte Penny. Sie haben nicht zufällig etwas Kleingeld bei sich, oder?

Hm, sagte die Frau in dem Mantel. Sie sah erstaunt aus. Schaute nach links und dann nach rechts. Sie machte einen schüchternen Eindruck.

Wir brauchen bloß eine Münze, sagte Penny. Da ist so was wie eine Schraube in der Wand, und die versuchen wir herauszudrehen. Wir glauben, mit einer kleinen Münze könnten wir es schaffen.

Ja? sagte die Frau. Und dann: Manches Geld ist dünner. Als anderes.

Penny lachte, entzückt von der Vorstellung des dünnen Geldes. Die Frau starrte sie verblüfft an.

Es geht um folgendes, sagte Penny. Sie beugte sich vertraulich nach vorn. Wir versuchen, etwas von einer Wand abzukriegen, sagte sie, soweit ich das verstehe. Der, wie immer man das nennt, ich weiß es nicht, der Schlitz, der in eine Schraube geschnitten ist, wissen Sie, ist ungefähr so breit. Sie hielt Finger und Daumen hoch, die sich fast berührten.

Die Frau in dem Mantel starrte auf die kleine Lücke.

Wenn Sie ein Zwei- oder ein Zehnpencestück hätten, sagte Penny wieder.

Hm, sagte die Frau. Sie trat einen Schritt zur Seite. Kleingeld klimperte irgendwo in ihrem Mantel. Penny lachte wieder. Dann blickte sie überrascht auf ihre Füße. Sie waren plötzlich kalt. Wasser hatte das Wildleder von Pennys Stiefeln verfärbt. Der Teppich unter ihnen war pitschnaß. Penny hob einen Fuß, dann den nächsten und besah sich ihre tropfenden Sohlen.

Mist, sagte sie. Die sind neu.

Das Zimmer läuft aus, hm, sagte die Frau.

Das brachte Penny auch zum Lachen. Die Frau sah Penny mit offenem Mund an, und so schob Penny ihren Arm unter den der Frau und schwenkte die Klimpernde den Flur entlang.

Komm, sagte sie. Komm mit rauf zu mir, das wird lustig. Ist mal was anderes, Spaß bei der Arbeit. Ich bin Penny. Du bist?

Ich bin was? sagte die Frau in dem Mantel.

Penny brüllte vor Lachen.

Haben Sie was Spitzes bei sich? sagte das Mädchen, das sich von der Wand weggedreht hatte, zu den beiden, genau so, als ob sie Penny noch nie zuvor gesehen hätte, als Penny und die Frau außer Atem auf dem Treppenabsatz im obersten Stock ankamen. Penny war ein bißchen verstimmt.

Diese Dame hier hat alles, was wir brauchen, sagte Penny, den Arm weiter um die Schultern der Frau gelegt, und führte sie näher, denn die Frau in dem Mantel hatte zwei Schritte rückwärts gemacht, auf die Feuerschutztür zu, und das zerrte an Pennys Arm. Jetzt war sie sogar unter Pennys Arm durchgeschlüpft, ging in die Hocke, fast so, als habe sie jemand dazu aufgefordert, und fing an, händeweise Kleingeld aus ihrem Mantel auf den Teppich zu legen. Eine

Hand, voll mit Kleingeld, kam herauf und raus, danach auch die andere. Es war verblüffend, dachte Penny, so viel Kleingeld auf einmal zu sehen.

Die Frau schüttelte ihren Mantel, tastete innen ins Futter, ließ ein paar letzte Münzen fallen.

Ein Teil davon gehört mir, sagte sie.

Die Göre schob die Münzen mit dem Fuß herum. Ach ja, ein Telefon hat geläutet, sagte sie.

Was, mein Handy? fragte Penny.

Ich weiß nicht, sagte die Göre. Ein Telefon da drin. Es hat geläutet, dann hat es aufgehört.

Richtig, sagte Penny. War es so ein ziemlich hoher Klingelton? Oder hat es eine Art kleine Melodie gespielt?

Weiß *ich* doch nicht, verdammt, brauste die Göre auf. Sie stand auf, drehte Geldstücke in der Hand um und stellte sich wieder vor die Wand.

Penny war zu dem Schluß gekommen, daß sie diese Göre nicht besonders mochte. Sie fragte sich, ob dem Hotelmanagement klar war, was für ein Benehmen manche seiner Angestellten an den Tag legten. Sie ging in ihr Zimmer zurück und prüfte ihre Mailbox auf Mitteilungen, aber da waren keine, und am Hoteltelefon blinkte auch nichts zum Zeichen dafür, daß dort etwas für sie angekommen war. Sie vergewisserte sich durch einen Blick in ihre im Schrank hängende Jacke, daß ihre Kredit- und ihre sonstigen Scheckkarten noch da waren. Schaute in ihrer Tasche nach dem Scheckheft und sah im Koffer nach, ob sich jemand daran zu schaffen gemacht hatte.

Im Flur waren Münzen über den Teppich verstreut, als wären sie ein Teil des vom Designer entworfenen Musters.

Farbe, sagte die Frau.

Die Göre sah Penny an. Was hat sie gesagt?

Oh, sagte Penny. Paßt davon keine? Sie bückte sich und klaubte eine Handvoll Kupfermünzen auf. Hast du die alle schon probiert? Offenbar ist manches Geld ja dünner als anderes, wußtest du das?

Die Farbe, sagte die Frau auf dem Boden kopfschüttelnd. Klebt.

Ich versteh nicht, was sie sagt, sagte die Göre.

Oh, sagte Penny. Will sie nicht ab? Das ist schade. Nach alledem.

Sie probierte es mit einer Einpencemünze an einer Schraube. Sie paßte knapp, wenn sie sie mit Gewalt hineinzwängte, doch die Schraube bewegte sich nicht. Sie probierte es noch einmal. Setzte die Münze in einem anderem Winkel neu an. Es ging nicht.

Es liegt an der Farbe, sagte sie zu der Göre. Die Schraube ist mit Farbe überstrichen worden, deshalb läßt sie sich nicht rausdrehen.

Die Göre machte ein langes Gesicht: Im ersten Moment sah es verstört aus, dann verloren, dann wich alles Leben daraus. Penny fing an, Pläne für Eventualitäten zu machen. Denn sonst war diese Geschichte aus, der Abend verstrich ohne Lösung, und sie saß demnächst wieder in ihrem Zimmer und schrieb sinnlose Texte, außerdem ertrug Penny generell Niederlagen nicht. Schließlich konnte ja eine gute Geschichte daraus werden. So konnte sie zum Beispiel, wenn sie nett sein wollte (und wenn die junge Göre umgekehrt auch gewillt war, nett zu ihr zu sein), in ihr Zimmer zurückgehen und im Telefonbuch nach einem rund um die Uhr geöffneten Supermarkt suchen. Wenn sie einen fand, denn bestimmt gab es hier einen, solche gab es doch heute bestimmt überall, konnte sie dort anfragen, ob sie Werkzeuge vorrätig hatten. Wenn sie welche hatten, konnte sie denen eine Kreditkartennummer durchgeben; sie konnte denen die Kreditkartennummer der Zeitung durchgeben und sich das Geld dann als Reisekosten zurückerstatten lassen. Konnte bei einem Taxidienst anrufen, ihm ebenfalls diese Kreditkartennummer durchgeben und sich das Werkzeug mit der Rechnung zum Hotel bringen lassen. Wenn es keine rund um die Uhr geöffneten Läden gab oder die rund um die Uhr geöffneten Läden keine Werkzeuge vorrätig hatten, konnte sie den Menschen vom Taxidienst fragen, ob jemand von seinen oder ihren Fahrern einen Schrauber hatte, den er kurzfristig zum Hotel bringen konnte, wenn es ihr gelang, das als lukrativ darzustellen –

Da drehte sie sich.

Die Farbe drumherum war mit leisem Geräusch aufgebrochen; die Schraube hatte sich beim Gedrehtwerden ein Stück herausbewegt; die Göre, die angespannt neben ihr stand, hatte eingeatmet: ah.

Vorsicht jetzt. Laß mal schauen, was wir noch machen können, sagte Penny, plötzlich in Hochstimmung.

Denn Penny hatte es geschafft, was immer es war. Mit einer Drehung jeder einzelnen Schraube hatte sie den Farbmantel über den oberen vier aufgebrochen und die ganze obere Reihe so weit gelockert, daß man schon eine halbe (kleine) Hand hinter das Wandpaneel schieben konnte. Dann faßten die Frau und das Mädchen jede auf einer Seite an und zogen. Das Mädchen stellte sich auf die Zehenspitzen. Noch mehr Farbe splitterte ab. Holz splitterte. Ein Splittergeräusch. Beiden fielen rückwärts, als das Paneel von der Wand kam und abgebrochene Holzstücke ihnen um die Ohren flogen. Abgestandene, muffige Luft flog heraus. Staub flog heraus, schwebte in der Luft, sank durch sie nieder auf den Hotelteppich.

Penny und die Frau in dem Mantel und die Göre steckten den Kopf in das Loch.

Aber da ist ja absolut nichts drin, sagte Penny.

Tief, sagte die Frau in dem Mantel. Ihre Stimme hallte ein bißchen, als sie sich hineinbeugte. Großer Gott, sagte sie. Das *ief* und das *oß* waberten um die drei Köpfe.

Die Göre schwieg.

Penny hustete. Es war staubig. Sie zog den Kopf zurück unters Deckenlicht und sah, daß ein Loch in der Wand klaffte, schwarz, viereckig, eine Stelle, an die zum Überdekken ein Bild gehörte oder wo Verbrecher vielleicht einmal einen Wandsafe aus dem Mauerwerk gesprengt hatten. Pennys Finger und Daumen waren an den Spitzen taub, rauh, rot und an den Stellen, wo sie mit den Münzen die Schrauben gedreht hatte, tief eingekerbt; die Prägung der Münzen hatte sich in die Haut eingegraben. Sie rieb ihre Fingerspitzen aneinander. Fühlte sich getäuscht. Das Paneel lag, verzogen und halb kaputt, an der offenen Tür ihres Zimmers. Sie selbst hatte mitgeholfen, es abzureißen, und dahinter war ein langer Schacht Nichts zum Vorschein gekommen.

Penny merkte, daß sie leicht schockiert war. Sie setzte sich auf den Teppich. Holzsplitter und weiße Farbkrümel lagen zwischen dem verstreuten Geld und dem Lidschatten, Eyeliner und Lipgloss aus ihrer Kosmetiktasche. Die Frau in dem Mantel machte hinter Penny irgendwas mit dem Geld; sie hörte das leise Klimp-klimp von Münze auf

Münze. Penny hob einen weißen Holzsplitter auf. Bohrte ihn sich in den Finger, um zu testen, wie sich das anfühlte.

Nichts.

Das Nichts, das sich wie ein Rückgrat der Länge nach an diesem Hotel hinzog, hatte sie entsetzt.

Was hast du denn da hinten erwartet? fragte Penny die Göre. Panische Angst schnürte ihr die Kehle zu. Was solltest du hier oben suchen, weshalb hat man dich raufgeschickt?

Die Göre strich mit der Hand über die Kante, an der die Mauer endete und der leere Raum dahinter begann. Große, schartige Stücke Holz waren an den Stellen noch an der Wand, wo nur das Holz gebrochen war, die Schrauben aber gehalten hatten. Sie ragten wie weiße Zähne ins Maul des Lochs in der Mauer. Die Göre beugte sich bis zur Taille in diesen Schlund, und Penny hatte den Drang, sie an den Fußgelenken zu packen für den Fall, daß sie abstürzte, doch als sie gerade aufspringen wollte, kam die verrückte Göre von selbst wieder hervor, schlenderte durch den Flur und hob eine Handvoll Münzen auf. Jetzt warf sie die Münzen hinein, eine nach der anderen ließ sie aus ihrer Hand fallen. Geld fiel unhörbar ins Dunkel.

Hat einer von Ihnen beiden eine Uhr? fragte sie. Sie sah erst Penny, dann die andere Frau und dann wieder Penny an.

Ah, sagte Penny. Nein. Ich gehöre zu den Leuten, die keine tragen können, nein, hör zu, das stimmt. Jedesmal, wenn ich eine umbinde, und jedesmal, wenn ich eine längere Zeit nahe am Körper habe, nicht bloß am Arm, sondern auch, wenn ich eine in der Jacke oder in der Handtasche hab, spielen die Ziffern, wenn es eine Digitaluhr ist, vollkommen verrückt, blinken und rasen immer schneller. In der Uhr brennt eine Sicherung durch oder was immer da drin ist. Gewöhnliche Uhren, die zum Aufziehen, sogar Uhren, die am Arm anderer Leute schon vollkommen normal gegangen sind, funktionieren bei mir nicht; ich hatte mal eine, die ging so schnell, daß es aussah, als brächte ich ganze Stunden hinter mich, während auf den Uhren anderer Leute bloß zehn Minuten oder eine Viertelstunde vergangen waren. Oder andersrum, bei mir werden sie immer langsamer und gehen dann einfach kaputt, bleiben einfach stehen, Schluß, aus, sind nicht mehr zum Laufen zu kriegen, wie in dem Kinderlied, du weißt schon, nur bin ich eben kein alter Mann und, wie man sieht, auch nicht tot. Du weißt schon, sagte sie. »My Grandfather's Clock«, den Song kennt ihr doch, oder?

Die Wörter sprudelten nur so aus Penny hervor. Sie erklärte alles. Dadurch, daß sie den beiden die Geschichte erzählte, vergaß sie ihre panische Angst. Die Göre wartete, bis Penny nicht mehr redete, und sah die Frau in dem Mantel an.

Haben *Sie* eine Uhr? sagte sie.

Die Frau schüttelte den Kopf.

Penny war unsichtbar. Dann fiel es ihr wieder ein. In meinem Zimmer ist eine Uhr, sagte sie. Die ist im Bad, aus irgendeinem Grund. Ich hab mich schon gefragt, warum ein Hotel eine Uhr in ein Badezimmer tut. Warum? fragte die Göre. Damit die Gäste nicht die Zeit zum Auschecken verpassen, weil sie unter der Dusche oder im Bad sind? Außerdem wär die, *wenn* sie unter der Dusche oder im Bad wären, sowieso beschlagen, oder? Das Zifferblatt, meine ich. Sie könnten die Uhr nicht ablesen. Aber bestimmt gibt es ein besonderes Anti-Dampf-Putzmittel, mit dem man das wegmachen kann.

Die Göre sagte nichts. Sie sah zur Tür von Pennys Zimmer.

Soll ich nachsehen gehen? fragte Penny.

Als Penny hinlief, bemerkte sie einen Streifen im Wildleder ihrer Stiefel, der anzeigte, bis wohin die langsam trocknende Feuchte gestiegen war. Mist, sagte sie sich im stillen. Verdammter beschissener Mist. Schau sich das einer an. Das hab ich nun davon, daß ich mich eingemischt hab. Zehn nach neun, rief sie nach draußen.

Hat die einen Sekundenzeiger? rief die Göre.

Penny brachte sie mit raus. Es war eine schwarze Art-déco-ähnliche Uhr. Am Fuß hatte sie einen kleinen modischen Aufkleber: *Eigentum von Global Hotels.*

Es ist zehn nach neun, sagte sie.

Die Göre nahm die Uhr. Schüttelte den Kopf. Hielt sie für einen Moment, drehte sie in der Hand um. Dann schob sie die Hand in das Loch in der Mauer und warf die Uhr ebenfalls dort hinein.

Verdammt, dachte Penny.

Erst hörten sie das Geräusch der Stille. Dann hörten sie die Uhr mit einem von ferne kommenden *Knack* auf dem Boden des Schachts aufschlagen. Verdammt, dachte Penny noch einmal. Ich *wußte*, daß sie das machen würde.

Meinst du, die ist kaputt? sagte sie laut.

Definitiv, sagte die Göre nickend, Schwärze unter den Augen.

Meinst du, das war eine Designeruhr?

Sie wagte sich an den Rand des Lochs, wagte hinunterzublicken.

Wie zum Teufel kriegen wir die wieder hoch? sagte sie.

Dunkel. Nichts. Ein Schacht abgestandener Luft. Penny beschloß zu behaupten, daß gar keine Uhr dagewesen war. Sie trat von der Wand zurück; dieses Chaos, das hatte nichts mit ihr zu tun. Falls man sie haftbar machen wollte, würde sie einen Beschwerdebrief in der Zeitung *World* veröffentlichen des Inhalts, daß man von ihr Geld für etwas fordere, das sie nicht gesehen hatte, gar nicht in Gebrauch hatte nehmen können. *Zu dem angegebenen Zeitpunkt befand sich keine Uhr in meinem Zimmer. Ich werde nicht für das Verschwinden von etwas aufkommen, das, sofern ich Auskunft darüber geben kann, gar nicht vorhanden war. Dafür bin nicht ich verantwortlich.*

Wenn etwas aus meinem Zimmer fehlt, schlage ich vor, Sie halten sich hinsichtlich der Reparation relevanter Schäden und Verluste an Ihre eigenen Angestellten.

Außerdem möchte ich mich über den Lärm und über das Chaos beschweren, das Angestellte Ihres Hotels in der Nacht meines Aufenthalts in Ihrem Haus angerichtet haben, als sie irgendeinen Umbau im Flur vor meinem Zimmer vornahmen, und zwar zu einem Zeitpunkt, den ich bemerkenswert spät fand. Eine solche Maßnahme war störend nicht nur für mich selbst, sondern auch für andere Gäste, zumal sie uns weder vorab angekündigt wurde noch wir hinterher eine Entschuldigung dafür erhielten.

Die Göre redete.

Aber wenn sie schwerer gewesen wäre, wäre sie viel, viel, äh, schneller gefallen. Was mehr wiegt, fällt auch schneller, weil es schwerer ist. Etwas, das viel schwerer ist, fällt auch schneller. Oder?

Tja, das leuchtet ja wohl ein, sagte Penny.

Nein, sagte die Frau.

Nichts für ungut, natürlich ist es so, sagte Penny. Angenommen, du würdest ein Klavier in dieses Loch werfen. Das heißt, vorausgesetzt, ich hätte ein Klavier in meinem Zimmer, das ich dir dafür zur Verfügung stellen könnte, sagte sie (freundlich, aber bestimmt) zu der Göre. Dann würde das Klavier viel schwerer aufschlagen als die Uhr, die du gerade hineingeworfen hast.

Ein ganzes Klavier, glänzend, es fällt und zerfällt auf dem Grund des Schachts in Zeitlupe in Scheite und Saiten, die glatte lackierte, gepflegte Oberfläche birst und zersplittert zu einer Kakophonie von Cis, Markknochen und Hackebeil, die durchs Dunkel heraufwabert, wogend wie schwankendes Rohr an einem Fluß.

Nein, sagte die Frau wieder.

Das Klavier verschwand in Pennys Kopf. Penny mochte es nicht, wenn man ihr widersprach.

Die Frau schichtete die Zweier, Zehner und Zwanziger auf dem Teppich in Häufchen; sie saß in einer Unmenge von Silber und Kupfer.

Galilei, sagte sie und sortierte das Geld. Er ließ eine Erbse und eine Feder vom Schiefen Turm von Pisa fallen. Beide trafen zur selben Zeit auf dem Boden auf.

Ja, sagte Penny, aber wir reden von der Wirklichkeit. Ein Klavier fällt viel schwerer als eine Uhr, eine Uhr fällt viel schwerer als eine Münze, eine Münze fällt ein bißchen schwerer als eine Erbse –

Nein, sagte die Frau wieder. Sie hielt inne in dem, was sie tat. Wog für einen Moment verschiedene Münzen in ihrer Hand, legte sie dann vorsichtig oben auf die anderen Münzen.

Alles, was von derselben Stelle oberhalb der Welt abgeworfen wird, sagte sie, fällt zur selben Zeit. Ungefähr. Aber wenn die Gegenstände verschiedener Gestalt sind, wie eine Feder und eine Erbse zum Beispiel, dann hat die Feder einen etwas größeren Luftwiderstand. Wegen ihrer Gestalt. Aber nicht viel. Aber dasselbe auf dem Mond, stellen Sie es sich vor. Da gibt es keine Luft; also, eine Feder, eine Erbse und meinetwegen ein Klavier, wenn man die irgendwo oberhalb des Mondes fallen ließe, würden sie exakt zum selben Zeitpunkt darauf landen. Auf dem Mond, meine ich. Es ginge ein bißchen langsamer, aber das ist es auch schon. Wenn es der Mond wäre. Hier ist ja nur ungefähr sechsmal soviel Schwerkraft. Wenn es der Mond und die Welt wären, was Sie meinen. Und diese Gegenstände fallen gelassen werden, selbst ein Klavier. Ist ja eigentlich auch klein. Ein Klavier, eine Erbse, eine Feder, eine Münze, egal, was. Alle ungefähr gleich, alles. Denn der Luftwiderstand hier, der zählt kaum. Der macht das eine genauso klein oder groß wie das andere.

Sie hielt inne und überlegte. Etwas anders *wäre* es aber doch, sagte sie dann, wenn Sie zwei Dinge zur selben Zeit fallen ließen, die wirklich richtig unterschiedlich groß sind. Die Münze oder die Erbse und als dritten einen Planeten, so groß wie die Welt vielleicht.

Sie schob das Häufchen mit den Fünfpencestücken zur Seite. Holte die Häufchen mit den Fünfzigpence- und den Pfundmünzen zu sich heran, indem sie die Hände darum schloß und die Münzen dann in Säulen eine auf die andere legte und dabei zählte.

Penny wußte, daß die Frau sich irrte. Sie machte den Mund auf, um es zu sagen, blickte an sich runter und sah förmlich das Nichts, das aus ihrem Mund kam. War eigentlich ja auch ein guter Reflex; Penny wollte die Frau nicht beleidigen, womöglich war die jemand Wichtiges. Die Frau konnte sonstwer sein. Wer wußte das schon? Es war gut, daß Penny das konnte: unter Streß den Mund halten. Aber das Nichts, das Penny sagte, kullerte ihr aus dem Mund und wand sich ihr wie eine Schlange um den Hals. Sie zischte; es würde zuschlagen. Penny haßte es, das Nichts. In ihrer Phantasie wimmelte es von Schlangen, toten Tieren und überraschend schönen zertrümmerten Klavieren. Das wurde ja ein sehr unangenehmer Abend.

Jetzt hatte sich die ärgerliche Göre einen ihrer Turnschuhe vom Fuß gezerrt. Sie stellte sich vor das Loch, das sie in die Wand gemacht hatte. Knöpfte ihre Hoteluniform, einen Overall, auf und zog ihn aus, wickelte ihn um den Schuh in ihrer Hand. Hielt die Sachen direkt hinter die Öffnung des Lochs. Die Frau im Mantel stützte eine Münzensäule mit ihrem Fuß und sah zu. Penny sagte nichts. Die Göre öffnete die Hand, ließ die Sachen fallen. Penny war nicht sicher, ob sie sie wirklich landen hörte oder es sich nur einbildete: den Turnschuh mit dem gedämpften Plumps von Gummi, die Uniform luftiger mit einem hellen, stofflichen Seufzer.

Die Göre ließ sich auf den Boden gleiten, lehnte sich an die Wand. Sie sah erschöpft aus. Als würde sie gleich weinen.

Die Frau in dem Mantel stand auf. Sie hob von einer der Pfundmünzensäulen die obere Hälfte ab, nahm einen Teil der kleineren Münzen und ließ sie wieder ins Futter ihres Mantels fallen. Das Geräusch dabei zerrte an den Nerven.

Sie wissen, sagte sie, daß die Big Ben in London mit Zweipencestücken am Laufen halten, oder? Die werden auf das Pendel geschichtet, dadurch geht er immer richtig.

Sie wies erst auf das Loch in der Wand, dann auf das sortierte Geld auf dem Teppich. Deins, sagte sie zu der Göre. Zweiunddreißig Pfund fünfzig. Minus, was du da reingeworfen hast.

Sie stieg über das Geld und nickte erst der Göre und dann Penny zu. Die Hände in den Taschen, schob sie sich durch die Türen zur Treppe. Kraft ihrer Angeln schlossen sie sich fest hinter ihr.

Penny kam sich total im Stich gelassen vor. Und, schlimmer noch, die Göre hatte lautlos zu weinen angefangen. Sie hatte den Kopf auf die Arme gelegt und schaukelte sacht auf dem Boden hin und her. Penny stand auf. Einer der Füße der Göre, so klein ohne den Schuh, war oberhalb der bis zum Knöchel reichenden Socke bloß und ganz weiß.

Nicht, sagte Penny von da, wo sie stand. Oh, nicht weinen. Bitte nicht. Es ist ja gut. Alles wird gut.

Die Göre schaukelte hin und her und weinte. Penny sah sich beklommen um. Sie konnte einfach in ihr Zimmer gehen und die Tür zumachen. Aber dieser Teenager würde dann immer noch hier draußen weinen, und Penny, auf der anderen Seite von nichts als einer dünnen Tür, würde das wissen (und, schlimmer noch, es vielleicht auch hören). Wenn sie in ihr Zimmer ging und eine andere Angestellte anforderte? Dann kam jene andere Angestellte herauf und war für diese Angestellte verantwortlich.

Penny hob das zerbrochene Holzpaneel auf und trug es von ihrer Tür weg zu einer anderen am anderen Ende des Flurs. Lehnte es gegen das Zimmer von jemand anders. Suchte ihre beiden Hände gründlich nach Holzsplittern ab. Sie bückte sich und klaubte ihre Schminksachen aus den Münzen und dem Abfall heraus. Packte die Sachen wieder in ihr Kosmetiktäschchen. Pustete Farbflöckchen von ihrem Make-up-Spiegel und wischte ihn an einem sauberen Stück Teppich ab.

Wieder in ihrem Zimmer, drückte sie die 1 auf dem Telefon. Sie meinte es gut.

Hallo, hier Rezeption, sagte eine Stimme.

Hallo, sagte Penny. Hier ist Zimmer 34. Eine Ihrer Angestellten scheint im Flur vor meiner Tür zu weinen.

Penny zog ihren Mantel an. Sie schob sich den Henkel ihrer Tasche über die Schulter. Machte die Tür hinter sich zu und testete sie, vergewisserte sich, daß sie wirklich verschlossen war. Sie stieg über den kleinen Berg Münzen und durchquerte den Flur. Drückte den Fahrstuhlknopf und wartete, bis die Fahrstuhltüren aufgingen. Es dauerte lange, bis der Fahrstuhl kam.

Von den Fahrstuhltüren rief sie die Göre, die weinend und mit übereinandergelegten Beinen an die verstümmelte Wand gelehnt dasaß. Über dem Kopf der Göre klaffte das hohle Loch.

Es ist schon jemand hier rauf unterwegs, sagte Penny in munterem Ton. Kann nicht mehr lange dauern.

Am Boden des Schachts lagen, im Dunkeln farblos, ein Schuh und eine zerknitterte Uniform, beide noch warm, beide erkaltend. Lagen drei oder vier Münzen, vielleicht noch mehr. Lag eine kaputte Uhr. Ihr Plastikgehäuse war zerbrochen, ihr Zifferblatt zersprungen.

Eine Glocke machte bimm. Die Fahrstuhltür ging auf. Penny stieg ein. Die Fahrstuhltür ging zu.

Penny stemmte sich mit ihrem ganzen Gewicht gegen die Drehtür und schob sie herum, bis sie sich auf der Straße wiederfand. Erleichterung umwehte sie, ungeheizte, unklimatisierte Luft. Sie war beschenkt worden mit der Gabe, sich nicht schuldig zu fühlen, oder zumindest der Gabe, daß ihre Schuld, sowieso nie mehr als eine vorübergehende Empfindung, nur eingebildet war. Dafür brauchte sie bloß eine Luftveränderung. Penny stand in der Hoteltür und atmete ein und dann wieder aus.

Es hatte aufgehört zu regnen. Penny konnte, weit entfernt, die Frau in dem Mantel sehen, sie ging langsam über die Straße. Vor einem Abholmarkt hatte sie sie eingeholt. Die Frau spähte ins Schaufenster, beschirmte ihre Augen seitlich mit den Händen gegen das spiegelnde Straßenlicht, damit sie tiefer hineinsehen konnte. Penny guckte ebenfalls hinein. Sie sah sich auf Rollen billiger Teppichware stehen.

Hallo noch mal, sagte Penny.

Die Frau schaute, achtete aber nicht weiter auf sie und spähte wieder in den Abholmarkt.

Irgendwo lauerte hier eine Geschichte. Penny spürte es, fühlte es, fast so, als erinnere sie sich daran. Sie witterte etwas. Sie blieb dran.

Wer weiß, worum es da eben ging, sagte sie. Zigarette?

Die Frau schüttelte den Kopf.

Ich ertrage es nicht, wenn Leute weinen, sagte Penny. Sie zündete sich eine an, atmete den Rauch ein, blies Rauch aus. Aber zum Glück bin ich mit der Gabe auf die Welt gekommen, mich nicht schuldig zu fühlen, sagte sie. Wo wollen Sie hin, irgendwas Interessantes?

Die Frau zuckte mit den Achseln.

Möchten Sie irgendwo was trinken gehen, sagte Penny, was essen?

Die Frau wandte sich ab, sagte verstümmelt etwas. Es hörte sich an, als habe sie gesagt, sie wolle sich die Gäule ansehen.

Gäule? Pferde? Da komm ich mit, sagte Penny. Ich mag Pferde.

Die Frau lachte, verschluckte sich, hustete. Sie schüttelte den Kopf und legte die Arme um sich. Häuser, sagte sie, als sie den Husten bezwungen hatte.

Ach so, sagte Penny. Häuser, richtig. Also, darf ich mit dir mitkommen? Ehrlich gesagt, hab ich sonst absolut nichts zu tun, zumindest nicht für die nächste Weile.

Das Gesicht der Frau war ausdruckslos. Einen Moment später nickte sie.

Sie führte Penny seitlich am Abholmarkt vorbei und dann eine schlechtbeleuchtete Straße entlang, die bis auf drei, alle vor einem chinesischen Imbißladen stehende Autos vollkommen verlassen war.

Siehst du dir Häuser an, weil du dir eins kaufen willst? sagte Penny.

Was? sagte die Frau.

Ich hab mich gefragt, ob du dir Häuser ansiehst, weil du dir vielleicht eins kaufen willst, sagte Penny.

Die Frau hustete abermals keuchend ein Lachen aus. Ja, sagte sie. Genau.

Sie kamen an ein paar Jungen vorbei, die an der Wand der China-Imbißbude saßen und lehnten. Hallo, sagte Penny beim Vorbeigehen. *Hallo*, äfften die Jungs sie nach. Einer von ihnen warf etwas nach Penny und der Frau. Es war eine platt gequetschte Bierdose, die Jungs schütteten sich aus vor Lachen, brüllten noch etwas. Bye, rief Penny. *Bye*, riefen sie zurück.

Die Frau humpelte. Für jemanden, der etwas am Bein hatte, ging sie schnell, und Penny hatte Mühe, mit ihr Schritt zu halten.

Hast du dir weh getan? Einen Muskel gezerrt? sagte Penny.

Ja. Beim Tennisspielen, sagte die Frau.

Beim Tennis muß man aufpassen, sagte Penny. Man muß sich vorher unbedingt richtig dehnen.

Der Wind wehte. Sie gingen meilenweit, wie es Penny vorkam. Die Frau blieb öfter stehen, um zu husten. Nach ein paar Versuchen gab Penny das Reden auf; das Schweigen war ihr unbehaglich. Bei dem Husten wand sie sich innerlich. Womöglich war die Frau Alkoholikerin. Das alles war fast genauso peinlich, wie es das Weinen der Göre gewesen war. Penny bedauerte allmählich, daß sie das Hotel verlassen hatte, und überlegte, ob sie umkehren sollte, solange sie sich noch an den Weg erinnern konnte. Aber wenn sie kehrtmachte, mußte sie wieder an den Jungen vor dem Chinesen vorbei, und diesmal allein. Auch möglich, daß sie noch nicht lange genug aus dem Hotel fort war, daß die Leute da das mit dem Weinen noch nicht wieder hingekriegt hatten. So gingen sie weiter und kamen aus der Stadt und in einen Vorort der Stadt, und der Geruch der Luft änderte sich, war nicht mehr winterfeucht-metallisch, sondern winterfeucht-erdig, war jetzt ein Geruch nach Hekken und handtuchgroßen Gärten. Vor jedem Haus ein Rasenflecken, mittendrin mit Rosenbüschen bepflanzt; die Büsche waren kahl oder die Rosen erfroren.

Die Frau blieb stehen.

Sie waren vor einem Fenster, dessen Vorhang offen war; das konnten sie sehen. Ein Kind, ein Mädchen, saß auf einem Sofa und las in einem Buch. Eine Frau kam ins Zimmer, sagte etwas. Die Kleine verdrehte die Augen und legte das Buch weg. Sie verließ das Zimmer, machte hinter sich die Tür zu.

Gefällt es dir? sagte Penny und sah sich das Haus an. Ein Reihenmittelhaus. Geduckt und häßlich. Bestimmt war es nicht viel wert. Auf einem Platz davor war eine offene kleine Wiese mit mehreren darauf geparkten Autos. Bei einem fehlte die Windschutzscheibe.

Sch, sagte die Frau. Oder aber es war nur das Geräusch, das von ihrem Atmen erzeugt wurde. Penny war sich nicht sicher. Sie blieb noch einen Moment vor dem Fenster stehen. Dann setzte sie sich wieder in Bewegung.

Vor einem anderen erleuchteten Fenster etliche Häuser weiter blieb sie abermals stehen. Penny holte sie ein. Hier stand ein Mann auf einem Stuhl und wollte fernsehen, während eine Frau ihm mit einem Zentimetermaß die Beine maß.

Kennst du die? fragte Penny. Die Frau schüttelte den Kopf. Sie sah Penny an, und ihr Blick war grimmig; Penny trat erschrocken zurück. Der Mann hinter dem Fenster hatte etwas gesagt, worüber die Frau lachte. Sie lachte, und es sah aus, als hätte sie Stecknadeln zwischen den Lippen klemmen. Der Mann lachte auch. Sie nahm die Nadeln aus dem Mund, hielt sie in der Hand vom Körper weg und sackte lachend zu Boden.

Gerade als es interessant zu werden begann, als die Leute hinter dem Fenster zu lachen aufgehört hatten und sich auf dem Fußboden in die Arme fielen, ging die Frau in dem

Mantel weiter. Jedesmal, wenn sie ein Fenster fanden, in dem die Gardine nicht vorgezogen war und in dem Licht brannte, hielt sie davor an und blieb am Tor stehen, wo sie gut sehen konnte. Von Reihe zu Reihe, von Haus zu roh verputztem Haus mit Garten um kleinen Garten, mit Fenstern, so klein, als wären sie geschrumpft, mit Licht hinter zugezogenen Gardinen, das grelle Farbvierecke in die Nacht warf, waren die Zimmer, in die Penny sehen konnte, voll mit unsympathischen Möbeln. Ewig gleiche Sessel in einer Ecke, so aufgestellt, daß sie zur anderen Ecke zeigten, wertloser Ramsch, kreuz und quer oder ordentlich, beklemmend dicht an dicht auf Regalbrettern und Kaminsimsen aufgereiht. Die Leute in den erleuchteten Zimmern sahen fern, oder Fernsehapparate strahlten plärrend hektisch flimmerndes Licht in leere Räume mit Fenstern, die sich ohne Vorhänge ins Dunkel öffneten; und diese Häuser gingen endlos so weiter. Davor lagen ungemähte Streifchen Rasen, dazwischen Gehsteige und die Straßen. Es war städtischer Rasen. Penny ging auf dem Gehsteig. Sie achtete darauf, den Rasen nicht zu betreten.

Die Frau sah sich noch mehr Leute an, die fernsahen. Penny schlurfte, schob die Hände in die Ärmel, machte Friergeräusche. Brr, sagte sie. Die Frau reagierte unwirsch; ihre erhobene Hand bedeutete Penny, sie solle endlich still sein.

Penny ging hinüber und lehnte sich gegen einen Laternenmast; sie war zornig. Im Licht der Laterne machte sie ihre Tasche auf und sah nach, ob sie Paracetamol bei sich hatte. Sie hatte keins. Ihr wurde langsam kühl. Sie bekam Kopfschmerzen. Es war verdammt scheiß saukalt. Sie kamen von einer ziemlich üblen Straße, die Häuser zusammengeschustert oder mit Brettern vernagelt, die Gärten voller Hundehaufen, in ein Gebiet mit wohlhabenderen Straßen, wo die Autos in besserem Zustand und die Gärten voller zurückgeschnittener Klematis und erst kürzlich gepflanzter Stiefmütterchen waren.

In dieser Gegend wäre es viel netter, etwas zu kaufen, flüsterte Penny in vertraulichem Ton.

Die Frau starrte auf eine Frau mittleren Alters, die einen Bademantel anhatte, etwas aus einem Becher trank und etwas Oranges von einem Teller aß. Ab und zu warf sie einen Blick auf die Zeitung in ihrem Schoß, sonst sah sie nur vor sich hin. Licht flackerte keines. Möglicherweise hörte sie Musik oder Radio. Möglicherweise saß sie in einem stillen Zimmer. Penny prägte sich den Straßennamen ein, der an der Mauer eines Eckhauses stand. Es wäre okay, etwas besser, von da hinten ein Taxi zu nehmen. Aber sie hatte im Hotel ihr Handy aus der Tasche genommen und es dort gelassen, es lag immer noch neben dem Hotelapparat, und sie hatte kein Geld dabei, mit dem sie sich ein Taxi hätte rufen können. Herrgott, dachte Penny. Mist. Ihr Mut sank. Sie geriet in Panik.

Aber die Frau in dem Mantel hatte Geld bei sich, sie hatte jede Menge Kleingeld. Das wußte Penny, sie hatte ja gesehen, wie sie es auf dem Treppenabsatz im Hotel in die Tasche gesteckt hatte. Ihr Mut stieg wieder. Irgendwo war eine Telefonzelle. Und falls Penny allein hier zurückblieb, irgendwo hier in der Nähe (er sank wieder), konnte sie jederzeit ein R-Gespräch mit jemandem zu Hause oder bei der Zeitung führen und denjenigen bitten, über die Auskunft (er stieg wieder) ein Taxi zu rufen, denn da konnte man Telefonnummern im ganzen Land erfahren, egal, von wo aus man anrief.

Sie überquerten einen grasbewachsenen Damm. Penny fiel etwas zurück. Sie überlegte die ganze Zeit unruhig, wen genau sie anrufen sollte. Dann geriet sie in Unruhe wegen ihrer Stiefel. Auf der anderen Seite, in einer Straße mit nett aussehenden Doppelhäusern, ging eine gepflegt aussehende ältere Dame zwischen den Reihen geparkter Autos mitten auf der Straße.

Hallo, sagte Penny. Wir sehen uns Häuser an. Ist Ihnen nicht kalt?

Die ältere Dame war ohne Mantel unterwegs. Sie erzählte Penny, sie suche ihre Katze.

So spät ist sie noch nie rausgegangen, sagte die ältere Dame. Ich hab mich nur mal umgedreht, schon war sie weg. Sieht ihr gar nicht ähnlich. Ich weiß nicht, was ich machen soll.

Machen Sie sich keine Sorgen, sagte Penny. Haben Sie schon überall in Ihrem Haus nachgesehen? Vielleicht schläft sie in einem Schrank oder unter einem Bett. Katzen sind sehr selbständig. Sie kommen allein zurecht. Gehen Sie rein, es ist kalt. Sie kommt von selber nach Hause. Wahrscheinlich ist sie jetzt schon da.

Sie ist schwarz und weiß, sagte die ältere Dame. Haben Sie sie gesehen?

Nein, sagte Penny.

Sie hat einen weißen Fleck über einem Auge und ein weißes Lätzchen. Sie geht sonst nie raus. Sie muß rausgeschlüpft sein, als die Leute von der Gesellschaft zur Rettung Schiffbrüchiger an die Tür geklopft haben. Sie muß rausgelaufen sein, als ich mein Portemonnaie geholt hab. Ich laß sie nicht raus. Sie geht sonst nie raus.

Die Frau im Mantel war weitergegangen, humpelte weit

von Penny entfernt, bog um eine Ecke. Penny konnte gar nicht glauben, wie weit weg schon. Sie geriet wieder in Panik. Sagte auf Wiedersehen zu der älteren Dame, die sie aber nicht hörte, weil sie sich gerade gebückt hatte und unter ein Auto schaute. Penny rannte, um die Frau einzuholen. Die Absätze ihrer Schuhe hinderten sie, schneller zu sein. Vor ihr verschwand die Frau, mit hochgezogenen Schultern und humpelnd, über eine Eisenbahnbrücke.

Schließlich fand Penny sie auf einer Bank aus Beton vor einem, wie es aussah, kleinen Einkaufszentrum sitzen. Hinter ihr befanden sich eine Bibliothek und ein paar kleine Geschäfte. Eines davon war ein Schuhgeschäft und hatte die Schuhe in seinem Schaufenster mit Weihnachtsdekoration geschmückt. Das andere war geräumt und geschlossen worden; sein Schaufenster war dunkel und bis auf ein Plakat mit der Aufschrift 50 % AUF ALLES vollkommen leer; innen war alles kahl. Das Ladenschild verkündete: *Hiltons Simply The Best.* Aus dem drinnen noch Vorhandenen konnte Penny nicht schließen, was in dem Laden früher verkauft worden war. Das deprimierte sie. Sie drehte sich in die andere Richtung. In einiger Entfernung war nerviger Krach; Penny sah zwei Jungen auf Skateboards, die sich hinter den Geschäften gegen Betonhänge warfen.

So bleiben sie schön warm und frieren nicht, sagte Penny.

Das Gesicht der Frau war tief in ihrem Mantel verborgen. Ihr Atem drang durch einen Spalt zwischen zwei Knöpfen nach außen.

Eine Telefonzelle stand in einer Nische vor der geschlossenen Bibliothek. Penny faßte wieder etwas Mut. Sie ging hinüber, nahm den Hörer ab. Es funktionierte. Gut. Gott sei Dank. Das war ein Segen. Es war nun fast an der Zeit, höflich zu fragen, meinst du nicht, wir sollten uns ein Taxi rufen, das uns ins Hotel zurückbringt? Es ist so kalt, und ich muß jetzt zurück. Ich muß noch arbeiten, wenn ich zurück bin, es war ein netter Spaziergang, vielen Dank. Doch als sie sich für einen Moment neben die Frau auf die Bank setzte und das zu sagen anfing, blies der Wind ihr ein Haar in den offenen Mund. Es war keins von ihren Haaren und stammte auch nicht vom Mantel der Frau. Es war lang. War von jemand ganz anderem. Angewidert zog Penny es heraus. Hielt es vor sich hin. Die Enden wehten herum.

Auf eine Art war es dasselbe, dachte sie, genau dasselbe wie vorhin, als sie durch die Fenster dieser vielen Häuser gesehen und Leute beobachtet hatten, die nicht wußten, daß ihnen jemand zusah. Die Frauen nähten, stützten sich auf ihre Hände, und die Fernsehbilder flackerten wie offene Feuer in ihren Wohnzimmern. Die Männer schoben sich sacht Zigaretten zwischen die Lippen oder schliefen, das Licht der gesendeten Bilder wechselte auf ihren Gesichtern. Das endlose Essen und Trinken; Penny hatte den ganzen Abend lang von draußen den Eßvorgang ahnungsloser Leute verfolgt. Das muß man sich mal überlegen! Die Leute hätten, hätten sie aufgeblickt und zum Fenster, auf das schwarze Viereck geguckt, das sie durch die in ihren Zimmern offengelassenen Gardinen oder obengelassenen Jalousien selbst erzeugten, gar kein Schwarz gesehen und erst recht keine Personen, die sie von dort beobachten, sondern sich selbst, gespiegelt in den Spiegelbildern der Zimmer, in denen sie lebten. Und wenn sie ihre Lampen ausgeschaltet und, nachdem sich ihre Augen an die Veränderung angepaßt hatten, noch mal rausgeschaut hätten, was hätten sie dann außerhalb ihrer Häuser gesehen? Wen hätten sie gesehen? Hätten sie dort überhaupt jemanden gesehen?

Es war scheußlich, und es war auf eine eklige Weise erregend, diese eintönigen Exotika aus den Verdauungsvorgängen des Lebens anderer; Penny war abgestoßen und belebt davon: von dem Wissen, daß sie mit einem anderen Menschen in einen Zusammenhang geraten konnte durch das simple Umlegen eines Schalters von Helligkeit zu Dunkel, einen Zusammenhang, der buchstäblich an einem Faden hing, an etwas, so dünn, so genetisch zufällig, so intim wie ein einzelnes Haar von einem bestimmten anderen Kopf. Sie hielt das lange Haar in den Wind. Ließ es los. Es wehte von ihrem Handschuh, und sie folgte ihm mit den Augen über den Gehsteig, so weit sie konnte, bevor es verschwand. Sie drehte sich zur Seite und nahm zum erstenmal die zitternd neben ihr auf dieser Bank aus kaltem Stein sitzende Frau richtig in Augenschein.

Die Frau sah total übermüdet aus. Sie war hörbar kurzatmig, es klang, als atme sie durch mehrere Schichten eines feuchten Stoffs. Hinter jedem ihrer Atemzüge lauerte im Rücken ein zweiter oder überschattete ihn. Sie sah schon jetzt aus, als sei ihr von etwas, das stärker war als sie, übel mitgespielt worden. Sie hatte etwas; ihr schiefer Blick, die Anspannung um ihren Mund, die Behutsamkeit, mit der sie saß, alles das erweckte den Eindruck, daß sie ausgestöpselt worden war, auf Reservestrom lief, mit einer Energie, die endlich war. Sie hatte die Hände geschlossen, aber dieses Geschlossensein war unterwürfig; ihre Stiefel hingen an den Enden ihrer Beine, als gehörten sie jemand anderem. Wie sie saß, wie sie sich bewegte, wie sie ging, mit hängenden Schultern und wachsam, erfroren und sorglos, alles zugleich, war vielsagend. Penny überlegte, was das sagte. Zum Teil war sie abgestumpft gegen die Welt, zum Teil hatte sie etwas so Bezwingendes an sich, wie es Penny bei keinem, der ihr genau in diesem Moment einfiel, bisher erlebt hatte, und ihr schoß zum erstenmal der Gedanke durch den Kopf, daß sie im Verlauf ihres Lebens buchstäblich Tausende von anderen Menschen kennengelernt hatte, von denen keiner war wie dieser hier.

Sie entschied sich, noch ein paar Minuten auf das hier zu verwenden, bevor sie wieder ins Hotel zurückkehrte. Man wußte ja nie, was noch passieren konnte. Das war eines der Dinge, die ihr an sich selber gefielen: daß sie so offen für Erfahrungen war, für Erfahrungen wie die hier.

Höflich wartete sie, bis die Frau mit Husten fertig war. Holte abermals die Zigaretten aus ihrer Tasche und fing dann an.

Ich kann dich wirklich nicht in Versuchung führen? sagte Penny.

Pech für Sie, sagte die Frau.

Was dagegen, wenn ich rauche?

Die Frau schüttelte den Kopf.

Wie heißt du? fragte Penny, als sie sich ihre Zigarette anzündete. Was machst du?

Machen? sagte die Frau.

Du weißt schon, sagte Penny. Um zu leben.

Ah, um zu leben, sagte die Frau. Schotterrauh kam ihre Stimme aus dem Innern ihrer Kehle. Penny wartete, doch die Frau sagte nichts weiter.

Kalt heute abend, sagte Penny.

Klar, sagte die Frau. Sie wies nach oben.

Der Himmel über ihnen war voller Sternpusteln. Wunderschön, sagte Penny. Sie erschauerte. Probierte es auf anderem Wege.

Was glaubst du, was die dort gemacht hat, fragte sie wieder. Das Zimmermädchen da im Hotel?

Die Frau zuckte wieder mit den Achseln.

Penny äugte zu der Telefonzelle hinter der Schulter der Frau, aber dann sagte die Frau etwas.

Sie mußte diese Wand auseinandernehmen, sagte sie.

Ja, sagte Penny. Die wirkte irgendwie, als hätte sie den Durchblick verloren. Sie war doch eigentlich zu jung, um zu arbeiten. Ich hab überlegt, ob ich da mal nachhaken soll, wenn wir zurückkommen. Was meinst du?

Sie ist keine Ausreißerin, sagte die Frau.

Penny nickte verständnislos.

Es war ihr Geld, sagte die Frau.

Ah, sagte Penny verwirrt. Jetzt verlier ich langsam auch den Durchblick, sagte sie.

Ja, sagte die Frau. Das ist gut. Dann passiert Ihnen das vermutlich nicht.

Was? sagte Penny.

Daß Sie den Durchblick verlieren, sagte die Frau.

Oh, verstehe, sagte Penny. Den Durchblick verlieren. Klar.

Wenn Sie es wissen, sagte die Frau, dann stehen Sie nicht kurz davor. Den Durchblick zu verlieren.

Penny prägte sich das ein. Wenn du weißt, daß du den Durchblick verlierst, wirst du ihn vermutlich nicht verlieren. War es so? Sie war sich nicht sicher. Clever, sagte sie laut.

Die Frau nickte.

Dann sagte sie: Haben Sie die alte Frau in der Morgan Road gesehen? Hat die Ihnen erzählt, ihr sei die Katze weggelaufen?

Die Ärmste, sagte Penny. Ich hoffe, sie hat sie gefunden.

Nein, sagte die Frau. Sie ist immer draußen und sucht nach einer Katze. Es gibt keine. Falls es je eine Katze gab, ist die schon vor Monaten weggelaufen.

Oh, sagte Penny. Du machst den Spaziergang, den wir heute abend gemacht haben, wohl öfter? Bist du oft hier draußen?

Ich glaub nicht, daß es eine Katze gibt, sagte die Frau.

Penny wußte, daß manche Leute lieber in Hotels wohnten, statt ein Haus zu haben oder eine Wohnung zu mieten. Wohnst du dort in dem Hotel? fragte sie.

Schweigen.

Penny drückte ihre Zigarette auf der steinernen Armlehne der Bank aus. Einmal probierst du's noch, dachte sie, ein einziges Mal.

Du stammst nicht von hier, oder? sagte sie.

Die Frau schüttelte den Kopf.

Wo bist du denn aufgewachsen? sagte Penny.

Die Frau atmete, erwiderte nichts.

Es ist komisch, sagte Penny, so als spräche sie mit sich selbst. Wenn mich jemand so etwas fragt, antworte ich demjenigen immer mit einer Lüge. Mit einer Notlüge. Ich erzähle, ich hätte eine schlechte Kindheit gehabt und ich wäre Waise. Ist man immer noch Waise, wenn man über dreißig ist? Das hab ich Leuten, die mich gefragt haben, auf Partys oder so, aber immer weisgemacht. Ich hab gesagt: *Genaugenommen bin ich eine Waise*, und hab ihre Gesichter beobachtet, hat irgendwie Spaß gemacht, das sofort entstehende Unbehagen zu sehen. Längerfristig, so nehme ich an, hat das die Leute dazu gebracht zu glauben, ich hätte etwas Außergewöhnliches durchgemacht, etwas, das sie irgendwann selber durchmachen müssen, wenn ihre beide Eltern tot sind. Und gleichzeitig haben sie mich dadurch als jemand gesehen, der verletztlich ist, auf den man besonders achtgeben muß. Die perfekte Kombination. Aber, um einmal in meinem Leben ehrlich zu sein, sagte Penny, das bin ich selten.

Penny schaute nach. Die Frau schien zuzuhören. Penny fuhr fort.

In Wirklichkeit erfreuen sich meine Mutter und mein Vater noch des Lebens; beide. Na ja, um ehrlich zu sein, sie führen ein trübsinniges und elendes Leben. Sie wohnen jetzt in verschiedenen Städten, dadurch wird Weihnachten ein bißchen heikel für meinen Bruder und für mich. Sie sind beide wohlhabend. Wir sind ziemlich komfortabel aufgewachsen. Meine Kindheit war durchschnittlich glücklich und durchschnittlich quälend. Und da ich ehrlich zu Ihnen bin, sage ich Ihnen, wie es war. Mein Vater hatte Affären mit Frauen, die nicht meine Mutter waren. Das ist bei den meisten Vätern so. Da hab ich als Teenager, als mir klar wurde, was er da macht, mit etwas angefangen, was man Sachen mitnehmen nennen könnte. Sie wissen schon, aus Läden. Auch aus den Häusern anderer Leute, aber meistens aus Läden.

Die Frau schien immer noch zuzuhören.

Ich hab genommen, was ich kriegen konnte, überall, wo ich konnte. Das geht erstaunlich leicht. Die Sachen hab ich alle unter dem Bett aufbewahrt; die liegen bestimmt immer noch alle in meinem Teenagerzimmer im Haus meines Vaters. Besonders gut war ich mit Zeug für die Haare; das läßt sich leicht in den Ärmel schieben, geht ganz einfach, eine ganze Handvoll in der Verpackung vom Haken genommen und in die Tasche oder in den Ärmel. Das Zeug liegt immer noch unter dem Bett, Massen, kleine Plastikkugeln und Haargummis, noch verpackt. Make-up, kleine Computerspiele. Ab und zu zieh ich mal was unter dem Bett hervor und seh es mir an, wenn ich bei meinem Vater zu Besuch bin. Klamotten genauso. Röcke, Pullover, Tops. Das ist wie eine alte Schatztruhe da unten. Alles ist rosa, grau, hellblau, pastellfarbig und jämmerlich altmodisch, wenn ich mir das heute wieder ansehe. Ich hab bei anderen Leuten Tassen aus der Küche mitgenommen oder Löffel, was auch immer. Ich hab mir einen Sport daraus gemacht, überall, wo wir zu Besuch hingegangen sind, mitzunehmen, was ich kriegen konnte.

Es hatte immer noch nicht geklappt. Jetzt die Mutter, dachte Penny.

Meine Mutter, sagte sie, hat meinen Bruder immer vorgezogen. Ich weiß es heute, ich wußte es schon damals. Es macht mir nichts mehr aus. Es gab einmal eine Zeit, da hat es mir etwas ausgemacht, und ich hab es ihr heimgezahlt, ohne daß sie es gemerkt hat, durch, na ja, Sex; ich fing an, mit einem alten Freund von ihr und meinem Vater zu schlafen. Eines Tages hatte ich den mal am Stadtrand von London an einem Bahnhof gesehen. Er hat uns immer zu Hause besucht, ich kannte ihn. Er war eine Vaterfigur, du weißt ja, wie das ist.

Endlich nickte die Frau. Ich hab sie, dachte Penny und spürte das Prickeln, einen kalten Schauer auf ihrem Nakken.

Ja, das mach ich, dachte ich. Und hab es auch durchgezogen, wir hatten schnellen Sex in dem leeren Wartesaal auf dem Bahnhof. Mein erstes Mal. War alles ziemlich aufregend. Ziemlich mies. Entsetzlich. Verstehst du?

Die Frau sah Penny mitfühlend an. Penny schaute zerknirscht zurück. Sex, dachte sie hinter ihrem zerknirschten Gesicht. Wenn man sie mit Diebstählen nicht kriegt und nicht mit Meine-Eltern-haben-mich-nie-verstanden, dann halt mit Sex; mit Sex kriegt man sie immer.

Sie sprach weiter.

Für ihn hab ich immer sehr kurze Röcke angezogen; das hat ihm gefallen. Ich hab immer besonders kurze Röcke geklaut. Ich war siebzehn. Er hat ein Nachrichtenblatt geleitet. Er war es auch, der mir meinen ersten Job bei einem Blatt gegeben hat. Die Erfahrung hat mein Leben wohl für immer beeinflußt, und das auf mehr als eine Weise.

Die Frau neben Penny rührte sich plötzlich. Blatt? sagte sie. Eine Zeitung?

Die *World*, sagte Penny. Die ist voll mit grauen Flächen. Wo ich schon mal ehrlich bin. Die müssen wir füllen, so schnell wir können. Und das mache ich. Das ist meine Aufgabe: die grauen Flächen füllen mit Stoff für Menschen wie du und ich, jede Woche.

Sie stupste die Frau an, so als wären sie Freundinnen. Die Frau schüttelte den Kopf. Dann arbeiten Sie also gar nicht bei einer Zeitung? sagte sie.

Doch, ich arbeite bei der *World*, sagte Penny. Der *World*. Du weißt schon, die *World on Sunday*.

Ist das eine Zeitung?

Die *World*, sagte Penny wieder.

Ist das eine, ich hab das Wort dafür vergessen, sagte die

Frau. Sie streckte die Arme aus, so als hielte sie etwas, das zu groß für sie war.

Penny lachte. Das kann ich gar nicht glauben. Du kennst die *World* nicht? Aber die Augen der Frau waren größer geworden, und ihr Kopf war unter dem Mantel hervorgekommen.

Sie sind Journalistin? sagte sie. Sie interviewen Leute und so Zeug?

Na ja, meist bloß Leute, sagte Penny. Zeug ist normalerweise ziemlich schweigsam.

War das Ihre Zeitung, die diesen Artikel gemacht hat? sagte die Frau gerade. Sie fuchtelte mit den Händen in der Luft. Penny setzte sich zurück.

Vermutlich, sagte sie. Was denn für einen?

Den Artikel darüber, was in den Taschen von Obdachlosen ist, was die Leute in den Taschen stecken haben.

Hm, sagte Penny.

Da war ein Foto drin von den Sachen, die derjenige in den Taschen hatte. Das wurde alles für das Foto ausgebreitet. Und außerdem wurde was über den geschrieben, sagte die Frau. Den Namen, wo das Foto aufgenommen worden ist, solche Sachen.

Nein, an so einen Artikel kann ich mich nicht erinnern, sagte Penny. Nicht, solange ich bei der *World* bin.

Sind Sie schon lange bei der *World*? sagte die Frau.

Oh, inzwischen drei Jahre.

Die Augen der Frau umwölkten sich. Oh, sagte sie und schaute weg. Dann sah sie Penny wieder an. Aber erinnern Sie sich vielleicht an so eine Seite in einer anderen Zeitung, haben Sie die je gesehen? fragte sie.

Nö, sagte Penny und schüttelte den Kopf. Bestimmt nicht

in unserer *World*. Andere Leute machen diese Art von Story aber noch. Das war vermutlich woanders, wir bringen jetzt nicht mehr viele. Um dir gegenüber ganz ehrlich zu sein, so was bringt keine Auflage; unter der vorigen Regierung war es immer eine gute Geschichte über Ungerechtigkeit oder eine gute Geschichte über Menschlichkeit. Unter dieser Regierung sieht es bloß aus wie Jammern. So was bringt eigentlich niemand mehr. Höchstens, es ist was mit Drogen. Drogenstorys sind immer noch okay.

Das *ist* was mit Drogen, sagte die Frau. Alle nehmen ja welche. Alle von der Straße nehmen Zeug, wir alle.

Alle, sagte Penny.

Das muß man, sagte die Frau. Das haut in die Birne rein, ich meine, macht sie wirklich scheißkaputt. 'tschuldigen Sie die Ausdrucksweise, sagte sie, als ob ihr das nachträglich eingefallen wäre.

Also *das* machst du, sagte Penny.

Außerdem, sagte die Frau, verändert es die Leute wirklich.

Auf der Straße, sagte Penny wieder.

Ja, überall, sagte die Frau. Manche werden richtig üble Scheißkerle.

Die Frau verstummte. Sie saß da, schwieg. Schüttelte den Kopf. Hielt ihre Hände hoch: offen, leer. Dann sagte sie: Noch mal, 'tschuldigung. Die Ausdrucksweise.

Ich bin ein Idiot, dachte Penny. Ich bin so ein Idiot. Schau. Der Mantel. Das Geld. Die schlechte Haut, der Geruch, dieses ruhelose Auf-der-Hut-Sein. Das Herumziehen. Das Atmen. Ich bin ein richtiger Narr. Bei Penny hat es klick gemacht. Gute Schlagzeile. Der Groschen ist gefallen. Sie hätte lachen mögen. Dann fielen ihr die Telefonzelle und ein Taxi und ein warmes Zimmer ein, dessen Vorhänge geschlossen waren.

Die Frau sagte etwas. Wie bitte? sagte Penny.

Sachen, sagte die Frau. Wenn man die anfaßt. Kaputt.

Weißt du, sagte Penny, vorhin, als wir uns kennengelernt haben, dachte ich, du hast ein Zimmer in dem Hotel.

Ja, sagte die Obdachlose. Hatte ich auch.

Oh, sagte Penny. Sie stand jetzt auf, stampfte mit den Füßen. Ihre Schuhe waren hin und ihre Füße eiskalt. Sie fragte sich, ob sie die je wieder spüren würde.

Sind es Nachrichten und historisches Zeug wie der Luftkrieg, den's mal gab, worüber Sie berichten? sagte die Obdachlose.

Hm? sagte Penny. O nein, ich mach die Lifestyleseiten, sagte sie. Aber einmal, da mußte ich für einen Artikel von einem Flugzeug abspringen. Das war toll.

Wow, genau, sagte die Frau höflich.

Penny ging zur Straßenmitte. Autos fuhren vorbei, aber keines davon war ein Taxi. Kommen hier auch Taxis raus? rief sie. Sie stampfte mit den ruinierten Stiefeln auf.

Kann ich Sie vielleicht um einen Gefallen bitten? fragte die Frau.

Hm? rief Penny von der Straßenmitte zurück, wo sie gerade überlegte, ob hier vorbeikommende Taxis Kreditkarten akzeptieren würden oder nicht.

Einen Gefallen. Kann ich Sie nach einer Bedeutung fragen?

Wie meinst du das: nach einer Bedeutung? sagte Penny und kam auf den Gehsteig zurück.

Da gibt's ein Wort, ich weiß nicht, was das bedeutet, sagte die Frau.

Aha. Was denn für eins? fragte Penny und stampfte mit den Fersen auf, suchte die Straße ab nach Anzeichen anderen Lebens.

Gaber, sagte die Fau.

Penny blieb stehen. Ga-was?

Die Frau buchstabierte das Wort. Penny schüttelte den Kopf.

Kenn ich nicht, sagte sie. Ich weiß nicht, was das Wort bedeutet. Dieses Wort kenn ich überhaupt nicht.

Das ist aus einem Gedicht. Da kommt das vor. Gaber.

Penny machte ihre Tasche auf. Sie fand ihren Stift und suchte etwas, worauf sie schreiben konnte. Die Frau buchstabierte das Wort noch einmal, und Penny notierte es Buchstabe für Buchstabe auf die Innenseite ihres Scheckhefts. Sie hielt es unter das kärgliche Licht, das aus der geschlossenen Bibliothek fiel, und schüttelte den Kopf.

Nö, sagte Penny. Nie gehört. Sieht aus wie eine fremde Sprache. Französisch? Tut mir leid.

Es war eine Überraschung für Penny, daß es ihr wirklich leid tat. Sie sah die Frau wieder an. Überlegte, wie es sein konnte, daß die Frau sich so vertan hatte, wie sie nur auf den Gedanken gekommen sein konnte, es gäbe Schwerkraft auf dem Mond. Wußte doch jeder, daß dem nicht so war. Penny lächelte still. Sie schrieb weiter etwas in ihr Scheckheft.

Wie ist dein Name? fragte sie die Frau wieder. Sag mir bitte deinen Namen. Ich habe heute einen wunderschönen Abend mit dir verbracht. Es bedeutet mir wirklich etwas, daß ich dich heute kennengelernt habe.

Die Frau sah erfreut aus.

Elspeth, sagte sie.

Elspeth. Elspeth wie? sagte Penny noch schreibend.

Wozu wollen Sie das wissen? sagte die Frau.

Bloß so. Damit ich mich daran erinnern kann, sagte Penny.

Die Frau überlegte kurz. Dann sagte sie: Freeman. Elspeth Freeman.

Penny Warner, sagte Penny. Freut mich, dich kennenzulernen. Sie zog ihren Handschuh aus und streckte ihre Hand aus. Überrascht, erfreut ergriff Elspeth Pennys warme Hand mit ihrer kalten.

Also, Elspeth, sagte Penny. Falls du mal was brauchst.

Penny ließ der Frau den gefalteten Scheck in die Manteltasche gleiten, schob ihn tief hinunter, klopfte darauf. Sie dachte nicht mehr an ihre ruinierten Stiefel. Ihr Herz erhob sich, flog herum; ihr Herz war ein Vogel, ekstatisch, hoch über ihrem Kopf.

Ein Letztes noch, sagte sie. Soll ich dich wieder zurück ins Hotel mitnehmen?

Die Obdachlose schüttelte den Kopf.

Okay. Weißt du denn, wo hier in der Nähe ein Taxistand ist? sagte Penny. Oder könntest du, Elspeth, mir eventuell was borgen, wäre es möglich, daß du mir etwas Kleingeld für die Telefonzelle da drüben leihst, damit ich mir ein Taxi rufen kann? Ich muß zurück. Muß noch arbeiten.

Die Frau hatte schon ihre Hand tief ins Futter ihres Mantels geschoben und zwei Zwanzigpencestücke herausgeholt, hielt sie hoch.

Hier, bitte, sagte sie.

Als Penny wieder im Hotel angekommen war, machte sie sich bereits Sorgen, weil sie einen Scheck über eine so große

Summe ausgestellt hatte. Als der Fahrstuhl in ihrer Etage angekommen war, wußte sie bereits, was sie in der Angelegenheit unternehmen würde.

Die Fahrstuhltür ging auf. Penny spähte hinaus.

Die Göre war weg. Das ganze lose Kleingeld ebenfalls. Der Flur war gesäubert worden. Nur das in der Wand klaffende Loch war noch da: gräßlich. Penny hielt den Kopf so schräg, daß sie es nicht sah. Schloß ihre Tür auf. In ihrem Zimmer empfing sie, klar und nach Plastik riechend, der neue Computer.

Nett, dachte sie.

Sie zog die Vorhänge zu, kickte ihre fleckigen, verdorbenen Stiefel von den Füßen und warf sich aufs Bett.

Müde, dachte sie.

Auf beiden Telefonen war nichts für sie eingegangen. Sie schaltete den Computer an. Seine Uhr sagte 23.15 Uhr. E-Mails warteten nicht auf sie. Für einen Moment kam sie sich beraubt vor. Dann tippte sie ihren einleitenden Abschnitt in einem Rutsch. Las ihn durch. Der konnte schon fast unverändert so bleiben.

Gut, dachte sie.

Sie griff nach dem Telefon und wählte die 1.

Hallo, hier Rezeption, sagte eine Stimme.

Hallo, sagte Penny, hier spricht Zimmer 34. Ich hätte gern ein Club-Sandwich.

Sehr gern, Madam, sagte die Stimme. Ich verbinde Sie mit dem Zimmerservice.

Eins noch, sagte Penny. Können Sie mir den Zahlenkode fürs Pay-per-View in diesem Zimmer sagen? Hier im Zimmer finde ich die Information nirgendwo. Ich hab schon den ganzen Abend danach gesucht.

Sehr gern, Madam, sagte die Stimme. Wie in Ihrer Global-Informationsbroschüre unter der Überschrift Pay-per-View angegeben, verdoppeln Sie einfach Ihre Zimmernummer. Ihr Zahlenkode zum Beispiel wäre, da Sie in Zimmer 34 sind, die 3434.

Ah, sagte Penny.

Zimmerservice? sagte eine Stimme.

Hier spricht Zimmer 34, sagte Penny. Können Sie mir ein Club-Sandwich heraufschicken?

Sehr gern, Madam, sagte die Stimme. Darf es auch etwas zu trinken sein?

Heiße Schokolade, sgte Penny.

Sehr gern, Madam. Mit Sahne?

Nein.

Penny legte auf. Sie drückte den Knopf auf der Fernbedienung und zappte die Kanäle durch, bis sie den verschlüsselten Kanal vom früheren Abend gefunden hatte. Sie tippte die Nummer ein. Ein Text auf dem Bildschirm forderte sie auf, die mit BUY beschriftete Taste zu drücken. Penny drückte sie. Prompt erschien das Bild. Eine Frau in Trenchcoat und mit Filzhut saß in einem Auto vor einem Haus. Sie sollte eindeutig eine Privatdetektivin darstellen; sie hatte eine Kamera mit einem lächerlich langen Objektiv bei sich. Durch die Kamera beobachtete sie einen Mann und eine Frau, die in einer Küche Sex hatten. Sie beobachtete die beiden, dann legte sie die Kamera weg und steckte sich einen Finger in den Mund. Die Frau, die Sex hatte, stöhnte. Sie hielt sich an einer Anrichte fest. Der Mann sprach mit leiser Stimme. Er drehte die Frau auf dem Tisch herum und drang von hinten in sie ein. Die Frau stöhnte noch ein bißchen mehr. Neben ihrem Kopf standen ein

Messerblock, ein Teller, auf dem, wie es aussah, roher Schinken lag, und ein Korb mit Gebäckstücken, die mit weißem Zuckerguß und einer Kirsche verziert waren. Der Mann wickelte sich eine Scheibe von dem Schinken um den Zeigefinger und sah aus, als wolle er den der Frau in den Anus stecken. Die Kamera schnitt zu der Frau im Auto, die das Objektiv von der Kamera abgeschraubt und es sich zwischen die Beine gesteckt hatte. Uuh, sagte sie. Sie bewegte sich in dem Auto über dem Objektiv hin und her.

Penny hatte ihren zweiten Absatz fertig und las ihn sich halblaut vor.

Toll, dachte sie.

Dann fiel es ihr wieder ein, und sie holte ihr Scheckheft heraus. Darauf stand ein Wort geschrieben. Es war das Wort, das die Obdachlose hatte wissen wollen. Halb aus Neugierde holte sich Penny die Rechtschreibhilfe auf den Bildschirm und tippte die Buchstaben g a und dann b, e und r, aber die Rechtschreibhilfe half ihr nicht. Kurz darauf schlug sie vor, das Wort durch das Wort »Gabel« zu ersetzen. Penny probierte es mit dem Thesaurus. *Kein Eintrag*, teilte der Thesaurus ihr mit. *Wählen Sie ein anderes Wort aus der Liste.* Es listete sich statt dessen auf: Gabe, Gabel, Gabelbissen, Gabentisch.

Der Zimmerservice kam mit der Bestellung.

Penny unterschrieb, aß und trank.

Während des Essens ließ sie den Abend noch einmal an sich vorbeiziehen. Langweilig war er nicht gewesen. Im Gegenteil, unerwartet interessant. Kein Mensch würde ihr glauben, daß sie einen Spaziergang durch die übelsten Viertel der Stadt gemacht und fremden Leuten ins Fenster gesehen hatte, und das zusammen mit einer Obdachlosen, die sie nach der Bedeutung von Wörtern gefragt hatte. Wäre überhaupt jemand daran interessiert? Aber sie hatte die Obdachlose gemocht, die ihr Vorgärten gezeigt hatte, mit einem alten Sofa in dem einen, mit einem Kühlschrank in einem anderen, Gärten, in denen vergessenes Kinderspielzeug lag oder wo Fuchsien wuchsen und Rosen und öde Rasen schnurgerade abgegrenzt waren. Englands Gärten. Blairs Britannia vor der Heraufkunft eines neuen Millenniums, so etwa. So etwas würde sie vorschlagen. Würde daran arbeiten. Zum Nachdenken anregend, Kitschwert, altmodisch an Klassen und Soziales gemahnend. Sie war zufrieden. Der Abend hatte ihr eine Menge gegeben, womit sie nicht gerechnet hatte.

Ob die Obdachlose die Häuser ausbaldowern wollte?

Bevor sie es wieder vergaß, rief sie den 24-Stunden-Bankdienst an und tippte ihre Kennzahl ein. Sie nannte dem Mann die Nummer des Schecks.

Sperren? fragte der Mann.

Penny verstummte. Sie erstarrte innerlich, so als ziele irgendwo jemand mit einer Fernbedienung auf sie und drücke die Taste mit dem Wort »Pause« darauf. In dem Moment der Erstarrung erinnerte sie sich: der Reichtum und die Einschränkungen von Geld, die große Uhr, die über der Themse und den Houses of Parliament aufragte, ihr Pendel in Gang gehalten von einer Säule kleiner Münzen; ein Bärtiger, der ungleichmäßige Stufen erklomm, in seiner Hand eine Feder und eine Erbse; wie das geborgte Geld in den Schlitz gefallen war, so daß jemand am anderen Ende einer Telefonleitung etwas sagen konnte und sie von demjenigen gehört wurde.

Hallo? sagte der Mann am Telefon. Hallo?

Dann war sie wieder im Hotelzimmer, saß auf dem Bett, hielt den Hörer in der Hand und sprach mit jemandem, den sie nicht kannte, in einer Bank, die nie zumachte.

Bitte, ja, sagte sie.

Für einen Moment glaubte sie, sie hätte schlappgemacht. Für einen Augenblick hatte sich das Universum komplett verwandelt. Aber nein. Gut. Sie gab die beiden letzten Ziffern des Schecks durch, da fühlte sie es; vielleicht primitiv, es so auszudrücken, verglichen damit, was sich heute abend vor ihrer Tür abgespielt hatte und was sich gerade auf dem Bildschirm des Hotelfernsehers vor ihr abspielte. Aber irgend etwas in ihrem Innern, was mit Macht aufgebrochen war, hatte sich wieder geschlossen. Gut, dachte sie noch einmal, mit sich zufrieden, einmal, weil sie sich erst zu etwas so Übertriebenem hatte hinreißen lassen, dann aber auch, weil sie imstande war, im kritischen Moment vernünftig genug zu sein und dem ein Ende zu machen. Wenn jemand arm war, war er arm. Dann konnte er halt nicht mit Geld umgehen. Geld war immer ein Problem, wenn man nicht daran gewöhnt war. Es war bestimmt eine Erleichterung, keines zu haben.

Obdachlose in Wind und Wetter. Penny wie vom Himmel geschickt.

Sie lachte. Das war gut. Sie feuerte aus allen Rohren. Sie schrieb den letzten Absatz des Hotelartikels und las sich das ganze Ding durch.

So, dachte sie, ist es genau richtig.

Sie hütete sich davor, unten anzurufen, damit jemand kam, um ihr das Bett aufzuschlagen (denn was, wenn die ihr die Göre von vorhin im Flur schickten); statt dessen schlug sie es selbst auf. Sie suchte die Decken, wie sie es immer tat, nach Brandflecken, Blutflecken, Haaren ab, nach irgendwelchen Anzeichen.

Sie hatte den Artikel fertig, hatte ihn gespeichert und abgeschickt. Sie hatte den Fernseher, leise hörbar im Hintergrund murmelnd, angelassen, das Licht ebenfalls. (Normalerweise bekam sie es damit unter Kontrolle, doch diese Nacht träumte sie es wieder: Sie fällt aus einem Flugzeug, mit dem Rucksack auf ihrem Rücken stimmt etwas nicht, die Riemen und Seile sind verknäult, der Fallschirm öffnet sich nicht, und sie im freien Fall über der einsam dahinwogenden englischen Landschaft, die Bäume unter ihr so klein, daß sie einen mit Daumen und Zeigefinger greifen und ihn sich in den Mund stecken könnte wie eine internationale Delikatesse, bei der sie nicht weiß, wie man die eigentlich richtig ißt. Und was, wenn jemand gesehen hat, daß sie sie falsch ißt, und was, wenn der Baum in ihrem Bauch zu seiner wahren Größe anschwillt, während sie fällt, wie die richtigen Bäume unter ihr, und ihr Bauch jeden Moment platzt und Blätter und Äste, Stamm und Wurzeln aus ihr herausschießen wie neugeboren?) Sie hatte das Hotelshampoo, das Hotelbriefpapier, den Hotelstift, den Hotelbleistift, die Hotelabschminkwatte, das Hotelschuhputztuch, die Hotelhandcreme alle schon in die Tasche gepackt, weil sie morgen früh ja zeitig losmußte, wieder in den Süden.

Sie streckte sich auf dem Bett aus. Es war riesig. Roch schön frisch. Dort, wo sie gelegen hatte, war es schon angewärmt. Sie würde gleich tief und fest einschlafen.

Perfekt, dachte sie noch, als es geschah.

Es spielt keine Rolle, wohin auf unserem Globus Ihre Reise Sie führt, Hauptsache, Sie sind in einem Global Hotel. Denn dann sind Sie da, wo immer das auch sein mag. Sie sind angekommen. Die Hotels von Global: als Platz zum Arbeiten oder zum Erholen, als ideales Mal-weg-von-allem sind sie mit ihren eleganten, geräumigen Zimmern in einem Design, dessen Individualität seinesgleichen sucht und nur eins der Gütezeichen des Phänomens Global sind, einfach unschlagbar. Sie sind richtig gut.

Warum Global?

Braucht man dafür eine Rechtfertigung? Diese ungezwungenen, in der Regel kleinen Häuser aus der Global-Kategorie hip und trendig sind ihr eigener Daseinszweck. Mit ihren erschwinglichen Preisen und ihrer eleganten Ausstattung schlagen sie die Wettbewerber in ihrem Segment um Längen. Diese feinen Stadthotels lassen nichts zu wünschen übrig.

Der Zauber von Global

Sie werden es spüren! New York, Brüssel, Leeds, wo Sie auch sind, eines können wir Ihnen garantieren: Erst mal in einem Global angekommen, werden Sie versucht sein, Ihren ganzen Urlaub (wie wir es taten) auf Ihrem Zimmer zu verbringen und das liebevoll-luxuriöse, vornehme Ambiente zu genießen, das Global wie kein anderes Hotel zu schaffen versteht. In welchen Sessel Sie auch sinken, Sie werden sich darin so vollkommen zu Hause fühlen, daß Sie am liebsten gar nicht wieder aufstehen, geschweige denn Ihr Zimmer verlassen wollen. Und erst die Küche! Da kann man nur noch schwärmen. Der zweite Grund, weswegen Sie keinen Anlaß sehen, aus dem Haus zu gehen. Global legt Wert darauf, nur einschlägig erfahrene, auf der Höhe ihres Fachs stehende Kü-

chenchefs zu verpflichten, die eine Speisekarte kreieren, deren Vielfalt überall Speisen auf hauptstädtischem Niveau garantiert.

Urbanes Leben

Mit seiner überragenden Eignung auch für die kleine Tagung und mit einer Flexibilität, in der sich der Einzelreisende nicht minder umsichtig umsorgt findet wie der anspruchsvolle Teilnehmer an einem geschäftlichen Meeting, und mit seinen verführerischen Zimmerpreisen ist Global immer eine Option. Was Sie auch planen.

Winterwochenenden

Machen wir uns nichts vor! Winter, das heißt: Arbeit, Regen, Kälte, Wind, kurzum: Dauerstreß. Oder – die Alternative – Sie schwelgen in einem luxuriösen Schaumbad, schwelgen im Komfort des aufmerksamen, fehlerlosen Service unseres geschulten Personals, lassen sich begeistern vom Neuesten, was TV-Technik zu bieten hat, oder genießen einfach den Blick, den Global-Zimmer zu bieten haben. Warum nicht einmal vollkommen abschalten? Mit viel Stil und Geschmack, aber ohne Schnickschnack, klassisch und auf der Höhe der Zeit, bietet Ihnen Global das perfekte Refugium in einem Ambiente, das kaum zu toppen ist. Es ist angerichtet. Eine unübertreffliche Zeit wartet darauf, von Ihnen erlebt zu werden.

World Perfect *verleiht den Häusern von Global neun von zehn möglichen Punkten.*

Behaglichkeit und Flair von der ersten bis zur letzten Minute.

Ein himmlisches Vergnügen.

Zukunft in der Vergangenheit

& weil das doch die hauptsache ist ich habe gezählt ich war da & weil ich mit den geilsten tollsten neuen schuhen heimgekommen bin & die mir außerdem ein frühstück gemacht haben & weil es wirklich gut war

& weil da der fünfpfundschein ist

& weil ich das schon wußte doch wirklich kopfüber eingeklemmt gräßlich das hatte ich schon in den zeitungen gelesen und deshalb war es keine überraschung oder so was ich wußte das schon

& weil sie schnell war weil sie so unglaublich schnell war ich wette sie würde sich freuen ich bin sicher sie würde sich freuen wie schnell ich denk ja gern sie ist jetzt so leicht wie luft nein leichter sie ist wie diese fotos von autoscheinwerfern in städten die die jetzt machen wo die autos so schnell fahren daß man von ihnen bloß die scheinwerfer sieht wenn sie so schnell an den kameras vorbeifahren genauso ist das mit ihr ganz bestimmt sie könnte wenn sie wollte den ganzen tag & die ganze nacht in der stadt rumrasen mit einem echt geilen strom von licht & geschwindigkeit über den häusern weg sie könnte sogar aus den hohen fenstern dieses hotels springen und würde bloß schweben sie würde nicht abstürzen das müßte nicht sein denn sie kann jetzt auch in der luft gehen nicht bloß im wasser wie die leute die bloß am leben sind jedenfalls denk ich mir das so

& weil ich nachts um die zeit nein eigentlich nicht nachts

eigentlich schon morgens wie spät ist es halb fünf weil ich morgens um die zeit sowieso bloß die decke anstarre & mir alles im kopf herumgeht mir nacheinander alles einfällt was sie noch vor sich hatte zum beispiel vielleicht als ersatzschwimmerin in die nationalmannschaft kommen sie haben gesagt sie würden sie testen für das team das manchmal als ersatz für die nationalmannschaft antritt bloß noch unter ihre bisherige zeit beim schmetterling kommen mehr brauchte sie nicht hat sie mir erzählt nicht mal eine ganze halbe sekunde drunter hat sie zu mir gesagt die waren kurz davor es ihr anzubieten sie braucht bloß 45 hundertstel schneller zu werden hat sie gesagt es war war im bett dort drüben gleich dort drüben sie konnte für die ausscheidung trainieren haben sie ihr gesagt sie war ja trotzdem schnell für ihr alter wenn sie die 45 hundertstel schaffte 45 hundertstel das ist ja nichts das ist ein klacks das ist keine zeit das ist so fix vorbei daß daß daß da kriegt man gar nicht mit daß die da waren mehr brauchte sie gar nicht schneller zu werden knapp drunter unter ihre bisherige zeit hat sie gesagt beim schmetterling & sie hat es niemandem erzählt falls es nicht klappt denn das bringt vielleicht unglück hat sie gemeint & ich keinem was gesagt keiner menschenseele ersatz das muß man sich mal vorstellen Sara meine schwester Sara Wilby hätte ersatz in einer nationalmannschaft werden können ist schon ein hammer & sie ihre stimme war bloß zentimeterweit weg da drüben ich hätte meine hand ausstrecken können aber wenn man sich mal vorstellt so knapp drunter bei einem schmetterling schrecklich da würde man vielleicht was abreißen die fühler den rüssel ein schmetterling hat ja keinen ersatz es war mittwochabend da drüben hat sie gelegen und es mir gesagt & das war verrückt denn sonst hat sie nie was zu mir gesagt hat mir nie was erzählt nichts & dann danach es war an einem montagabend danach es war ein montagabend wo sie nicht heimkam als sie sollte überhaupt nicht mehr kam seitdem ist es jede nacht so jede seit dem Montag daß stücke von ihr über mich herfallen so als verlangten sie ich weiß nicht was & das ist als stünde sie selber am fußende meines betts & zerspringe in lauter stücke sie ist einfach zerbrochen kleine stücke ihres ohrs halses die höhlung ihres halses hand finger zehen ihre ferse ihr fuß das stück wo ihr schwimmanzug in die schulter einschnitt & das schulterblatt darin auge mund muskeln ihr o verdammte scheiße davon wird mir irre schlecht das wort die brust mit der sie mich manche nacht anstarrt mich ansieht als wär sie ein offenes auge manchmal sind es auch zwei da starren mich zwei augen an wie wenn er sagt ich wär echt anmaßend tja Sara du hast echt eine verdammt anmaßende brust na ja hattest Gott bin ich durchgedreht ich bin verdammt fertig das sag ich dir ich bin ein fall für die gehirnamputation aber heute abend noch nicht da ist noch nichts gekommen trotzdem kann ich nicht einschlafen vielleicht nach heute abend weil mein herz jetzt so schnell schlägt oder vielleicht liegt das auch an dem vielen essen das die im hotel mir aufgedrängt haben ich hab viel gegessen soviel wie jetzt schon ewig nicht mehr ich weiß nicht wie lange nicht mehr hab irgendwie das essen ganz vergessen

& weil ich das jetzt sicher weiß obwohl ich das eigentlich gleich von anfang an wußte daß sie es wirklich nicht mit absicht gemacht hat ich glaub das ist auch ein grund warum ich nicht schlafen kann obwohl ich sonst um die zeit in der nacht frühmorgens auch hier liege und nicht schlafen kann weil mir wieder alles durch den kopf geht daß sie 20 geworden wäre zum beispiel & und daß es nächstes jahr am 22 januar gewesen wäre & daß sie in ein paar monaten 20 sie wäre 20 geworden im jahre 2000 am 22 januar 20 2000 22 & in der schule dachten alle sie hätte es vorgehabt weil wir ja in Englisch und diese gräßliche kuh Ellis mit der ganzen klasse hinter sich glotzt mich an voll die traurigkeit in den scheißteilnahmsvollen augen so als wär ich behindert oder ein monstrum oder was an dem tag gerade dieses buch gelesen haben Tess von den d'Urbervilles von T Hardy & da ist eine szene drin wo sie in den spiegel sieht und ihr plötzlich einfällt daß wir alle unser geburtsdatum kennen aber daß jedes jahr einen anderen tag hat den wir unwissentlich verbringen obwohl er genauso wichtig ist & dieser andere tag ist das todesdatum ich hab es ja gespürt bei den anderen allen in der schule auch bei den jungs wie die blicke sich in meinen rücken gebohrt haben & bloß Gemma auf der einen seite & Charlotte auf der anderen haben nicht geglotzt weil sie alle bescheid wußten das hat alles so komisch zum knistern gebracht & alles war wie wow das ist ja verrückt hey so als wär was passiert & niemand konnte es sagen & klar ich sollte denken daß Sara ihr anderes datum kannte daß sie vielleicht sogar beschlossen hatte es an dem tag zu machen & es war der 24 mai war mai der 24 & das irre ist in dem moment dachte ich eben gerade nicht daran und auch sonst nichts denn ich dachte in dem moment gerade an was ganz anderes hatte mir eine geschichte über was anderes angehört über eine frau die in einen spiegel sieht das war alles da mußte ich daran denken klar weil alle es wußten & meinten daß ich das auch grad dachte obwohl sich niemand getraut hat das laut zu sagen nein die doch nicht & in der nacht & lange zeit danach konnte ich dann bloß daran denken wie sie diese vielen 24 mais verlebt hat einen nach dem anderen & an jedem einzelnen ist sie aufgewacht wie immer und hat das frühstück gegessen was sie immer gegessen hat bloß einen apfel unsere mutter hat sie angeschrien weil ein apfel nicht reicht als frühstück für ein mädchen das noch in der entwicklung ist frühstück das ist die wichtigste mahlzeit des tages aber irgendwas was sie aus der zeitung oder dem fernsehen kannte hat sie trotzdem dazu bewogen auch noch andere sachen zu essen als wir noch kleiner waren & bewog sie immer noch denn sie aß ja Frosties oder so Rice Krispies vermutlich ich weiß es nicht erinner mich nicht & dann mußte sie zur schule gehen nicht als sie ganz klein war natürlich als ich noch nicht geboren war aber nachdem ich geboren war da war sie fast fünf & danach mußte sie zur schule gehen erst zur grundschule in der Edward's & als sie elf war dann in die Bourne Comprehensive an dem tag dem 24 mai wenn das ein werktag war & dann ist sie vermutlich ins schwimmbad gegangen oder wohin & jetzt weiß ich wieder genau sie hat es nicht mit absicht gemacht sie hat ja nicht gewußt daß es ihr anderes datum war es war bloß irgendwie gräßlich diese idee in dem buch die krieg ich gar nicht aus dem Kopf dieser tag ist immer da & dieser tag kehrt immer wieder ich frag mich ob ich irgendwas fühle wenn das datum in meinem leben wiederkommt ich glaub wenn das nicht wirklich passiert wäre & wir das buch bloß in der schule gelesen hätten hätte ichs vielleicht für einen coolen einfall gehalten obwohl er in so einem ollen langen buch vorkommt mit so viel langweiligem zeug über schicksal sonst nichts ich weiß nichts mehr darüber bloß daß das pferd umgekommen ist

& das baby & der mann mit dem schnurrbart damals kam der tod bestimmt viel öfter vor & das blut an der dekke das in dem film war der danach gedreht worden ist und den sie uns gezeigt haben was wenn ich an eine decke sehe wie jetzt eben & da dann überall das blut sehen würde & wenn es durchtropfen würde rein ins zimmer & auf mein bett fallen iiiie das ist so schrecklich weil sie nein sie haben uns nichts gesagt er hat nicht gesagt heute abend dieser mann ob sie ich weiß auch nicht vielleicht muß man das auch nicht vielleicht blutet man nicht wenn bloß innerlich alles in einem kaputtgeht aber ich hab ich hab an etwas anders denken müssen ja der 24 mai die sache mit dem datum in dem buch daran hab ich gedacht denn wo das nun im wirklichen leben passiert ist ist das überhaut nicht mehr cool nein eher so als ob man nicht nicht daran denken kann weil es ja ist wie es ist wie ein buch lesen ja wie zum beispiel du hast ein buch gelesen irgendeines & du warst schon halb durch damit & in der geschichte drin & wußtest bescheid über die personen & die sachen die denen passieren & blätterst um & auf der hälfte der nächsten seite ist es dann leer hört auf da stehen keine wörter mehr drauf & du weißt ganz genau daß es nicht so war als du dieses buch genommen hast da war es wie ein normales buch & hatte ein ende ein letztes kapitel eine letzte seite alles & jetzt blätterst du es durch bis zu ende & das ist bloß noch leer nichts was dir erzählt wird ja ein bißchen ist das so

& weil er & und mum es im september freunden der Hendersons gegeben haben leuten von denen die Hendersons gesagt haben sie kennen leute die ein einzelbett wollen angenommen sie haben denen gar nicht gesagt daß das jemandem gehört hat der mausetot ist ein totenbett haha wer da wohl jetzt drin schläft was die wohl machen würden wenn sie das wüßten frag mich ob derjenige dann weiter drin schlafen würde & jetzt ist es mein zimmer nicht unser zimmer sie haben die matratze rausgeschafft haben sie hochkant durch die tür getragen auf ein autodach geschnallt er hat die latten ausgebaut & sie mit dem verlängerungskabel eines alten heizlüfters zusammengebunden aber einen knoten hat er nicht reingebracht es war ja aus gummi & so sind sie alle auf den Gehweg gefallen & der mann mußte sie aufheben er hat sie hinten ins auto reingepackt es war ein kombi die matratze hat auf dem dach ausgesehen wie nichts ich hab gestaunt wie klein als ich aus dem fenster gesehen hab denn ein bett kommt einem schon groß vor wenn man dicht daneben steht aber von bißchen weiter weg ist es klein es sah aus wie ein kinderbett sie haben den rahmen rausgetragen ich habs gehört wie sie versucht haben den hinter mir um die tür rumzukriegen & dann war es weg sie haben es auseinandergeschraubt und hinten reingepackt auf die runtergeklappte sitzbank & jetzt ist der platz hier drin einfach frei es ist als wäre es dasselbe zimmer bloß leer zu hell einseitig oder so aber die abdrücke im teppich sind da noch die beweisen daß es hier war wenn man die hand drauflegt & sie befühlt fühlt man die vertiefungen wo die füße des betts standen & dahinter war alles eingestaubt das hat er aufgesaugt in Biologie haben sie uns erzählt daß viel von dem staub aus menschlicher haut besteht & wenn das stimmt dann ist von Sara was im staubsauger   Gott   aber sie würde drüber lachen sie hat immer ärger gekriegt weil sie hinter dem bett nicht gesaugt hat ich hab von dem was nach seinem saugen noch da war aufgelesen was ich konnte & das ist jetzt auch im taschentuch unter meiner hose & meiner unterhose in der obersten schublade weil es vielleicht von Sara abgefallen ist kann doch sein so wie die haut sich im sommer abschält vielleicht hab ich was von ihrer haut vom frühjahr 1999 in der obersten schublade Gott verdammte scheiße den einen moment bist du & den nächsten bist du bist du bloß hautschüppchen oder sonstwas zeug das du nicht mal richtig siehst Gott jetzt hab ich die ganze kommode für mich alleine dabei hab ich gar nicht genug klamotten dafür ich hab ja nicht soviel jetzt gehen die schubladen zu früher standen sie immer vor gestopft voll mit zeug & der kleiderschrank leer so als wär sie grad auf & los aus dem haus gerannt & meine sachen alle über die stange verteilt damit es so aussieht als wär nichts raus aber ihre sachen sind alle weggekommen bloß den overall zum wechseln den hat er übersehen haha yeah und die bilder die hat er auch alle von der wand genommen & dann haben sie die wand frisch tapeziert weil man die ränder von den klebestreifen weiter gesehen hat jetzt sind rote streifen da aber bloß an der einen wand dämlich früher klebten poster von George Clooney & Carol Hathaway & von Pulp & von Romeo & Julia über der alten tapete Gott das ist wirklich gespenstisch all dieses zeug was andere leute schon lang nicht mehr an den wänden haben man könnte glauben daß es schon jahre her wäre und nicht bloß dann hat er den schwimmanzug rausgeschafft in die mülltonne und ich hatte keine ahnung erst als ich raus bin & sie aufgemacht hab um die zwiebelschalen reinzutun da lag das ganze gold & silber die medaillen & statuen & die schilder & alles ich hab das dann rausgeholt &

wieder reingetragen hatte die arme voll mit ihren preisen denen die sie gewonnen hat als sie noch klein war denen die sie gewonnen hat als sie bei den schulausscheidungen mitgemacht hat die ganzen jugendmeisterschaften und die fürs wasserspringen die sie voriges jahr gekriegt hat roch alles nach der tonne ich hab es reingeholt ins wohnzimmer & auf den teppich gelegt fuchsteufelswild ist er geworden der mann der gehört doch gehirnamputiert schaff das wieder raus ich warne dich ich sags nicht zweimal Clare auf der stelle schaff das wieder raus tja hat er es mir doch zweimal gesagt haha yeah bei einigen medaillen stand sogar ihr name drauf auf der rückseite eingraviert hab ich mir alle auf dem wohnzimmerteppich angesehen & dann hab ich was gesagt da kann ich gar nicht glauben daß ich das wirklich gesagt hab & auch noch laut ich hab gesagt ja aber diese schale mit den rosen die muß nächstes jahr weitergegeben werden an die nächste die sie als preis gewinnt die kannst du nicht einfach wegschmeißen die gehört dir nicht da ist er noch wütender geworden hab ich an seiner atmung gemerkt er hat sie in die hand genommen & so gehalten wie wenn da keine flecken drankommen dürfen sie auf die kredenz gestellt die tür der kredenz aufgemacht sie reingestellt die tür zugemacht dann alles andere vom teppich aufgelesen es in ein geschirrtuch gewickelt & wieder in die mülltonne geschmissen am nächsten tag hat er die rosenschale in einer tragetasche mitgenommen als er zur arbeit ging dann ist er tagelang rumgelaufen mit einem gesicht die schultern hochgezogen wie der scheißglöckner von sonstwas die schultern hoch als schleppe er einen rucksack voller keine ahnung was steine ziegel felsbrocken hoffnung jedenfalls verdammt schwer ich hör ihn jetzt das endlose scheißschnarchen ich hör wie er sich im schlaf herumdreht der hat keine probleme beim schlafen i wo er doch nicht & unsere mum nicht unsere nur meine total fertig mit den nerven läuft die ganze zeit rum als wär sie ein gespenst kriegt dieses zeug vom doktor für ihre ami oder enz irgendwas sagt doch dieser fiesling Brett aus der vierten nach der beerdigung zu mir ist deine mutter oder dein vater auf irgendwas bring mal was in die schule mit kann ich für dich verscheuern ich den angeranzt er soll sich verpissen und er wieder wenn es eine gute dosierung ist krieg ich einen guten preis dafür zieh leine scheißwichser ist doch egal was die plappern wichser sind es alle diesmal hat Clare Wilbys schwester den löffel abgegeben hat den löffel abgegeben Clare Wilbys schwester abgekratzt ist sie haben diese dämlichen wichser am nordtor gebrüllt als ich auf der anderen straßenseite vorbeiging & jetzt weiß ich das hat sie nicht jetzt hab ich den beweis die können sich alle ins knie ficken wart nur bis ich es mum und dad sage aber das kann ich nicht oder ich kann das bloß beim tee sagen denn er flippt gleich wieder aus wenn jemand das noch einmal erwähnt sie die nichts ißt nichts sieht & hört total kaputt auf ihrem stuhl als hätte sie jemand von einem baum gerissen & sie zerbrochen wie man einen zweig in kleine stücke bricht mal angenommen ich könnte es ihr sagen wenn ich sie mal alleine erwische wenn er nicht da ist oder nicht im zimmer oder im bad ist oder sich wieder scheißrasiert & dieser uiiiieee scheißapparat geht & nichts hört da könnte ich ihr sagen hör mal es ist in ordnung ich weiß es es war nicht mit absicht aus irgendeinem grund oder so ich weiß es weil ich hingegangen bin ich bin ins hotel gegangen ich hab mit den leuten geredet die da arbeiten & der mann da hat mir gesagt es war ein unfall definitiv er war sogar dabei er hat es gesehen weil sie dieselbe schicht haben sollte wie er die ganze woche & sie haben sich über vieles unterhalten hat er gesagt sie haben dauernd zusammen gelacht sie wollten sogar zusammen ins kino gehen an dem abend wo sie frei-hatten die hatten es schon geplant in Happiness sie hat nur rumgeblödelt es war ein versehen das sollte nicht passieren aber ich soll den mund halten keinem was sagen nie klar doch & ich soll mich da bloß nicht mehr blicken lassen stell dir das mal vor wenn ich wirklich den mund aufmachen was sagen würde da würden die mauern dieses hauses einstürzen vor schock als ob ein gespenst gesprochen hätte niemand soll über irgendwas sagen wie es wirklich ist & außerdem wie hätte ich das denn sagen sollen das ist zu wirklich wo sollte ich da anfangen wenn ich das täte mit welchen worten mit welchem wort außerdem wär sie wenn ich es täte sowieso viel zu weggetreten um es zu hören oder das weinen ginge wieder los & dann würde er wieder wütend werden wie da wo er die fotos runtergemacht oder die schwimmsachen weggeschmissen hat das ganze gold & silber die trophäe fürs kunstspringen die wie ein delphin geformt ist unter der erde jetzt draußen im dunkel der müllhalde außer da stehen auch straßenlaternen draußen an der müllhalde außerdem sind die jetzt eh schon begraben unter dem abfall dem durcheinander mit alten teebeuteln dabei & essensresten kondomen scheiße mit einer haut von modrigem zeug über allem drüber wie an den aufgeplatzten mülltüten die monatelang hinter der eisenbahnbrücke lagen & inzwischen drückt da tonnenweise auch noch der andere scheiß der erst seitdem weggeschmissen worden ist ihre schwimmsachen noch tiefer in den boden wie vergrabene schätze eines tages gräbt die ja vielleicht jemand aus wie in den sendungen wo sie ausgrabungen machen um rauszufinden was eine gesellschaft früher war & das ist dann als hätte jemand was richtig gutes da drunter gefunden & die machen ihren namen dran & die leute überlegen wer sie war hunderte von jahren jahrhunderte später liegen sie in einem museum in einer glasvitrine & die leute die sie ansehen sagen ich frag mich wer Sara Wilby war die 1996 jugendmeisterin auf den 50 m schmetterling wurde vor so vielen hundert jahren ich frag mich wie die als mensch war & was sie für ein leben hatte das muß ja eine sehr schnelle schwimmerin gewesen sein wenn die damals gewonnen hat aber vielleicht ist für die in der zukunft unser schnell ja langsam weil sie alle so schnell sind Gott sie war trotzdem schnell sie war richtig richtig schnell wir sind immer hin & haben ihr zugesehen als sie mich noch zum mitgehen bewegen konnten & sie lag meilenweit vorn kam schon zum anschlag wendete unter wasser als würde sie da drin einen salto machen stieß sich als erste am beckenrand ab mit einem stoß weit meilenweit vor wem auch immer raste sie da durch man konnte gar nicht glauben daß sie so lange unter wasser blieb dann brachen ihre schultern & ihr kopf durchs wasser hervor das muß man sich mal vorstellen sie holt nach so langem atemanhalten wieder luft das muß man mal vorstellen nicht atmen können & dann erst im letzten moment wieder das war schon erstaunlich sie wurde immer erste bei den wettkämpfen an denen nicht die ganz guten schwimmerinnen teilnahmen & mindestens zweite oder dritte bei denen wo dann die richtig guten schwimmerinnen waren & richtig gut mußten sie sein wenn sie sie schlagen wollten wir saßen oben auf den zuschauerbänken er geschrien geklatscht mit den armen in der luft herumgefuchtelt hinterher wenn sie dann das handtuch um die schultern hatte das wasser ihr die beine & die schultern & den hals runterlief & ihre haare angeklebt waren wasser im gesicht am ganzen körper da standen wir am beckenrand ich weiß noch wie eine freundin von mum gesagt hat du solltest deiner kleinen schwester auch das schwimmen beibringen Sara dann hättet ihr zwei medaillengewinner in der familie alle haben gelacht & er mir diesen blick zugeworfen er wußte ja bescheid war nicht drin ausgeschlossen daß er oder sonstwer mich nur in die nähe von wasser gebracht hätte wo ich vor allen schwimmen muß & die finden das alle so super weil sie die große medaillengewinnerin ist & ich kann jetzt erst recht nicht schwimmen wenn sie mir erscheint in einzelteilen ganz von selber fällt mir das wasser ein das läuft nur so an ihr runter von einem teil von ihr zum anderen & das hält sie zusammen die vorstellung wie das wasser nur so an ihr runterläuft das bedeutet ihr kopf sitzt auf ihrem hals & ihr hals sitzt auf ihren schultern & ihre schultern sitzen auf ihrem körper mitsamt armen etc der geruch von chlor oder was die da reintun in unserem zimmer dauernd dieser geruch schwach auch immerzu um ihr bett & draußen im flur wegen der schwimmanzüge im wäschekorb ich rieche den immer noch bilde es mir zumindest ein   weit weg   nein ich stell es mir bloß vor ob ihr bett immer noch danach riecht & ob die freunde der Hendersons vielleicht grübeln was sie da riechendes in ihrem schlafzimmer stehen haben die erfahren nicht was das ist darauf kommen die nie eines nachts mal ich war noch wach & sie gerade eingeschlafen da fuhr sie plötzlich wieder hoch sie fuhr so zusammen daß das ganze bett wackelte ihr ganzer körper wurde durchgerüttelt ich was ist & sie Gott sie lachte sie sagte ich hab grade geträumt daß ich an der bordsteinkante vom bürgersteig gefallen bin das war nur ein paar wochen bevor sie umkam starb Gott erstaunlich was leute anstellen damit sie das wort nicht auszusprechen brauchen oder nicht in berührung kommen mit jemand der damit in berührung gekommen ist wie sie mich in der schule anschauen so als hätte ich sie in eine peinliche situation gebracht traurig ist das nein das nicht traurig ist wie es war als Fluff starb jedenfalls in meiner erinnerung ist es traurig ich seh mich um & keine katze in der küche oder auf dem stuhl das war sehr traurig aber das war traurig im katzenformat da ist einem als ob die küche sinnlos wäre blödsinn überhaupt eine zu haben der stuhl ist belanglos denn nur was auf dem stuhl oder im sessel sitzt macht ihn ja zu etwas großvater ist eigentlich der einzige andere tote den ich gekannt hab & das ist so lange her & wenn er mit freiem oberkörper im garten in der sonne saß hatte er lauter lose falten um den hals & ein gesicht wie wenn er zu klein wäre für seine haut und die sich jetzt über ihm zusammenzog das ist ganz und gar nicht dasselbe wie bei ihr sondern war als bereite er sich darauf vor nach innen zu gehen er war zu leicht für eine haut die für ihn zu dick & schwer geworden war aber ihre die war perfekt ihre paßte genau auf Sara drauf die war glatt um sie gebreitet & darauf eingestellt daß das noch lange so blieb so straff als wär Sara ein pfeil oder so was & als brauchte nur jemand einen bogen herzunehmen & sie in die luft zu schießen & bei der beerdigung haben die leute alle ihren namen falsch ausgesprochen & verlegen ausgesehen nachbarn wenn ich draußen welche treffe oder wo beim einkaufen bin & da jemand ist der mum oder ihn kennt immer wieder komische blicke zur seite & wie gehts ihr alle müßt mit einem schrecklichen verlust fertigwerden so als hätten wir ein portemonnaie verloren oder einen hund oder schrecklich so das leben zu verlieren so als ob sies einfach irgendwo abgelegt hätte & als sie hochgesehen hat wußte sie gar nicht womit jetzt für sie schluß ist entsetzlich jemanden zu verlieren der einem so nahestand so als hätten wir sie in einem kaufhaus in der sportabteilung verloren & wären zum kundencenter gegangen um sie über den lautsprecher ausrufen zu lassen gesucht wird Sara Wilby Sara Wilby wird gebeten von den toten zurückzukehren ihre familie wartet am kundencenter auf sie   ah   scheiße   ah   & jetzt wo sie & jetzt wo sie gegangen ist nicht wahr das paßt doch besser gegangen ist in weniger als einem bruchteil von scheiß 45 hundertstel in die andere welt ins jenseits yeah wo die vielen toten rumstehen & lächeln Sara & großvater & die großmütter dabei & Fluff & die alte dame von gegenüber die gestorben ist & alle zusammen singen o tod wo ist dein stachel nun & die tote Mrs Kincher aus der dritten in der grundschule klimpert dazu auf der gitarre keiner von denen spricht es aus oder niemand das wort tot klar nicht deine schwester ist tot sie ist gestorben Mrs Johnstone von weiter hinten aus der straße hat mich auf dem weg zur schule angehalten & gesagt ich kann verstehen was du fühlst & mich so psychomäßig am arm festgehalten die augen weit aufgerissen das ist eine lücke die niemand ausfüllen kann na ich glaub da ist tatsächlich was dran denn als ich in den schacht spähte sah ich daß die stahlzüge die dinger aus stahl oder eisen die dazu gebraucht werden damit der egal wie man den nennt der lift für das essen und das geschirr den schacht hoch und runterfährt an der rückwärtigen wand alle noch dran sind ha die konnten zwar einfach so tun als sei der aufzugsschacht nicht da ihn mit einem stück holz abdecken & das in derselben farbe anstreichen wie die wand aber sie konnten schlecht das metall innen an der wand abmachen oder die mühe haben sie sich nicht gemacht der ist noch da fährt von ganz oben bis ganz runter   zur erde   & da war ein kleines rad oben an der decke für das stahlseil daran wurde es gehalten das rad ist auch noch da ungefähr so groß wie ein orangenplätzchen ich hab reingefaßt & es angeschoben das lief rund wie nur was so als wär das ding noch in betrieb als hätte sich eigentlich nichts geändert & Gott weiß wieviel man brauchte um dieses loch zu füllen herr zahnarzt vielleicht lastwagenladungen voll beton aber es ist noch da war nur versteckt ich mußte nichts anderes tun als schauen & das hab ich ich hab für einen moment runtergesehen sie war ganz oben genau da wo ich heute abend stand & im nächsten moment   daß das metall noch da war so als bliebe es immer da ich nehme an selbst wenn sie den schacht mit beton füllen würden bliebe es trotzdem da wäre es trotzdem dasselbe loch bloß halt mit beton gefüllt das ist alles & selbst wenn das ganze hotel abgerissen & dieser fahrstuhlschacht auseinandergenommen würde & nicht mehr da wäre wäre er irgendwie trotzdem da obwohl man ihn nicht sehen könnte & nichts davon wüßte aber das bedeutet wenn das stimmt dann stimmt es auch daß Sara die ja da war die ja straßen langgegangen ist oder wasser zu sich rangeschaufelt hat beim schwimmen es so mit den armen herangeschaufelt hat daß sie sich durch das wasser vorwärtstreiben konnte irgendwie auch immer noch da ist aber das ist mist denn sie ist weg ich meine sie ist wirklich wirklich begraben   stimmt doch Sara, oder   & sollten die das gebäude also je abreißen oder auch bloß die innenwände weil sie zum beispiel ein anderes gebäude daraus machen die fassade aber behalten wollen so was machen die gern die äußere hülle eines gebäudes behalten & innen drin alles ändern so haben sie es zum beispiel bei dem kino in der Merret Street gemacht wo ihr euch Happiness ansehen wolltet zuletzt machen die das bestimmt verändern das gebäude & dann ist es egal daß da jemand abgestürzt & gestorben ist denn dann erinnert sich sowieso niemand mehr weiß es niemand

& weil es dort passiert ist bin ich dorthin gegangen & hab mich draußen auf die straße gesetzt ich wußte nicht wohin sonst keine ahnung warum ich das gemacht hab ich wollte einfach etwas erfahren keine ahnung was aber zu hause waren ja bloß die scheißdellen im teppich sonst nichts & die haben bloß auf den blöden stühlen gesessen und den ausgeschalteten fernseher angestarrt ich weiß nicht was ich dachte keine ahnung was ich dachte daß passieren wird dachte ich du würdest wiederkommen würdest einfach aus dem nichts auftauchen hinter irgendeiner ecke & winken & hi sagen du dachtest ich bin tot nicht tja nichts da ich bin die ganze zeit hier treib mich rum ich hab mir ein zimmer gemietet ich wohne jetzt hier da hab ich euch allen sorgen gemacht was ja klar ich wußte verdammt genau daß das nicht passieren wird & außerdem wenn tote wiederkommen ist es nicht wie als sie wiederkam einfach in ihrer strickjacke wie normalerweise sonst die sind immer vampire oder verrückt & gruselig stöhnen rum von rache oder sind gar nicht persönlich da rücken bloß zeug im zimmer herum unsichtbar wie die wie heißen die noch poltergeister oder fliegen vor den fenstern rum wie in Brennen muß Salem dem film da das sind bloß geschichten so war es nicht du wärst nicht so du wärst kein vampir mit dämlichen vampirzähnen du wärst einfach du aber was wenn sie jetzt sie ist wie sie ist sein muß unter der erde ihr gesicht ganz nein nein sie würde einfach da stehen ihre schwimmsachen an oder jeans & das oberteil vom schlafanzug wie zu hause so wie immer halt als ich dachte sie steht da danach konnte ich das nicht mehr sie mir leibhaftig herbeizitieren war wie gehirnamputiert & da waren nur noch die teile von ihr die von selber kamen es muß irgendwas geben wie man auch das unterbinden kann & dann hab ich die uniform gefunden sie war mir ein bißchen groß als ich sie anzog vorne ganz durchgeknöpft das mußte die Ersatzuniform sein die die sie nicht anhatte als offenbar nicht die uniform die ist es nicht denn als sie abstürzte die lag da einfach zusammengefaltet unter meinem Mantel die müssen sie beim spindausräumen vermißt haben ist aber niemandem aufgefallen denn falls doch hätten sie die bestimmt weggeschmissen das war mir vorher gar nicht aufgefallen deshalb war das ein zeichen ich dachte wenn ich reingehe könnte ich es endlich rauskriegen aber dann war da diese frau an der rezeption die immer auf die straße rauskam die hatte dienst heute abend war sie auch schon draußen gewesen ich war schon mal getürmt & dachte heute abend ist es vielleicht doch nicht optimal war es schließlich aber doch als ich wiederkam hatte ich den overall unter meinem fleece den hab ich an der tür ausgezogen ich wollte einfach durchschlüpfen beim reingehen so tun als wär ich eine neue angestellte die sie nicht kennt & damit sie nichts merkt aber als ich dann reinging schlief sie war total weg hatte den kopf auf dem schreibtisch ich mußte niemandem was erklären sagen warum ich hier bin niemand hat gefragt niemand mich angehalten nicht mal gesehen ich bin einfach die treppe rauf & hoch bis in die oberste etage wo es passiert war daß es in der obersten war wußte ich so stand es in allen zeitungen und dazu das schulfoto von ihr aus der sechsten SCHWIMMTALENT TOT   HIESIGE SCHWIMMERIN STIRBT BEI BIZARREM UNFALL   TRAGISCHER TODESSTURZ EINES TEENAGERS als ich sie mir in der bibliothek ansah den hohlraum fand ich durch abklopfen der wand   später kam dann diese frau von der rezeption rauf lise & fand mich warf mich aber nicht raus oder so sie war nicht zornig sie sagte das sei ja ein schöner dreck & daß sie es von der haustechnik in ordnung bringen läßt eigentlich war sie nett wenn sie über die straße kam fand ich sie immer gräßlich war sie aber gar nicht sie hatte diesen schlüssel einstecken mit dem man alle türen aufkriegt sie hat an eine angeklopft & als da niemand reagiert hat hat sie sie mit ihrem schlüssel aufgeschlossen & ist rein & kam mit einem Kleenex wieder raus meine nase war total zu ich hatte mühe zu atmen das kann mühsam sein wenn man geweint hat & ich hatte richtig geheult ich glaub wegen des aufzugsschachts weil ich den wirklich sah es war so dunkel darin dazu der muffige geruch das blöde war ich konnte den grund nicht sehen wie weit weg oder wie nah der war wie lange es dauerte oder wie kurz bloß ich wußte als ich ihn aufgekriegt hatte mir war wohl gleich klar daß das von all dem vielen traurigen das traurigste war daß es keine rolle spielte eigentlich nicht ob sie es hatte tun wollen oder nicht es spielte keine rolle ob so oder so bloß die tatsache daß sie den einen moment noch da gestanden hatte genau an derselben stelle wo ich stand & im nächsten nicht mehr & Lise hielt mir das Kleenex hin und fragte mich wo mein zweiter schuh sei ich beachtete sie nicht sie sagte wem gehört das ganze geld auf dem boden ich dachte wenn ich sie einfach weiter nicht beachte würde sie weggehen aber sie sagte es sähe aus als sei die wand ein riesiges groschengrab & daß ich den jackpot geknackt hätte da hätte ich fast lachen mögen denn genauso sah es wirklich aus als hätte die wand das ganze geld ausgespuckt oder so sie ging wieder in das zimmer rein & kam mit einem papierkorb wieder & klaubte das ganze geld auf & sagte ich müßte jetzt mit ihr runtergehen ich dachte sie ruft vielleicht die polizei an & wollte schon abhauen aber sie hatte mich am arm gepackt zog mich in ein hinterzimmer so was wie ein büro mit spinden & ein wasserkocher war auch da während sie jemandem seinen schlüssel gab & einen anruf annahm dann kam sie & packte mich am arm & sie stand vor einem geschirrschrank & hämmerte dran & die tür ging auf da lag lauter alter plunder rum & ein mann kam raus er war wie ein bär der in der plötzlichen helligkeit blinzelt als sei er gerade aufgewacht in seiner höhle er hat Sara gekannt hat die frau gesagt damit ich ihm meinen namen nenne & ihm hat sie gesagt ich bräuchte neue schuhe & er welche größe & kam wieder raus in einer hand ein paar Docs die schon ziemlich alt aussahen mit einem reißverschluß vorn & in der anderen ein neueres paar weiße knöchelhohe so ähnlich wie Nikes zum schnüren richtig schick so als wären die kaum getragen gewesen & die paßten auch richtig dann kam sie wieder hinter ihrer rezeption vor mit einem tischstaubsauger sagte ihm er soll raufgehen & damit dort saubermachen & fragte ob ich auch noch mal kurz raufgehen will deshalb fragte ich ob ich mir ihre uhr borgen darf falls die einen sekundenzeiger hat hatte sie & Lise reichte sie mir durch das geländer als ich hochging in den obersten stock der mann der Sara kannte stand da und starrte die wand an wie wow heilige scheiße er fragte mich warst du das ich nickte ich dachte jetzt gehts los er hat sich auf den boden gesetzt im schneidersitz & mir die ganze geschichte erzählt ich glaube ich wollte das gar nicht wissen aber dann war es doch erstaunlich zu erfahren daß sie kurz vorher noch fernsehen geguckt hatten & es war ein western über leute im schnee mit Warren Beatty & noch jemandem dabei & dann daß sie mit ihm um fünf pfund gewettet hatte daß sie in den aufzug reinpaßt & hat sie auch er hat sie drin gesehen ganz zusammengerollt oberkörper nach unten er sagte er wollte gerade einen satz sagen wollte sagen du hast wohl gelenke aus gummi denn der aufzug war ja höchstens groß genug für ein achtjähriges kind aber er war bis zur hälfte seines satzes gekommen da waren bloß noch die gerissenen kabel & als er mit seinem satz zu ende war war das geräusch des aufschlags schon vorbei o Gott aber von der Sache mit dem zusammengerollt wußte ich schon denn darüber hatte ich schon etwas in der zeitung gelesen & deshalb war das für mich eigentlich nichts neues er schüttelte den kopf hatte die hände in die augen gebohrt & als ich wieder hören & wieder denken konnte ohne dieses sirren in den ohren wie von was elektrischem zum beispiel wie von seinem scheiß uiiieee rasierapparat was ich eigentlich gar nicht hatte wissen wollen eigentlich hatte ich bloß das machen wollen & ging deshalb rüber an die stelle ich hatte meinen anderen turnschuh ja übrig den konnte ich dafür nehmen ich dachte das reicht & ich hatte die uhr und würde deshalb diesmal alles richtig machen & war vorsichtig warf ihn runter & hab gehorcht & als ich mich umdrehte hatte er jetzt seine hände weg von den augen der mann er beobachtete mich na ja ich war in dem moment im grunde sowieso fertig war schon fast weg die treppe runter aber der mann kam mir nach hielt mit dem fuß die tür für mich auf er machte so ein geräusch in der kehle hielt mir irgendwas hin ich wußte nicht was es war es war graublaues gefaltetes papier irgendwie abgeschabt er sagte folgendes sagte wir haben gewettet & ich schulde es ihr deshalb kann ich es ja dir geben ich glaube er meinte er schuldet es dir Sara ich faltete es auf & es waren fünf pfund er hatte den schein so klein zusammengefaltet daß er als ich ihn auffaltete lauter kleine rechtecke hatte als ich unten im erdgeschoß ankam saß jemand neues an der rezeption & ich dachte für einen moment ich würde erwischt & wäre dran wegen der wand & wollte einfach zur tür rausgehen als ob ich ein hotelgast wäre die tochter eines gastes oder so was aber da kam diese Lise wieder von hinten vor & nahm mich wieder dahin mit & setzte mich an einen tisch bestellte mir ein englisches frühstück das stand auf der speisekarte ich sollte mir eins aussuchen ich gab ihr die uhr wieder es war halb eins ich war eine ewigkeit da oben gewesen & hatte es gar nicht gemerkt Lise ging weg & kam mit dem frühstück wieder es war riesig zwei eier nicht bloß eins speck zwei würstchen so ein rundes schwarzes zeug das war glaub ich blutwurst weiß ich aber nicht genau bohnen waren dabei in einer schüssel separat von dem andern allen vielleicht falls jemand bohnen nicht mag es gab massen von toast die scheiben in dreiecke geschnitten stapelweise auf einem teller den sie glaub ich noch extra geholt hat jeder nahm was davon die neue an der rezeption hat sich auf einem teller was mitgenommen & ein mann in einem overall kam & nahm sich was der war echt nett zu mir & der mann aus dem obersten stock der dich kannte nahm sich auch was als er runterkam die butter war in so kringeln in weißen schälchen es gab verschiedene marmeladen sie waren in gläsern noch kleiner als mein daumen man konnte es sich aussuchen himbeere oder erdbeere oder aprikose oder schwarze johannisbeere das frühstück war toll es ging aufs haus ich hab gar nicht alles essen können die andern alle haben dauernd gesagt komm iß noch was du schaffst es schon es war richtig nett die haben mir dauernd den rücken getätschelt so als würden sie mich seit ewigkeiten kennen oder so alle waren nett dann hat diese Lise mich nach hause gebracht war komisch mit den neuen Nikes heimzugehen der boden hat sich anders angefühlt so als wär luft zwischen dem & mir sie ist draußen stehengeblieben bis ich die tür zugemacht hab hat zum abschied gewinkt das war komisch weil so gut & so traurig auf einmal auf dem heimweg hat sie zu mir gesagt ich sähe aus als brauchte ich mal schlaf ich hab ihr erzählt daß ich kaum schlafe & sie daß sie zuviel schläft & ich könnte was von ihrem schlaf abhaben sie würde mir paar stunden davon schicken stell dir mal vor wenn das ginge jemandem paar stunden leihen die du nicht brauchst das wär so cool wenn das ginge man könnte sie in einen umschlag stecken

& mit der post schicken hab diese stunden gesehen & an dich gedacht aber komisch nein haha seltsam daß das auch so traurig sein konnte zum beispiel ich war da & fühlte wie traurig es war & im nächsten moment aß ich dieses gigantische frühstück & hatte diese tollen Nikes an & fühlte mich so gut wie schon ewig nicht das ist ungefähr genauso wie das buch lesen & plötzlich hört die geschichte auf weil es so aussah als wär sie zu ende während sie in wirklichkeit nicht zu ende war sondern weiterging & es ist in ordnung erleichtert zu sein daß sie weiterging weil es eigentlich okay ist daß sie weitergeht das ist sogar gut irgendwie wie bei der sache mit dem datum wo alle in der klasse von mir erwarteten daß ich was fühle & ich für einen beschissenen moment vergessen hatte was ich hätte fühlen sollen so als hätte mir jemand mit der post einen moment erleichterung geschickt einen moment mal was anderes ich hab diesen moment gesehen & an dich gedacht das ist wie heute abend wo es anfing wie immer & dann etwas ganz anderes wurde etwas unerwartetes so als ob irgendwo irgendwer diesen abend gesehen & an mich gedacht hätte

& weil du ziemlich zeitig weitergingst nachdem du fort warst fing ich während ich hier lag an listen von den ganzen sachen zu machen die vielleicht auch in dir steckten eine schwimmerin eine schwimmerin offensichtlich aber das dumme ist du hättest alles mögliche sein können ärztin jemand der in einem laden pullover verkauft schuhe in einem schuhladen zeitungen in einem zeitungsladen jemand der sich um die bäume & büsche kümmert im gartenzentrum verstehst du in der schule reden alle bloß übers millennium das ist das millennium was machst du am millennium fünfhundert wörter darüber wie du im millennium die welt zu einem besseren ort machst & ich kann bloß daran denken daß die liste der dinge die du noch hättest machen können nie zu einem ende kommt die geht ewig weiter da kommen andauernd neue sachen drauf du hättest fernsehtierärztin werden können oder die sachen am computer machen zu denen sie uns in der schule immer anhalten & personalchefin oder hättest heiraten können oder diejenige im krankenhaus sein die gerade dienst hat als ein mädchen das in einen aufzugsschacht gestürzt ist gebracht wird & dann wär die geschichte für dich weitergegangen wie in Emergency Room statt aufzuhören ich glaub die sendung würde sich niemand ansehen wenn sie jedesmal aufhörte wenn einer von den reingebrachten stirbt die geschichte geht immer weiter für die ärzte & schwestern jede woche & in Casualty genauso obwohl es immer auch patienten gibt die ihnen wegsterben stell dir mal vor die geschichte würde enden bloß weil es mit den leuten zu ende gegangen ist da gäbs überall im land nur noch leere fernsehbildschirme fünf minuten nach dem anfang jeder episode würden die leute auf ihre fernseher draufhauen ihre fernbedienungen durchs zimmer werfen unruhen brächen aus ich seh für dich fern falls du es verpaßt ich bleib bei Brookside für dich auf dem laufenden das ist müll ernsthaft & nicht bloß George Clooney ist bei ER weg sondern es geht das gerücht Carol ginge auch da wärst du ganz schön sauer dabei ist es ja komisch wenn ich mir vorstelle daß du das vielleicht gar nicht weißt wo das sonst doch jeder auf der ganzen weiten scheißwelt weiß & wenn ich ein stück toast esse dann langsam damit ich mir für dich merken kann wie es schmeckt erst der angebrannte geschmack dann der geschmack wo die butter geschmolzen ist & dann der marmeladegeschmack wie heute abend dann der gröbere geschmack wenn du zur kruste kommst alles was ich esse esse ich langsam damit ich begreife wie es wirklich schmeckt zum beispiel eine orange oder was immer & huhn & kartoffeln mit einer sauce von der ich weiß daß du sie mochtest zum beispiel heute mittag gab es tiefkühlerbsen die schmeckten so nach erbsen wie tiefkühlerbsen eben schmecken weißt du noch & einmal bin ich auf die armlehne der couch gestiegen als niemand sonst im zimmer war & hab deinetwegen die hand auf die türkante gelegt dahin wo das holz noch bißchen so rauh ist da ist sie nicht gestrichen ich glaub die ist überhaupt nie gestrichen worden seit wer auch immer das haus gebaut hat da ist der staub von zig jahren drauf & schichtenweise zeugs drüber ich glaub die ganze scheißfamilie ist in schichten dort mitsamt der katzen & als ich wieder runtergestiegen war hab ich den samt vom ruhesessel angefaßt damit du weißt wie er sich anfühlt obwohl mir bei samt ein schauer über den rücken fährt wie wenn man mit dem finger über eine der alten vinylsingles aus seiner sammlung kratzt nicht du ich & ich seh mir dinge genau an damit du wenn du das willst weißt wie die aussehen die neuen autos zum beispiel die hab ich auf dem autotransporter in die stadt kommen sehen & die waren so neu daß sie nicht mal nummernschilder dranhatten die waren echt cool sahen echt glatt aus richtig gut richtig schnell denn die autos werden schneller & ich bin am schwimmbad gewesen ja am schwimmbad damit ich das auch für dich mitriechen kann den geruch des wassers & die chemikalien & das shampoo der geruch ist von dir dienstag vorige woche war ich in der mittagspause da waren planschende kinder da einer ist reingesprungen ein richtiger blödmann er ist zu hart aufs wasser geknallt hat schmerzhaft geklungen kannst du ruhig glauben ich kenn das schwimmbad obwohl ich da früher nicht hingegangen wäre nicht für alles geld in der welt nur über meine leiche haha kapiert hör mal kommt ein hund in eine bar im wilden westen & geht gleich vor zum tresen & sagt ich such den mann der meinen alten herrn erschossen hat oder ist das ein blöder kleineschwesterwitz & vielleicht hörst du ja sachen wie so einen witz eh gleich wenn sie passieren vielleicht hast du ja zugehört als Laura mir den im zeitungsladen erzählt hat ich weiß ja nicht ob ich mir die merken muß damit ich sie dir später erzählen kann & deshalb hoffe ich jetzt du bist nicht angeödet weil du den schon kennst & schon gehört hast kennst du den über den mann der ein papiergeschäft gebaut hat das dann weggeweht worden ist vom wind ich werd noch verrückt rede mit einer toten jemandem der tot ist & nichts hören kann & mit dem rede ich hier erzähl ihm witze großer Gott ich verlier den verstand Clare Wilbys verstand bitte dem kundendienst melden ich selber bin der witz ich selber bin doch ein witz mein herz schnellt wegen irgendwas so schnell es rast vor mir her irgendwie erstaunlich einfach so mit ihr zu reden erstaunlich weil ich jetzt dauernd mit ihr rede & wir früher kaum geredet haben jetzt aber ständig ich krieg das nicht in den kopf wenn jemand tot ist kann derjenige lebendiger sein als ers zu seinen äh lebzeiten war das ist doch irre das ist zum verrücktwerden wirklich ich darf nicht so denken das ist rückständig das ist behindert wenn jemand wüßte daß ich die süßigkeiten dort gelassen hab würden sie mich in eine anstalt einweisen aber ich weiß nicht was da anders sein soll ist es okay blöde krokusse zu pflanzen dabei weiß ich nicht ob sie krokusse überhaupt gemocht hat aber süßigkeiten das weiß ich die hat sie gemocht denn sie hat mir gezeigt wie man den zuckerstaub ableckt & wie ein toffee aussieht wenn man das gemacht hat schmuddeligweiß sie hatte es zwischen den zähnen hat den mund aufgemacht damit ich es sehe sie sagte das kann man so oder so essen entweder wenn der zucker noch dran ist das toffee gleich ganz fest kauen das war die eine variante & der eine geschmack oder man konnte auch erst den zucker absaugen & es danach kauen & das war der andere geschmack deshalb dachte ich toffees da hinlegen wäre genauso gut womöglich sogar besser denn sie aß so was gar nicht mehr um fürs schwimmen abzunehmen damit sie noch schneller wurde ich weiß noch wie sie mir das eine in ihrem mund gezeigt hat das war ganz hell weil es rundrum von ihrer spucke bedeckt war das ist so verrückt ich werd verrückt wenn jemand wüßte daß ich solche gedanken gehabt hab oder herumgerannt bin und einer toten süßigkeiten auf den friedhof gebracht hab die sie ja gar nicht essen kann oder ich krieg das immer noch nicht zusammen eine tote & sie eine tote & daß diese zwei sachen dasselbe sind wo geht das hin wo ist sie hingegangen wie geht das den einen moment läufst du noch rum & den nächsten kannst du das nicht mehr so als ob du gerade hochgehoben worden & in den himmel verschwunden wärst oder um eine ecke gebogen & von der kruste der welt abgestürzt & niemand kann dich anrufen oder irgendwas & ich hab ja gesehen was mit dieser maus passiert ist die wir in den schuppen gesperrt hatten nachdem Fluff sie gefangen hatte die hat nicht geblutet stand aber unter schock hat mum jedenfalls gesagt wir haben sie auf eine untertasse gestellt & eine andere untertasse mit wasser danebengestellt aber als wir aus dem urlaub wiederkamen & die schuppentür aufmachten waren nicht mal mehr knochen da bloß ein schwarm weißer dinger die auf der untertasse hin & her krochen wir haben alles weggeschmissen die untertasse auch & außerdem & außerdem sind da diese vielen regeln wie zum beispiel als Teresa Drewe ihre familie ist katholisch sie war vor der Bourne's an einer katholischen schule als sie im kunstunterricht zu mir kam als wir die zeitkapseln gemacht haben & mir erzählt hat wie heilige zu heiligen werden nämlich weil sie so schmerzhafte tode durchstehen müssen vielleicht war es deshalb gut so zu gehen hat sie gesagt aber dann wollte sie wissen ob es stimmt daß es absichtlich war denn das hieße sie käme nicht in den himmel & daß die erde in der sie begraben liegt zu unangereicherter erde wird tja es war ja nicht mit absicht oder & das mit den leuten die sogar teile von toten heiligen mit sich herumtragen damit sie beschützt oder gesegnet sind oder was immer solche gibts ja das sind die leute die diese echten weißen kaninchenpfoten als glücksbringer am schlüsselring haben wie onkel Martin sie uns mal gezeigt hat wo die krallen des kaninchens noch dran waren na ja ich glaub das taschentuch in der kommodenschulade das mit dem taschentuch in der kommodenschublade ist irgendwie genauso obwohl ich nicht keins drinhaben möchte es gefällt mir daß ich weiß es ist drin aber erzählen würde ich das bestimmt niemandem oder gar zeigen denn das würde jeder eklig finden & behindert aber Sara das weiß ich Sara würde lachen sie würde lachen über den staubsauger wenn sie hier wäre dann würde ich sie auf den arm nehmen damit daß sie jetzt so leicht ist so überhaupt nicht mehr schwer & bei ihrem schmetterling leicht die 45 hundertstel wegkriegt sie könnte sogar leicht noch die schnellste schwimmerin auf der ganzen blöden welt werden wenn sie wollte falls sie das wollte so leicht ist sie jetzt daß sie so schnell sein könnte wie der wind so schnell wie das licht ich würde das sagen & sie würde mir einen klaps auf den kopf geben die strenge miene im gesicht & mir die haare strubbeln wie typisch dumme kleine schwester & ich überleg ja ob ich ihr ein bißchen ähnlich sah als ich die uniform anhatte eigentlich sahen wir uns ja nicht ähnlich aber ein bißchen vielleicht doch ein bißchen werd ich wohl ausgesehen haben wie sie ein bißchen

& weil die teile von ihr immer noch nicht kommen heute nacht Gott sei dank noch nicht gekommen sind sie sinds nämlich nicht sondern mein herz das so schnell schlägt davon kann ich nicht einschlafen & von dem scheißlärm da drüben wo er immer noch scharcht ich fasse es nicht wie jemand soviel schnarchen kann & trotzdem nicht aufwacht er hat einen festen schlaf haha das ist die untertreibung des jahres des jahrhunderts des millenniums es klingt als bohrte jemand ziegel aus der hauswand als mähte jemand den teppich mit einem rasenmäher ohne motor einem den man schieben muß bloß daß der genauso laut ist wie ein motor oder noch lauter da ist es kein wunder wenn ich nicht schlafen kann seit monaten nicht mehr ordentlich gschlafen hab ob diese Lise mir ein paar ihrer schlafstunden schickt das war nett ich erinnere mich gar nicht daß er vorher auch schon so geschnarcht hat entweder er schnarcht oder er steht auf er wird jeden moment aufstehen & dann kommt gleich wieder dieses nervige uiiieee ein neuer morgen & er ist jetzt andauernd daheim & fuhrwerkt dreimal am tag mit dem rasierer an seinem gesicht rum ich weiß gar nicht mehr wie es vorher war bestimmt anders ich glaub er meint ich wär dauernd anmaßend nicht bloß weil ich keinen mucks von mir gebe sondern weil ich diejenige bin die noch da ist & noch was weiß ich genau wenn mich jemand in ein schwimmbecken schmeißen würde & mich müßte man auch schmeißen denn selber vom brett oder vom rand springen und tauchen was sie konnte das würde ich nie ausgeschlossen & deshalb wenn mich jemand reinschubste würde ich sofort auf den grund sinken & das wäre so peinlich denn dann müßte jemand der schwimmeister wahrscheinlich reinspringen & mich retten mich vom grund hochziehen als wär ich eins dieser schwimmbretter mit denen die leute manchmal üben mir wärs recht bloß ein ohr bloß ein auge bloß eine wimper zu sein die fortgeweht wird so als hielte mich jemand auf der fingerspitze & wünschte sich was während er mich sacht fortpustet wie ein echt echt winziges kleines stückchen von ach keine ahnung hm blatt es wär eine erleichterung bloß das zu sein nicht dies hier mit seinen füßen & händen & seinem kopf der dauernd was denkt hast du ein glück Sara o Gott was hab ich Gott nein so mein ich das nicht Sara das wollte ich nicht damit sagen nein sie hatte die erstaunlichsten wimpern so lang länger als bei allen die ich je gekannt haben werde & die gab es bloß an den enden deiner lider sie klappten jedesmal runter & rauf wenn du die augen zu & aufgemacht hast oder bloß geblinzelt wie wir alle das tausendmal am tag machen wo sind die hin deine wimpern wurden sie verletzt am samstag als ich mit mum bei Sainsbury war ist was komisches passiert sie saß an der tür während ich an der kasse bezahlt hab sie haben mir das wechselgeld & den bon gegeben & ich das schon zusammengeknüllt um es in die hosentasche zu stecken & da fiel mir auf unten auf dem bon steht auf wiedersehen & bitte beehren sie uns bald wieder & dann ging ich wieder rüber zu mum sie saß neben den zeitungen & da fiel mir aus heiterem himmel etwas ein dieser abend ziemlich gegen ende als ich mich fürs bett fertiggemacht hab & du schon im bett warst du hast mich angesehen ich sah im dunkeln deine augen du hast mich bloß angesehen weiter nichts aber dieses schauen das war ich weiß nicht auf einmal richtig schrecklich ich war innen ganz voll davon es hat mich wütend gemacht es hat weh getan ich war ganz voll davon wie eine tasse ein ausguß eine badewanne ein schwimmbecken ein fluß das becken des ozeans oder was immer mit wasser gefüllt ist du hast es reingetan & ich war voll davon & bekam nicht mehr richtig luft das wasser stieg mir bis über die nase so als wär ich zu klein & es zu tief Sara weißt du noch du hattest den einen tag in der woche in der du das erste mal ins hotel arbeiten gegangen bist magenschmerzen & weißt du noch du hast dieses rosa zeug genommen das aus der flasche mit dem plastikbecher obendrauf sie stand im nachtschränkchen immer ganz hinten in deinem an deiner seite des betts ich hab es durchsucht bevor sie es weggebracht haben & den becher gefunden es war eine woche nachdem du & da war noch ein rest von dem rosa zeug drin den du nicht getrunken hattest der war in dem becher verkrustet ich hab ihn mit den fingernägeln rausgepult er war geformt wie das becherinnere & hatte unten sogar den abdruck der aufschrift vom becherboden bloß rückwärts erstaunlich was das ist interessant äh er liegt jetzt hinten in meinem nachtschränkchen ich werd ihn behalten solange es geht denn ich weiß nicht wie lange das noch hält es sieht jetzt so papieren aus ist nachgedunkelt riecht nach nichts aber ich hab vorsichtig dran geleckt es schmeckt irgendwie süß bescheuert ich weiß aber ich hab es nicht wegtun können das ist ein bißchen wie die fünf pfund die er dir geschuldet hat die hab ich auch in das nachtschränkchen getan die geb ich nie aus sind ja deine & das bedeutet auf eine art vielleicht du weil es du bedeutet & ruft dich zurück oder du falls du weißt daß es da liegt kommst wieder & holst es dir denn es gehört ja dir auch wenn nicht ich heb es für dich auf es ist wertvoller als alles andere ich hab den schein zwischen zwei büchern geglättet Linda Goodmans Sun Signs & deinem wörterbuch aus der schule das ist voll mit wörtern die du hättest nachschlagen können wenn ich mir das ansehe überlege ich jedesmal von welchen wörtern du die bedeutung herauskriegen mußtest es ist komisch wie viele wörter da stehen & nichts wird je gesagt das ist als hätte ich mit meinen gedanken so viele wörter in dieses zimmer ausgesandt inzwischen ja nicht mehr unseres sondern meines daß ich richtig in ihnen schwimme ha schon eher versinke die liegen jetzt bestimmt schon mehrere meter hoch hier rum vielleicht schwimmt das bett darauf wie ein schiff ein ruderboot nein vielleicht bin ich schon drin ertrunken & atme wie ein fisch durch kiemen von deren besitz ich bisher nichts wußte vielleicht bin eine bessere schwimmerin als ich dachte & geh hier schwimmen & schieße hin und her wer braucht schon sauerstoff ich bin eine großartige schwimmerin Gott so lange wachbleiben ist allemal besser als drogen jetzt schwimm ich an deck eines bootes herum & das boot ist unter was ist das wort für tiefes wasser kilometertief unter all diesen wörtern die ich nicht gesagt hab wie ist das sind wörter leicht oder schwer kommt sicher darauf an was sie aussagen oder nicht sagen na ja wörterbücher sind ja wohl mal nicht leicht oh ich glaub das war ein vogel nicht da ist immer einer der den ganzen blöden schwarm ansteckt mit seinem getschilpe nicht mehr lange bis zum morgengrauen bis der morgen anbricht wie am ersten morgen wie dieses lied aus der schule die amsel hat gesprochen etc gesprochen hahaha schon eher gekreischt ES IST WIEDER MORGEN ALLES AUFSTEHEN RAUS AUS DEN FEDERN als ich klein war dachte ich immer tagesanbruch das wär wie licht einschalten in einem dunklen zimmer aber in wirklichkeit ist das licht eigentlich grau & kaum wie licht eher wie schwindendes licht ich glaube der erstaunlichste morgen den ich je gesehen hab war der mit dem tiefliegenden nebel das licht kam raus wie sonst auch aber ich konnte nichts sehen bloß nebel als wär ein block licht durch den niemand durchsehen konnte zwischen dem fenster & dem rest der welt eingekeilt als gäbe es das draußen nicht mehr & als der tag anbrach verzog sich der nebel hob sich wie ein vorhang über dem garten so als schöbe ihn irgendwer nach hinten weg ein erstaunlicher anblick die welt kam wieder Gott diese schreckliche nacht in der sie das erste mal verschwand das war zeitig war viel früher als es jetzt ist erst läutete das telefon davon wachte ich auf dann klopfen an der tür & ich stand auf ich stand an unserer zimmertür & die waren schon in der diele der polizist & die polizistin standen da dad war schon angezogen aber oben guckte ein stück schlafanzughose unter dem gurtband seiner arbeitshose vor dann mum flach an der wand lehnend der polizist stand neben dad den helm unter dem arm dad sah klein aus neben ihm so als hätte er sich was am rücken getan & da sank mein herz ich merkte irgendwas war passiert das haus hatte sich verändert irgendwas war durch die tür hereingekommen & hatte es verändert nicht nur unser haus sondern alles davor auch so als wär da alles zerschlagen worden aber jemand hätte es wieder zusammengeleimt bloß in der falschen reihenfolge & draußen war es von allein hell geworden niemand in der diele hatte was dafür getan es kam sowieso wie immer das scheiß tageslicht

& weil es seitdem gut ist wenn ich weiß wofür das so ist & wofür man aufsteht & frühstückt & mehr vom gleichen & den nächsten tag wieder

& weil frühstück ich hatte das vergessen wirklich richtig gut schmecken & riechen kann

& weil du Sara immer nach besonders gereinigtem wasser gerochen hast & weil du jetzt bloß luft bist nicht mal mehr luft keine ahnung was eigentlich

& weil du nachdem wir aus der schule heimgekommen waren den tisch gedeckt & dazu mit den messern das was im radio spielte oder aus dem fernseher kam auf der kredenz mitgetrommelt hast

& weil ich das foto von uns beiden von voriges jahr weihnachten hab es liegt im nachtschrank unter dem wörterbuch da findet er es nicht keiner von den beiden findet es da & deshalb kann es ihr auch nicht an die nieren gehen ist es okay daß ich es hab

& weil du über den staubsauger lachen würdest & über das mit dem taschentuch & das mit dem rosa zeug in dem becher ich weiß es

& weil du mich diesen einen tag richtig fest an den haaren gezogen hattest

& weil du ganz schönen ärger gekriegt hast als mum mir die haare gebürstet hat & dann ein ganzes büschel in der bürste war

& weil es seitdem an der stelle nie wieder richtig nachgewachsen ist

& weil du besser fluchen konntest als alle anderen

& weil du mir die arme blaugehauen hast nachdem ich dich mit deiner flucherei verpetzt hatte

& weil ich an meinem ersten tag an der Bourne's den neuen blazer anhatte & die ganzen mädchen aus deinem jahrgang deine freundinnen sich am südeingang um mich gedrängt gesagt haben ich wär deine kleine schwester keine ahnung ob du das überhaupt gewußt hast

& weil ich immer auswendig wissen & niemals vergessen werde wie es klang wenn du im dunkeln geatmet hast

& weil ich in der einen nacht ich war elf als sie den alten song über die lange gewundene straße im radio spielten aus irgendeinem grund keine ahnung warum angst bekam daß die erde voller toter leute ist sogar die erde rings um die blumen im garten & dir das aber nicht erzählt hab ich lag in meinem bett du lagst in deinem du hast gesagt was ist hast du angst du wußtest es ohne daß ich es zu sagen brauchte & bist rüber in die küche & hast toast gemacht & ihn mit rübergebracht & bist zu mir mit rein & wir haben ihn gegessen ich bin auf dir eingeschlafen & am nächsten morgen aufgewacht & da lag der teller noch auf dem bett & überall krümel auf der decke als beweis daß es wirklich passiert war

& weil du unter wasser so lange den atem anhalten konntest

& weil du darin gehen konntest im wasser meine ich denn einmal als das schwimmbad fast leer war ich saß oben auf der besuchertribüne du warst unter mir da hast du im tiefen das wasser getreten & ich hab gestaunt ich weiß noch daß ich überlegt hab wie schafft sie das im tiefen wasser obenbleiben als würde sie bloß auf der stelle rennen wie schafft sie das schwimmen wo drunter nichts ist

& weil du jetzt vielleicht sogar auf luft gehen kannst

& weil ich wo immer du jetzt sein magst weiß du paßt auf daß wir ich & mum & dad in sicherheit sind

& weil du im schwimmbad warst diese vielen male dort warst definitiv ich hab dich gesehen seh dich jetzt noch ganz oben auf dem obersten sprungbrett hoch viel höher als die zuschauerplätze so daß wir alle zu dir hochgesehen haben während du runter aufs wasser sahst da ist immer der eine moment bevor du springst wenn du wartest bloß für den bruchteil einer sekunde das sieht aus als würdest du vielleicht doch nicht springen kannst es noch lassen wenn du das möchtest & muß man das denn & dann hast du es trotzdem immer gemacht einen Schritt vorwärts hast das brett nach unten gedrückt & nach oben federn lassen dann die arme hoch & du warst in der luft bist gefallen das war immer so verdammt herrlich du bist so leicht durch die luft geschossen als läge die wunderschön ausgebreitet da wie ich weiß auch nicht was wie ein fisch wie ein heißes messer durch butter so als tauchtest du bloß wie üblich ins wasser

& weil du als du schließlich ganz gegangen bist & du bist gegangen die arme & beine nach unten gestreckt ich weiß ich weiß warst ja eingeklemmt ich weiß & dann war es mit allem aus mit den zerteilten oberflächen aller wasser aus &

vorbei trotzdem Sara hör zu auch wenn du auch wenn du dich nicht rühren absolut nichts machen konntest hör zu warst du schnell du warst wirklich richtig schnell ich weiß es denn ich war heute abend da um es mir anzusehen & du warst so schnell ich kann es immer noch nicht glauben wie schnell du warst unter vier sekunden keine vier drei & noch ein bißchen was länger hast du nicht gebraucht ich weiß es ich hab für dich gestoppt

Gegenwart

Morgen.

Der Garten ist naß nach dem Regen vorige Nacht. Winter, und es kommt noch mehr davon; ringsherum ist schon alles schäbig durch die Überbleibsel des Jahres, und dabei dauert es noch drei Monate, bevor alles erstirbt und der Frühling langsam wieder sichtbar wird.

Gelb und Rot hängen im Baum, kleine, ungenießbare Äpfel sind angepickt oder runtergefallen. So oder so, die noch am Baum und die auf dem Boden sind für den Frost. Es sind noch Blätter an den Zweigen, doch die neuen Blätter nach ihnen, fest in ihrem Innern verschlossen, schieben sie allmählich fort. Der Flieder ist kahl. Der Rhabarber hat sich eingerollt und in die Erde zurückgezogen. Zwei seiner riesigen Sommerblätter, als Regenschutz über den Rasenmäher gebreitet, sind festgeklebt und faulen auf dem Metall der Schneiden und des Gehäuses. An den Stellen, wo die Kälte darüber hinwegfuhr, sieht das frische Gras versengt aus. Die Forsythie ist ein Gewirr toter Stöcke. Aber die Geranien blühen noch. Die Tagetes. Die Gänseblumen und die Glockenblumen blühen endlich. Die Zistrose blüht immer noch. Kleine Fliegen hängen in der Luft, neu und unbekümmert. Die Wucherblume ist grün. Das Filzige Hornkraut ist grün. Der Stachelbeerbusch bringt sogar so spät im Jahr ab und zu noch eine grüne Stachelbeere unter den Blättern hervor. Wenn die Vögel die finden, picken sie daran; es sind immer noch viele Vögel am Himmel, im Garten, in den allmählich sichtbar werdenden Ästen.

Morgen. Einige Geister sind bereits auf den Beinen.

Eine Tragetüte von Marks and Spencer, vom Wind an einen Zaun gehängt, kann die Geister von tausend nicht mehr jungen, aber noch nicht alten Frauen dazu bringen, noch einmal an den Pullovern und Strickjacken vorbeizugehen, durch die Gänge und Abteilungen der noch nicht geöffneten Geschäfte zu streifen, noch einmal sehnsuchtsvoll die Wolle an den Ärmeln der neuen Winterkollektionen zu befingern, wenn sie nur könnten, sich noch einmal Kleidungsstücke vorzuhalten und den Geruch des Neuen einzuatmen, während die Gespenster ihrer Ehemänner mit verschränkten Armen, gelangweilt, ewig ungeduldig an der Tür warten.

Hoch im Norden in einer Straße einer Stadt in den nebligen, kalten, kalten Highlands steht das Gespenst von Mrs. M. Reid noch einmal vor dem, was früher ihr Laden war. Hier hat sie Zuckerstangen und Bonbons, Kaugummi und Lakritz, Pfefferminz, Hustenpastillen, Blockschokolade, neue, fabrikmäßig hergestellte Süßigkeiten und Toffees verkauft, die sie an der Rückseite des Geschäfts selbst hergestellt hat, dort, wo heute ein geteertes Rechteck als Parkplatz dient. So viele in Gläsern ausgestellte und im Lauf der Jahre so vielen Leuten verkaufte Plombenzieher, und sie hat sie alle eingetütet, abgewogen, verpackt und das Geld dafür entgegengenommen. Gestern haben zwei Männer das Ladenschild an der Front über Keiths' Schreibwaren abgeschlagen, denn Keiths' Schreibwaren bekommt ein frisch designtes Schild, und weiter unten an der Ladenfront ist das alte originale noch dran, und darauf steht, und das seit siebzehn Jahren, was schon Ewigkeiten – unbeleuchtet unter all den anderen – darauf stand, seit Mrs. Reid es hatte malen lassen, um den Laden wiederzueröffnen nach dem Tod ihres Gatten, eines Mannes, der ihr das Führen eines Geschäfts verboten hatte, weil ihm das peinlich gewesen wäre, eines Mannes, den sie nicht besonders gemocht hat, weshalb die Leute in der Stadt, wenn sie sonntags in der Freikirche ihr Pfefferminz lutschten, das Gerücht – von ihnen selbst in die Welt gesetzt – durchhechelten, sie hätte eigenhändig dafür gesorgt, mit heißer Schokolade, auf die fremdländische Art zubereitet, blockweise über der Hitze geschmolzen und mit Rattengift versetzt; aber derlei berührt sie jetzt nicht, wo imposant und ganz *fin de siècle*, mit einer Farbe, die bis heute nicht verblichen ist, wieder oberhalb ihres Firmensitzes geschrieben steht und das Licht des Tages erblickt: Konditorei ~ Eigt. ~ Mrs. M. Reid.

Im Süden des Landes und bis über seine Grenzen, nur fort von den gesammelten Reihen der Geister der sich seit Jahrhunderten im Zorn erhebenden nordmännischen Krieger, die ihre Wunden entblößen und ihre warzigen Schilde schwenken, lächelt der Geist Dianas, der Princess of Wales, ein berühmter, königlicher Geist, der Geist einer Rose, Geist in einer Million stammelnder Wohnzimmer, Geist heute wieder auf den Seiten der Morgenausgabe der *Daily Mail*, die immer noch damit Auflage macht, daß sie ihr ein Leben einhaucht, das jedesmal ein bißchen veralteter ist, lächelt schüchtern und lieb als Mädchen, mit Tiara, in Reitjackett, mit Baby auf dem Arm, mit Blumenstrauß, auf bezaubernd-schickliche Art zur Seite blickend, aus einer Kutsche winkend; in ein paar Stunden, da ist der Morgen längst unterwegs, schwebt sie gnädig, kummervollen Blickes über den Zeitungsläden und Postämtern mit ihren quietschenden Postkartendrehständern, über all den Geschirrtüchern und Tassen, Tabletts und Toastern, verschönt durch ihr schönes, seelenvolles Gesicht die vielen Souvenirläden Englands an der Schwelle zu einem neuen Jahrhundert.

Ganz tief im Süden in der dunstigen Stadt geht der blasse Schatten Solomon Pavys, des Kinderschauspielers, der im *zarten Alter von dreizehn* vor fast vierhundert Jahren im Sommer 1602 starb, unwillig wiedererweckt und losgelassen, wann immer jemand die zu seinem Gedächtnis verfaßten Verse von Ben Jonson liest, der ihn, das Kind in der Theatertruppe der Königin, kannte, im wiederaufgebauten Globe Theatre um, fast so wie früher, wenngleich nicht annähernd gut oder schmutzig genug. Der bloße Gedanke an ihn streunt hinter der Bühne, auf den Galerien und in den Logen umher. Das Theater ist für die Saison geschlossen. Es ist noch zu zeitig für Besucher des Restaurants oder des mit Teppich ausgelegten Foyers. Dieses Jahr kamen hier viele Stücke vieler verschiedener Renaissanceautoren zur Aufführung, obwohl Solomon Pavy selbst (in den Klauen des klagenden Gedichts von Jonson, dank dessen ihm genaugenommen tröstliches Vergessen versagt blieb) es ja vorzog, Will lieber zu mögen, der die Irrungen schon vor seiner Geburt, die Ermordung Cäsars zu seinen Lebzeiten und Cleopatra, was ihn ewig reute, erst nach seinem Tod schrieb, der Junge, der immer nur alte Männer zu spielen bekam, der nie erfuhr, was für eine Julia er hätte sein können, hätte er seine Milchzeit erlebt, aber zum Henker die Julia, denn was für eine Cleopatra – o glücklich Pferd, Antonius' Last zu tragen! –, als er, mit hohem Stimmchen schweigend, die Bretterbühne quert, hinaus ins Kahle, Menschenleere, über die Mauer springt mit einem Satz, um längs des Flusses weiterzuschweben, über den Köpfen von Frühaufstehern, die zur Arbeit gehen, und denen, die, von der Arbeit kommend, heimwärts trotten auf dem ganz neu angelegten Weg. Und weiter dem Flusse folgend, der trübe weiterfließt, hinaus zum Standort des Millennium Dome, historisches Denkmal der Vergänglichkeit, das aufgemotzte Innere gefüllt mit Panik, Schwulst, hohlen Phrasen, Luft, indes das neue Jahr heranrückt, ein Strick, der vom Dach zu Boden fällt, versetzt sie für einen Moment zurück, die erstickten Geister, in den Tod gefallen an dem Galgen, der an der Stätte stand, bevor es irgendein Dome tat, schaukeln sie hierhin und dahin, vorbei an den schläfrigen Nachtwächtern, durch die verkabelten Sicherheitstore, von den Überwachungskameras als nicht vorhanden abgefilmt.

Landauf, landab, durch jede Stadt (na, sagen wir, der guten Ordnung halber, die Stadt, in der dieses Buch mit all seinem Gewicht und seiner Schwäche so fragil verankert ist) segelt, fest und zerbrochen, mit Verve und mit Zaudern, der Geist von Dusty Springfield, Popsängerin in den Sechzigern des zwanzigsten Jahrhunderts, durch das offene Fenster eines Reihenhauses an der Ecke Short Street. Sie zieht über die Straßen und die Gärten, die weite Siedlung und die Müllhalde, den schwarzen Kanal mit seinen stinkenden Ufern und das Schwimmbad und das Hotel mit seinen unberührten und zerwühlten Zimmern und hinauf in die Lüfte, und was an Stimme von ihr noch in die Stadt hinabsinkt, ist jetzt so leise, daß sie verweht und nicht mehr zu vernehmen ist. Womit nicht gesagt sein soll, daß sie nicht da ist; in der Short Street ist sie es unverkennbar mit The Look of Love, it's in your eyes, a look your heart can't disguise; das Haar türmt sich auf ihrem Kopf, und sie ist jung, mit schwarzen Augen, bewegt die Arme, als drücke sie etwas an sich, und dann, als sei es, ob geworfen, ob geflogen, fort; ein Blick, der soviel mehr besagt, als alle Worte es je können, ein Blick, den die Zeit nicht tilgen kann; sie sagt jedem, der ihr zuhört, jedem, der Ohren hat zu hören, daß sie gewartet hat, so lange gewartet hat, und die Nachbarn in und im Umkreis der Short Street, die fast jeden Werktagsmorgen um sieben von der Lautstärke geweckt werden, mit der ihr Song aus Nummer 14 dröhnt, liegen in ihren Betten, Kissen über den Ohren und Köpfen, und murren über dem zu frühen Kaffee, der zu hastig gemacht oder zu schwach oder stark geraten ist, brüllen die Schlafzimmerwände an, greifen zum Hörer und hinterlassen noch mal eine Nachricht beim kommunalen Bürgertelefon, blicken in Richtung Lärm erzürnt zum Fenster hinaus oder zur Tür, erdulden ihn finster bis zu den Achtuhrnachrichten auf Radio 4, geben dem Polizisten vom Dienst, dessen Schicht gleich endet, noch mal zum Mitschreiben die Einzelheiten durch, überqueren die Straße, um an die Tür von Short Street Nummer 14 zu klopfen und, falls er oder sie den Anstand besitzt aufzumachen, der Person abermals Prügel anzudrohen, verschlafen das Lied, hören zu oder singen gar mit dem Geist von Dusty mit, die jetzt fast durch ist durch ihren Song, schon beim letzten billigen Crescendo angelangt, und noch mal *don't ever go* schmettert, womit die drei Minuten zweiunddreißig Sekunden Song (und hinter ihm alle Zwei- oder Drei-Minuten-Songs über das Kommen und Gehen, den Gewinn und Verlust, den endlosen Kreislauf der Liebe und der Trivialitäten des Lebens, die es je gab) wie mit den ausgebreiteten grauen Flügeln gewöhnlicher Ringeltauben über einem Garten niedergehen, auf den noch feuchten Ästen des Holzapfelbaums landen und glatt und unaufhaltsam an ihr Ende gekommen sind.

Morgen. Die Frau, die jeden Morgen die Treppe und das Gehwegflaster mit dem darin eingelassenen Wort »Global« wischt, hat ihren Eimer geleert und samt Wischmop in den Putzschrank gestellt. Sie ist heimgegangen, schon vor Stunden. Das Wort »Global« ist immer noch sauber; es sind noch nicht viele Leute darüber hinweggegangen.

Die Kassiererinnen aus dem Supermarkt essen in ihrer Arbeitskleidung in Häusern in der ganzen Stadt ihr Frühstück (ausgenommen die, die nur Teilzeit arbeiten oder die heute ihren freien Tag haben; von denen schlafen viele noch in Betten oder bereiten für Kinder und Männer das Frühstück zu).

Den Leuten, die sich gestern ihr Rezept aus der Apotheke geholt haben, geht es heute besser, schlechter oder unverändert. Manche sind erkältet. Manche haben eine Infektion. Manchen fehlt auch gar nichts. Manche sind benommen und sollten heute nicht an Maschinen arbeiten. Bei manchen geht das Fieber rauf, bei manchen runter. Manche sind beim Schlafen gesund geworden und wachen erfrischt auf. Manche haben gemerkt oder merken es beim Aufwachen, daß die Einnahme von Medikamenten keinen Einfluß darauf hat, wie sie sich fühlen.

Die Leute, die gestern am Kino in der Schlange gestanden haben, um sich einen Film anzusehen, sind entweder schon wach oder schlafen noch. Ein kleiner Prozentsatz von ihnen erinnert sich überhaupt daran, im Kino gewesen zu sein.

Die Fahrlehrerin trinkt Horlicks zum Frühstück; Koffein macht sie nervös. Sie denkt daran, wie es sich anfühlt, der Fahrschüler tief in ihr. Ihr Mann kommt mit seinem Schlips nicht zurecht. Sie lächelt und beantwortet die Fragen, die er ihr stellt, denkt daran, wie es sich anfühlt, wenn sich der Junge im Auto an ihren Sachen vorbei in sie schiebt.

Der Fahrschüler liegt im Bett und läßt die Stunden, die er bisher hatte, Revue passieren. Ist sie eine gute Lehrerin? hat seine Mutter (die den Fahrunterricht bezahlt) ihn gestern abend gefragt. Ja, hat er gesagt. Ist rot geworden. Sie ist eine sehr gute Lehrerin, hat er gesagt, sie sagt, ich komm schon bald ohne ihre zusätzliche Steuerung klar, und mit der richtigen Stundenzahl werd ich die Prüfung leicht bestehen. Er fragt sich, was er sonst noch lernen wird.

Die Frau, die das Café betreibt, wartet in der Stille, die jeden Morgen vor dem Ansturm kommt. Sie hat sich ein Schinkenbrot gemacht und liest die Tageszeitung. Es geht schon wieder um unnatürliche Perverse; nicht so gut wie die Geschichte von gestern über die Leute, die von Haien gefressen wurden. Aber sie hebt ihre moralische Gewißheit, und dadurch fühlt sie sich gereinigt.

Der Mann, dessen Sohn gestern weggefahren ist und ihn winkend auf dem Gehweg hat stehenlassen, sieht aus dem hinteren Fenster in seinen Garten. Er hat für die Vögel Tüten mit Nüssen in die Bäume gehängt. Die Wintervögel machen ihm große Freude. Da ist ein Buchfink. Und da noch einer.

Der Mann, der sich über das Liebespaar geärgert hat, das sich gestern an der Bushaltestelle so betatscht hat, bittet seine Frau, ihm beim Schlipsbinden zu helfen. Komm her, sagt sie, nimmt ihn ihm aus der Hand, schlingt ihn ihm um den Kragen, schlägt das eine um das andere Ende, drüber, drunter, festzurren, fertig. Sie küßt ihn auf die Wange. Er geht in die Diele und sieht in den Spiegel; er ist aufgebracht, weiß gar nicht, warum. Er macht die Wohnungstür auf, ruft Wiedersehen.

Das Liebespaar, das gestern betrunken an der Bushaltestelle stand, liegt im Bett. Er möchte noch ein bißchen schlafen, aber jedesmal, wenn er die Augen zumacht, haut sein Kater sie ihm wieder auf. Sie ist wach, stippt die Asche einer Zigarette in eine Tasse. Lächelt auf ihn herunter; benommen lächelt er zurück.

Der Bauarbeiter sitzt auf einer Planke, die drei Stockwerke hoch in der Luft aus einem Dachboden herausragt, der ausgebaut werden soll. Mit seinem Bohrer wird er gleich auch den letzten wecken, der in den nahe gelegenen Häusern noch schläft. Es ist sowieso Zeit, daß sie aufstehen. Jemand, ein Mädchen, fährt auf einem Fahrrad vorbei. Er winkt runter. Kennt die Kleine aber nicht. Sie kennt ihn auch nicht. Winkt aber zurück. Morgen, Schatz, ruft er. Das hat ihn aufgeheitert. Er legt seinen Bohrer weg, läßt den Blick über die Häuser schweifen und beginnt, die Melodie eines Songs zu pfeifen, den er als Kind kannte.

Die Frau, die sich gestern die Straße entlanggekämpft hat, macht eins ihrer sperrigen Gepäckstücke auf. Es ist ein Plastikbehälter mit Orangensaft, groß wie ihr Oberkörper. Je mehr man kauft, desto billiger ist es. Sie hält ihn, gegen sich gedrückt, in der Schwebe und füllt vier Gläser. Die stellt sie auf den Küchentisch, vor jedes Kind eins.

Die Frau, die so dick ist, daß sie im Schwimmbad nicht in die Umkleidekabine gepaßt hat, liegt auf dem Bett. Sie liest ein Buch und ißt eine Banane. Ihre Katze hat es sich in ihren Bauchfalten gemütlich gemacht. Die letzte Viertelstunde hat sie damit verbracht, sich zu putzen und zu säubern, und schnurrt die Frau jetzt an, nichts als Liebe im Blick.

Die Verkäuferin aus dem Uhrengeschäft ist eben aus der Dusche heraus und sitzt, jetzt trocken, am Fußende ihres Betts. Ihre Haare hängen ihr übers Gesicht. Sie schiebt sie hinter die Ohren zurück. Bindet sich die Uhr um. Es ist nicht ihre eigene Uhr. Sie gehört jemand anders, einer Kundin. Ein Mädchen hat sie im Sommer gebracht und bis jetzt nicht wieder abgeholt. Es ist eine richtig hübsche Uhr; es gibt sie zu Hunderten, und alle sind gleich, doch bei dieser hier ist das Armband durchs Tragen bereits weicher geworden und fühlt sich deshalb auf dem Arm warm an. Seit der Reparatur geht sie ganz genau. Wenn die Besitzerin tatsächlich wiederkommt und sie abholt, wird die Verkäuferin hinter der Theke sagen: Hallo, hier ist sie. Ich hab mich schon gefragt, wann Sie sie abholen kommen. Ich konnte mir nicht vorstellen, daß Sie sie nicht mehr haben wollen. Es ist eine wirklich hübsche Uhr. Sie hat bestimmt nichts dagegen, denkt die Verkäuferin jeden Morgen, wenn sie die Uhr umbindet. *S. Wilby*, steht auf dem Päckchen in der Lade; die Verkäuferin hat die Reparaturaufträge durchgesehen, als Mr. Michaels auf der Verkäuferkonferenz war, hat es aufgemacht, sie herausgenommen und sich angesehen. Endlose Wochen lag die Uhr verschlossen in der Lade mit den reparierten Uhren, die alle separat in Tüten verpackt sind und vor sich hinticken. *S. Wilby. 27,90 £. Wasser im Uhrwerk.* Achtundzwanzig Pfund, eine ganze Stange für eine solche Uhr. Die Verkäuferin hat die Zeilen im Auftragsbuch durchgestrichen und *nicht abgeholt* danebengeschrieben, hat den Auftrag im Computer gelöscht, die Rechnung zusammengefaltet und in ihre Tasche gesteckt. Sie hat ihre eigene Uhr abgebunden. Hat sich die andere Uhr ums Handgelenk geschlungen. Die Schnalle hat ins übliche Loch gepaßt. Sie und S. Wilby haben gleich starke Handgelenke.

So etwas hat die Verkäuferin, die in dem Uhrengeschäft arbeitet, noch nie mit einer Uhr von jemandem gemacht. Sie ist über sich selbst überrascht. Schüchtern und schmächtig stand S. Wilby tagelang vor dem Laden und sah, ohne etwas zu sagen, die ganze Zeit auf ihre Füße; rätselhaft. Sie hat so getan, als sähe sie S. Wilby nicht. Sie weiß nicht, warum sie das gemacht hat. Offenbar war es das Richtige. Sie war nicht bereit. Der Zeitpunkt war falsch. Es war peinlich. Es macht sie heute noch verlegen, wenn sie daran denkt, und wenn sie es tut, spürt sie, wie in ihr kleine Flügel an die Brust schlagen oder jedenfalls irgendwas da drin sich dreht, verkrampft, arbeitet.

Die Verkäuferin aus dem Uhrengeschäft hat sich alle Wilbys aus dem Örtlichen herausgesucht und deren Nummern notiert. Eines Tages wird sie den Mumm haben, die alle nacheinander anzurufen und denjenigen, der dann abnimmt, zu fragen, ob es unter dieser Nummer eine S. Wilby gibt, deren Uhr zur Abholung bereitliegt.

In der Küche schüttet sie sich Müsli in eine Schüssel, danach Milch. Ihre Mutter ist bei der Arbeit. Ihr Bruder ist noch nicht aufgestanden. Sie holt sich einen Löffel vom Abtropfbrett. Sieht auf die Uhr. Fast acht. Sie wird zu Fuß zur Arbeit gehen müssen, er ist nicht auf. In einer Viertelstunde geht sie los, damit sie nicht zu spät kommt.

Jeden Morgen denkt sie das, als sie sich die Uhr umbindet. Heute wird es passieren. Sie wird ihre bloßen Hände auf die Theke legen und sagen: Ich möchte eine Uhr abholen, für Wilby. Die Verkäuferin aus dem Uhrengeschäft zeigt die Uhr an ihrem eigenen Arm vor. Sagt, ich hoffe, es stört Sie nicht. In die hab ich mich irgendwie verliebt.

Sie beendet ihr Frühstück, sieht kurz auf die Uhr. In fünf Minuten geht sie los. Sie schaut aus dem Fenster in den Garten.

Schauen Sie, sie geht jetzt wieder ganz genau, hat sie sich vorgenommen zu sagen. Und, hören Sie, es kostet nichts. Die Rechnung geht auf mich.

Morgen. Ein Vogel landet, dann noch einer. Der Baum schwankt leicht. Regenwasser spritzt von den Ästen und fällt, eine Regenparodie en miniature.

denk dran
du
mußt
leben

denk dran
du
meist
lieben

dank drin
du
mest
gehn

Aaaa–
aaa
hh
h

DANKSAGUNG

Ich danke dem Royal Literary Fund
für seine freundliche Hilfe
während der Arbeit an diesem Roman.

Dank dir, Simon, und dank dir, David.

Ich danke euch, Philippa, Angus, Kate,
Frances, Xandra, Kasia und Sylvia.

Danke, Becky.
Danke, Donald.
Danke, Sarah.

Die Originalausgabe erschien 2001 unter dem Titel
»Hotel World« bei Hamish Hamilton, London.

MIX
Papier aus verantwortungsvollen Quellen
FSC® C014496

Verlagsgruppe Random House FSC® N001967
Das für dieses Buch verwendete FSC®-zertifizierte
Papier *Lux Cream* liefert Stora Enso, Finnland.

1. Auflage
Genehmigte Taschenbuchausgabe Januar 2016
btb Verlag in der Verlagsgruppe Random House GmbH, München

Umschlaggestaltung: semper smile, München
Umschlagmotiv: © plainpicture / Kerstin Lakeberg
Druck und Einband: GGP Media GmbH, Pößneck
CP · Herstellung: sc
Printed in Germany
ISBN 978-3-442-71311-0

www.btb-verlag.de
www.facebook.com/btbverlag
Besuchen Sie auch unseren LiteraturBlog www.transatlantik.de